LOS VIAJES DE

MARION

EL SECRETO DE LA LENGUA

VICTORIA BAYONA

LOS VIAJES DE
MARION

EL SECRETO DE LA LENGUA

Del Nuevo Extremo

Bayona, María Victoria
    Los viajes de Marion : el secreto de la lengua / María
    Victoria Bayona ; coordinado por Mónica Piacentini. - 1a
    ed. - Ciudad Autónoma de Buenos Aires : Del Nuevo
    Extremo, 2015.
    320 p. ; 21x14 cm.

    ISBN 978-987-609-548-8

    1. Narrativa Argentina. I. Piacentini, Mónica, coord. II.
    Título
    CDD A863

© 2015, Editorial Del Nuevo Extremo S.A.
A. J. Carranza 1852 (C1414 COV) Buenos Aires Argentina
Tel / Fax (54 11) 4773-3228
e-mail: editorial@delnuevoextremo.com
www.delnuevoextremo.com

Imagen editorial: Marta Cánovas
Diseño de tapa: ML
Diseño interior: ER

Primera edición: abril de 2015
ISBN 978-987-609-548-8

A mis amigos
A los que se atrevieron a cruzar mis mares
y me permitieron navegar los suyos,
porque no fuimos los mismos al término del viaje

Augurios de buena fortuna

Sobre la cubierta del *Esmeralda*, a pocas leguas de la costa de Balbos, dos marineros ataban cabos con huraña pasividad, mientras que el vigía, apostado en lo alto del mástil, contaba los segundos hasta terminar su guardia.

Habían pasado tan solo unos minutos desde que las primeras luces bañaran la superficie marina. La neblina bailaba triste sobre el oleaje y mecía el silencio que podía sentirse como una presencia más sobre cubierta.

Cuarenta y seis días habían transcurrido desde que el *Esmeralda* zarpara del puerto de Daoroni con destino a Balbos. Durante la última semana, los tripulantes estaban cada vez más exaltados, ansiosos ya de volver al continente.

—No veo la hora de llegar a ese maldito puerto —gruñó el marinero más joven mientras se aseguraba de que su nudo fuera resistente.

—No debemos estar muy lejos de la costa —conjeturó el otro, un poco mayor—. Si no fuera por esta niebla endemoniada, estoy seguro de que ya hubiéramos avistado tierra.

Y estaba en lo cierto. La costa de Balbos no se encontraba lejos, pero la neblina era baja y suficiente como para jugarle una mala pasada a los ojos del vigía.

Hacía varios años que el *Esmeralda*, a cargo del capitán Milos, comerciaba mercancías con la ciudad de Balbos, en su mayoría telas. Además de los géneros provenientes de Daoroni, en esta ocasión había en el barco un importante cargamento de fusiles que Milos pretendía ingresar de manera clandestina.

Ya todos estaban al tanto de las jugarretas poco transparentes que el viejo lobo de mar llevaba a cabo en supuesto anonimato. Aun así, el gobierno de Balbos hacía la vista gorda y no movía un dedo para impedir que sus negocios fraudulentos prosperaran. Esto se debía en gran parte a que el capitán Milos era un hombre corrupto pero encantador, que, con astucia, había trabado amistad con personajes influyentes de la sociedad balbina. "En el juego de la vida solo se gana gracias a las buenas compañías", solía decir mientras compartía una botella de whisky y un cigarro con alguno de sus colegas.

A pesar de la tranquilidad que le daban sus contactos, el hombre se había mostrado particularmente inquieto durante el transcurso de este viaje. En parte por la importante cantidad de mercancía que había embarcado, y en parte por haber accedido a los pedidos de una vieja conocida y de un hombre misterioso que habían insistido en viajar con él a Balbos.

En su interior, algo le decía que tarde o temprano esta decisión le traería problemas. Una cosa era el tráfico de armas, al cual todos estaban ya habituados y del cual todos sacaban algo de provecho, y otra muy distinta era navegar abiertamente por los mares, no con una, sino con dos personas sin registro, dadas las nuevas regulaciones impuestas por la Papisa.

Es cierto que Milos no había podido negarse al pedido de su vieja camarada. Le debía tantos favores que ninguno de los dos llevaba ya la cuenta. Cuando ella apareció aquella tarde en Daoroni dispuesta a cobrarse lo que le debía si la dejaba viajar a bordo del Esmeralda, Milos no dudó en aprovechar la oportunidad para dejar el marcador nuevamente en cero.

Considerando que el capitán no acostumbraba llevar a nadie a ningún lado, con su argumento de que "los pasajeros ajenos al transcurrir cotidiano del barco entorpecen el trabajo y distraen a la tripulación", no resultaba difícil deducir que la presencia a bordo del hombre misterioso se debía pura y exclusivamente a la gran suma de dinero que había pagado a cambio de su pasaje y su estadía anónima. Se trataba de un personaje extraño. Había subido a primera hora para evitar ser visto y no había salido de su camarote en los cuarenta y seis días que llevaban navegando. Los únicos que estaban al tanto de su presencia eran el capitán Milos y el cocinero Focas, quien a diario le llevaba las comidas a su aislado camarote.

Unos metros por debajo de las tablas desteñidas por el sol, donde los dos marineros compartían sus anhelos de tierra, la mujer que había abordado en Daoroni descansaba sobre un catre bastante incómodo. Se trataba de la capitana Marion, una leyenda en vida a pesar de su corta edad. En pocos pero agitados años de carrera, había logrado forjarse una reputación intachable y un lugar de respeto en un mundo manejado en su mayoría por hombres.

Su camarote era pequeño y modesto, uno de los pocos rincones que le habían encontrado sin presencia masculina. A pesar de que nunca descansaba mejor que cuando navegaba, a duras penas había podido dormir durante este viaje. Se sentía rara, como si necesitara estar doblemente alerta. Había pasado muchas noches en vela pensando en las tareas por hacer, las órdenes que tendría que haber dado, la irresponsable manera en la que Milos había resuelto este u otro inconveniente y lo bien que lo hubiera hecho ella de estar al timón del *Esmeralda*.

Aquella madrugada, después de varias horas de dar vueltas, cuando finalmente se había entregado al sueño, un ruido estrepitoso la devolvió al mundo de la vigilia.

"¡¿Pero qué demonios?!", se preguntó saltando fuera de las sábanas.

Al cabo de un instante el barco volvió a crujir, como si algo estuviera golpeando la quilla. La nave se meció hacia uno de los lados y se oyeron gritos en la cubierta, voces que se alertaban en un lenguaje ajeno sobre lo que estaba aconteciendo.

La capitana, aún confundida por el sueño, logró entender que decían algo sobre una presencia en el agua. "Quizás alguien ha caído al mar", se alarmó y, con rapidez, tomó su saco, se frotó los ojos y salió al pasillo, donde algunos marineros corrían hacia la escalerilla de popa.

La resolana la golpeó en la cara como una bofetada. Ya casi no había rastros de neblina y, de no haber sido porque el vigía tenía la atención puesta en lo que estaba sucediendo bajo el barco, ya debería haber anunciado que hacia estribor despuntaba la delgada línea de la costa de Balbos.

Cuando al fin sus ojos se acostumbraron a la luz, delante de ella aparecieron los miembros de la tripulación, que observaban las aguas agitadas.

—*Añanda logu pest...* —murmuró uno de los hombres.

—*Aloggro* —respondió el otro, la boca abierta y los ojos redondos como platos—. ¡Capitana Márrion! —la saludó con el particular acento de la gente de Alisar—. ¡Teneér que mirrar esto!

Marion se inclinó sobre la amura. Advirtió que algo se movía bajo el barco y que, más adelante, otra cosa producía remolinos en el agua. "¿Qué son...?". Entonces las vio: tres ballenas rosas —una rara especie que difícilmente era avistada— se alejaban hacia el este, donde el sol estaba saliendo. Sus lomos emergían sobre la superficie ofreciendo un espectáculo realmente *aloggro*, que en la lengua de Alisar significa "maravilloso".

—¡Son augurrio de buena forrtuna! —le aseguró el hombre.

Marion sonrió con ironía, no creía en supersticiones de marineros.

Durante algunos minutos se generó una extraña comunión entre los que observaban la inesperada visión desde la proa. Un despliegue de vapor y coletazos despertó su asombro. Todos habían quedado hipnotizados por la danza acuática de los colosos marinos, que, con movimientos armoniosos, se desplazaban en la inmensidad del mar.

Todos menos uno.

Un hombre había aparecido sigilosamente detrás de Marion y, al contrario del resto, dirigía su mirada hacia las alturas. En medio del tumulto y la sorpresa que había producido la presencia de las ballenas, solo Marion advirtió que nadie lo había visto desde que partieran de Daoroni.

De inmediato reemplazó su interés en los cetáceos por el personaje misterioso. Para empezar era altísimo. Tenía la cara alargada y pálida, las mejillas se le hundían bajo los pómulos marcados y el pelo corto y negro acompañaba su mirada oscura. Miraba al cielo, donde una bandada de pájaros azules revoloteaba sobre el barco. Tenía el entrecejo fruncido y casi no pestañeaba.

Mientras tanto, el capitán Milos, movido por la sed de las riquezas que le darían los frutos de al menos uno de los animales, estaba ya aferrado firmemente al viejo arpón del *Esmeralda* y, junto con dos de sus marineros, calculaba distancias y maniobras, dispuesto a iniciar una caza despiadada.

Después de la observación de las aves, el extraño cerró los ojos como quien acaba de recibir noticias desalentadoras y se preparó para lo que habría de suceder. Los pájaros azules cambiaron bruscamente su comportamiento y se arremolinaron dando espantosos alaridos cerca del palo mayor. Ya habían captado la atención de todos cuando aconteció lo inexplicable: una de las ballenas, con medio cuerpo fuera del agua, abrió sus mandíbulas para permitir que acudieran como flechas a picar su boca. Una y otra vez, volaron dentro y fuera, dieron vueltas a cielo abierto y volvieron a pique a clavarse en sus fauces. El horror enmudeció a la tripulación. Marion, al igual que el resto, no podía entender lo que ocurría.

Sigiloso, el desconocido se acercó a la capitana y susurró en su oído:

—Le están comiendo la lengua. Ahora usted deberá venir conmigo.

Antes de que pudiera reaccionar, la goleta se inclinó bruscamente hacia babor y la tripulación entera cayó al suelo.

En un segundo sobrevino el caos. El capitán Milos comenzó a dar órdenes mientras que la embarcación lentamente volvía sobre su eje.

El sujeto misterioso tomó a Marion por el hombro y se dirigió hacia uno de los botes de emergencia, forzándola a seguirlo.

—¿Qué hace? ¿Adónde me lleva? —gruñó ella.

—Ya no queda nada por hacer —le aseguró él, sin detener el paso.

No supo explicar qué fue lo que generó este hombre para que, de alguna manera, adivinara que tenía que seguirlo. Podría haberse librado de él con facilidad y lanzarse a la arriesgada tarea de salvar la embarcación. Pero no lo hizo.

En ese momento dos de las ballenas estaban golpeando ferozmente el casco con sus colas, una a cada lado de la nave. La tercera, un poco más alejada, se hundía en las profundidades y teñía las aguas con su sangre.

Algunos marineros comenzaron a disparar sus armas aferrados a las barras de cubierta, sin causar ningún efecto en los animales. Pronto el *Esmeralda* estaría sobre uno de sus flancos.

El capitán Milos iba de un lado a otro intentando encontrar la manera de controlar la situación. Después de unos minutos se detuvo, sin fórmulas frente a lo sobrenatural.

—¡Abandonen el barco! —gritó cuando ya la mayoría de sus hombres había caído al mar, se había arrojado presa del pánico o se alistaba en los botes de emergencia.

Marion se encontraba cerca de uno de esos botes.

—¡Vamos, no hay tiempo que perder! —le dijo el hombre misterioso.

—¡Vamos, capitán! —gritó a su vez ella, pero Milos estaba aferrado al palo mayor, con la mirada extraviada.

En un abrir y cerrar de ojos, el *Esmeralda* viró de tal manera que los que no estaban sujetos a algo firme rodaron por la cubierta. El hombre alto estaba tomado de una barandilla y aún sostenía a Marion con firmeza.

—Suélteme. Debo ir por el capitán —le ordenó, y se liberó de él.

—¿Después vendrá conmigo? —preguntó amenazante.

—Sí —masculló la capitana, sin saber bien qué la llevaba a no mandarlo al diablo.

La cubierta formaba un ángulo de cuarenta grados. Los que estaban en el bote luchaban por llegar al mar. Una vez que lo lograsen, Marion, el capitán y el extraño quedarían librados a su suerte.

Miró al desconocido y luego a Milos. De una de las barras colgaba un cabo suelto. Rápidamente se lo ató a la cintura e intentó acercarse al capitán. No había dado cinco pasos cuando alguien desde el último de los botes gritó:

—¡Salten ahora! ¡Ambas bestias están a babor!

Desde allí las dos ballenas se disponían a embestir el *Esmeralda*. Sin dudas, la combinación de sus fuerzas terminaría por volcar el barco. Marion se apresuró. La cubierta estaba inclinada y resbaladiza; objetos que se deslizaban por todas partes le dificultaban el paso.

—Vamos, capitán —suplicó Marion—. No puede quedarse aquí.

Los marineros se alejaban cada vez más y el hombre alto, que podría haberse ido con ellos, vigilaba que la soga que sujetaba a Marion no se soltara.

Ya casi podía tocar a Milos cuando dos golpes, no uno, se sintieron a babor. El *Esmeralda* gimió con un ruido de madera y engranajes. Marion cayó al piso. También el capitán, que comenzaba a resbalarse con riesgo de caer al mar.

—¡Sujétate a mi pierna, Milos! —gritó, de bruces en el suelo—. ¡Zacarías Milos! ¡Por todos los mares! ¡Haz algo!

Solo entonces este pareció reaccionar y, como si hubiera despertado de un mal sueño, se estiró para alcanzar la bota de la capitana. El *Esmeralda* seguía inclinándose peligrosamente y, en un par de segundos, todo, incluso ellos, sería devorado por el mar.

—¡Eh, tú! —le gritó al desconocido—. ¡Jala, deprisa!

El hombre tiró de la soga, pero su esfuerzo fue inútil. Marion y el capitán eran demasiado pesados para su débil contextura. Cuando pensaban que todo estaba perdido, Milos pareció volver definitivamente en sí e intentó incorporarse. Se aferró a la puerta del castillo de proa mientras que el hombre alto tomaba otra de las sogas y se la arrojaba con destreza. Logró atraparla sin problemas y se separó de Marion.

Una vez libre del capitán, fue fácil para ella volver junto al extraño. Cuando los dos estuvieron juntos, unieron sus esfuerzos para ayudar a Milos. Pronto se encontraron los tres en el extremo más elevado de la embarcación, que se iba a pique.

—¿Y ahora qué hacemos? —preguntó Milos.

—Tendremos que saltar para alcanzar el último de los botes —aventuró Marion.

—¿Y las ballenas?

—Tendremos que hacerlo lo más lejos posible. Caminaremos por el casco hasta la amura.

Así lo hicieron. Alcanzaron el bauprés y, desde allí, se arrojaron al mar, que les dio una helada y dolorosa bienvenida.

—¡Eh! ¡Aguarden! ¡Ahí viene el capitán! —gritó uno de los marineros.

Comenzaron a remar en dirección a ellos. Marion, Milos y el sujeto misterioso nadaron con todas sus fuerzas: sabían que, de un momento a otro, las aguas habrían de arremolinarse y se llevarían consigo todo lo que estuviera kilómetros a la redonda.

Ayudados por los marineros, abordaron el bote. Estaban exhaustos y empapados, pero cada uno tomó un remo y se unió al esfuerzo de los otros. El desconocido se sentó detrás de Marion y el capitán se ubicó en un rincón un poco más apartado.

Por más de que los hechos se hubieran desencadenado en cuestión de minutos, la mujer sintió que habían transcurrido muchas horas desde que abriera los ojos aquella mañana. Todo había sido tan rápido y confuso que necesitaría tiempo para entender lo sucedido. Miró a su alrededor: se encontraba a mar abierto, custodiada de cerca por un completo extraño. Con esfuerzo intentaban alejarse del *Esmeralda*, que en esos momentos daba un giro completo y comenzaba a hundirse mientras las ballenas rosas daban saltos, se sumergían y mostraban sus colas como en un tétrico baile alrededor de la tragedia.

Sintió una profunda impotencia. Estaba enojada. Pensaba que podría haber hecho más si no hubiera sido por aquel hombre que la había retenido e influenciado para abandonar el barco. Sin dejar de remar, con la furia ahogada en la garganta, giró un poco la cabeza y dijo:

—¿Qué quiere conmigo? ¿Y quién demonios es usted?

—Disculpe si la forcé a ir en contra de su voluntad —se excusó el desconocido—. Debe entender que tenía que acompañarme.

Marion le clavó los ojos. ¿Cómo era posible que afirmara aquello cuando era la primera vez que se cruzaban sus caminos?

—Es mejor que no siga preguntando —sugirió él, con una serenidad escalofriante—. Hablaremos cuando lleguemos a Balbos. Por lo pronto, me llamo Augur.

Marion volvió la vista sin decir palabra. Un poco detrás, el inconmovible Augur remaba con sus brazos flacos y venosos, como si aquella situación fuese algo cotidiano. En la distancia los sutiles rastros de la niebla dejaban entrever las luces aún encendidas de la ciudad de Balbos. Para los que estaban en el bote, los sueños de tierra habían quedado en el olvido.

Después de unos minutos, el capitán Milos miró hacia atrás y comenzó a llorar en silencio: allá a lo lejos, lo que quedaba del *Esmeralda* recibía su último rayo de luz antes de hacerse uno con su mausoleo de agua.

El Hostal del Rey

No tardaron en llegar a la costa y desde allí se dirigieron hacia el puerto donde eran varias las personas que esperaban al *Esmeralda*.

Dos botes con sobrevivientes se les habían unido en el camino. Al verlos, los trabajadores que estaban sobre el muelle se preguntaron qué terrible eventualidad habría ocurrido mar adentro para que los marineros arribaran de esa forma. Augur permanecía alerta a los movimientos de Marion. Suponía que al llegar a tierra la mujer intentaría escapar y perderse en el tumulto. Después de todo lo que había ocurrido, no había nada que deseara menos.

El primero de los botes ya había alcanzado el muelle y sus tripulantes, aún turbados, comenzaron a contar lo que había ocurrido. Fue cuestión de minutos que la gente se apiñara alrededor de los recién llegados para escuchar las novedades.

Marion y Augur fueron los últimos en abandonar su bote. La capitana estaba evaluando las posibilidades de deshacerse del extraño cuando él la tomó del brazo y la obligó a caminar hacia adelante. El paso se les hacía difícil a causa de la gran convención de curiosos que escuchaban la historia de los pájaros y las ballenas. Desde donde estaban, pudieron escuchar a Aeser describir cómo las *cinco* bestias habían atacado la embarcación. Marion sonrió con ironía. No pasaría mucho tiempo antes de que lo ocurrido con el *Esmeralda* se transformara en leyenda.

Habían dado unos pocos pasos cuando el capitán Milos se les cruzó en el camino.

—Marion... —dijo—, no sé qué fue lo que ocurrió conmigo... yo... —el capitán balbuceaba, la cabeza gacha—, pensaba devolverte aquel favor con este viaje y ya ves... De nuevo he quedado en deuda contigo.

—No hay problema, Milos, ya tendrás ocasión de compensarme...

La capitana habló pausadamente. Le dirigió a Milos una sonrisa medida y una mirada penetrante, esperando que su comportamiento delatara que algo estaba fuera de lugar. Pero Milos estaba demasiado apabullado por todo lo ocurrido —y, a decir verdad, nunca había sido lo que se dice una persona perceptiva—, de modo que no captó nada en absoluto.

—Es que no puedo creer lo que acaba de ocurrir con mi *Esmeralda*... —continuó, entre sollozos—. Simplemente no puedo creerlo...

El capitán estrujaba un pañuelo que alguien le había acercado para que se secara. Hubiera continuado sus disculpas de no haber sido porque de pronto reparó en el extraño que acompañaba a Marion.

—¡Ah! ¡Usted! —le dijo a Augur—. Claro... por supuesto mis agradecimientos a usted también... Si no hubieran... ambos... —Milos miró a Augur y luego miró a la capitana—. Un momento. ¿Ustedes se conocen?

Marion abrió la boca como para responder, pero tuvo que cerrarla cuando sintió que algo punzante le pinchaba la espalda. Augur se apresuró a contestar por ella.

—Sí, somos viejos conocidos. De haber sabido que la capitana viajaba en el *Esmeralda*, no habría permanecido tanto tiempo solo en mi camarote —rio con naturalidad—, pero ahora debemos irnos, capitán, entenderá que estamos cansados y que debemos ponernos ropa seca, de lo contrario acabaremos enfermos. Por fortuna, la capitana y yo nos dirigimos hacia el mismo sitio. Lamento mucho lo ocurrido con su barco y espero que nos volvamos a encontrar en el futuro.

Milos no tuvo tiempo de responder nada. Augur y Marion reanudaron la marcha sin siquiera voltearse a saludarlo. El hombre la conducía a través de la multitud amenazándola con lo que, al parecer, era una navaja.

Caminaron dos cuadras calle arriba por la vía principal. Después, doblaron a la derecha. Marion iba con tranquilidad, no tenía intenciones de hacer ningún movimiento en falso que impacientara al sujeto, al menos no por el momento.

Avanzaban por las calles sembradas de edificios modestos, de formas frías y lineales, construidos como por capricho sobre la superficie irregular. La ciudad había sido erigida sobre un área de colinas donde las calles subían y bajaban abrupta y arbitrariamente. Desde hacía muchos años, los habitantes de Balbos habían tomado por costumbre colocar en el frente de sus casas faroles de luces naranjas o celestes que por las noches iluminaban las fachadas de piedra blanca. En conjunto, la original arquitectura terminaba por convertir los espacios en mágicas postales.

Mientras caminaba, Marion no pudo evitar reconocer cada rincón y cada esquina. Desde lugares dolorosos del pasado salían fantasmas a su encuentro, que hacían que la situación se tornara aún más intolerable.

Se detuvieron frente a un negocio abandonado. El desfile de recuerdos fue obligado a regresar a su habitual encierro y solo entonces ella fue consciente de cuánto frío y cansancio sentía. A un lado de la puerta colgaba un letrero que a duras penas podía leerse. "Hostal del Rey", logró descifrar; luego fijó su vista en el extremo inferior donde había tallado un pájaro que llevaba una soga en el pico.

"Un momento. Yo he visto eso antes", pensó, pero, antes de que pudiera recordar dónde, fue obligada a entrar.

El lugar tenía un aspecto siniestro y olía aún peor de lo que se veía. La humedad había comido parte de las vigas y todo estaba cubierto de polvo y telarañas. A simple vista podía advertirse que nadie había estado allí en años.

Finalmente la capitana se hartó del trato que estaba recibiendo y, con gran habilidad, golpeó a Augur en el estómago. Una vez que estuvo doblado de dolor, lo remató con un latigazo en la nuca. Cuando el hombre se halló de bruces en el piso, le sostuvo los brazos por la espalda y le clavó la rodilla en sus riñones. Desde esa posición notó que el arma con la que la había estado amenazándola había caído al suelo y brillaba a pocos centímetros de su bota. Se sorprendió al ver que no era más que una fíbula, un broche extremadamente antiguo que el hombre utilizaba para prender sus vestiduras.

—Debe tener cuidado, Augur. De seguir improvisando navajas podría quedarse desnudo y le aseguro que nadie desea ver eso —bromeó la capitana, y aprovechó para apretarle con más fuerza las muñecas.

—Ya ve que mi intención no era herirla, al contrario, tiene que entender que debía traerla hasta aquí...

—Y usted tiene que entender que ya me cansé de que repita una y otra vez que yo *tengo-que-entender*, cuando es claro que no entiendo nada y que no veo las razones por las cuales debería hacerlo. O me dice ahora mismo qué es lo que se propone o me quedo con la duda, cosa que sinceramente no va a quitarme el sueño, y me voy de aquí no sin antes dejarlo atado a esa columna.

—Está bien —masculló Augur, la boca contra el suelo—. Verá, he llegado a usted a través de Petro Landas.

Fue como si le hubiera devuelto el golpe en el estómago. Marion sintió cómo el fuego le trepaba por la espalda y el calor le encendía las mejillas. Con los dientes apretados, preguntó:

—¿Dónde está?

—No lo sé —respondió el hombre—. Pero créame que, al igual que usted, me gustaría saberlo. Él y yo fuimos buenos amigos... la tranquilizará saber eso.

Marion no supo cómo reaccionar. Si para algo no estaba preparada, era para lo que acababan de decirle. No estaba segura de creerle. El hecho de que nombrara a Petro le generaba sospecha y malestar, pero también una gran curiosidad.

—Si tan solo me concede un poco de su tiempo, podré explicarle todo —aseguró el sujeto—. Sin embargo, dudo que pueda hacerlo en estas condiciones...

—Muy bien, muy bien... voy a soltarlo —convino Marion a desgano—. Pero más le vale que sus motivos sean de mi agrado.

AUGUR

Marion soltó a Augur. La imagen era en verdad ridícula: el hombre que se incorporaba frotándose las muñecas doloridas doblaba en altura a la mujer que acababa de soltarlo.

—Sígame —indicó él, y se encaminó al fondo de la habitación—. Estaremos más a gusto en otro lugar.

Marion lo siguió. Pasaron a una habitación igual de caótica que la anterior, pero más pequeña. Allí Augur se arrodilló y comenzó a tantear la superficie del piso de madera. Al cabo de un momento encontró lo que buscaba: una trampilla cubierta de polvo.

—Aguarde aquí un segundo —murmuró, y se sumergió en la oscuridad.

Pronto una fuerte luz provino desde abajo. El hombre le pidió que se le uniera. Marion lo dudó un instante. Finalmente, la curiosidad fue mayor y decidió ponerse en riesgo una vez más con tal de averiguar qué tenía que ver Petro en todo lo que estaba sucediendo.

Bajó por una escalerilla hasta una habitación muy diferente al resto del hostal. Por empezar, estaba reluciente, como si alguien la hubiera aclimatado unos minutos antes. El interior estaba tapizado con una tela delicada. En el centro había una mesa larga de madera lustrosa y, a su alrededor, doce sillas de terciopelo azul. Una, la que estaba a la cabecera, era más imponente y grande que las otras. En cada pared había tres artefactos esféricos que emitían un resplandor amarillo. En la que estaba detrás de la cabecera, se destacaba un gran cuadro con la imagen de un pájaro aferrando una soga con el pico.

Cuando Marion llegó al último peldaño, Augur se ocupó de cerrar la puerta trampa y quedaron completamente aislados.

—Aquí estaremos más a gusto —aseguró el hombre mientras invitaba a Marion a tomar asiento—. Espero que no se enoje si me tomo mi tiempo para contarle por qué la he traído aquí.

—Soy toda oídos —respondió ella acomodándose en la silla.

Augur estaba ya por comenzar su relato cuando el estómago de la capitana rugió estrepitosamente.

—Oídos y estómago, por lo visto —bromeó.

—No hemos comido nada desde ayer por la noche —se percató el hombre—. Aguárdeme un momento.

Se puso de pie y tiró de uno de los artefactos de luz. Inmediatamente apareció la silueta de una puerta que, hasta ese momento, había estado camuflada en los diseños del tapizado. Dejó la habitación y, pasados unos minutos, volvió con una bandeja repleta de queso y galletas y una botella de agua de eftal, una fuerte bebida alcohólica a base de café y chocolate.

Marion debió admitir que la visión de la comida la predispuso de manera diferente a la explicación que estaba a punto de recibir. Durante algunos minutos los dos se limitaron a llenar sus estómagos, hasta que, una vez saciados, se prepararon a continuar la charla. El clima había perdido cierto dramatismo, lo que favoreció notablemente a Augur.

—Esta es, sin duda, una historia larga —comenzó el hombre—. Y no sé muy bien por dónde comenzar...

—Empiece por explicarme qué tiene que ver Petro en todo esto.

—Petro Landas. Bien. Hace aproximadamente cuatro años, si no me equivoco, Petro tuvo un accidente mientras navegaba el *Ketterpilar* con destino a la ciudad de Chor, ¿estoy en lo cierto?

—Sí —respondió ella, y sintió que se le revolvía el estómago.

—Y a causa de ese accidente, tuvieron que anclar en Bramos, una ciudad a cinco horas de Chor...

Marion asintió con la cabeza sin poder ocultar su desconcierto.

—... para que fuera atendido por un médico.

—Verdad... —corroboró ella.

—Mientras que Petro se recuperaba de sus heridas, tengo entendido que le encargó a su piloto que cumpliera una tarea muy importante que él debía realizar con urgencia en Chor.

—Así es. Pero...

—Y aquel piloto era usted —la interrumpió Augur.

—No puede ser... —Marion estaba aturdida—. Se suponía que era un completo secreto... —balbuceó—. Yo me aseguré de que nadie me siguiera... puedo jurar por mi vida que no me siguió nadie, absolutamente nadie. Cuidé que no me vieran, como me había encargado Petro, ni siquiera la persona que recibió el paquete que debí entregar... ¿Có-cómo es posible que...?

—Fui yo el que lo recibió.

La capitana enmudeció. Mientras miraba a Augur con los ojos redondos y brillantes, en su corazón se abrió una esperanza: quizás al fin aquel hecho misterioso cobrara sentido. No había averiguado nunca qué era lo que le había encargado entregar su capitán y menos a quién ni por qué motivos. Quizás el destino le regalaba la chance de esclarecer el pasado, que tal vez, solo tal vez, guardara alguna relación con la inexplicable conducta de Petro días después de realizar aquel encargo.

—Sí, yo tomé ese paquete de sus manos —continuó Augur—. Pero ni yo vi su cara ni usted vio la mía. Recordará que yo estaba a oscuras, así como recuerdo que usted llevaba puesta una capucha que le cubría la cara por completo.

—Pero si usted no me vio, cómo puede ser que...

—Petro me dijo que había sido usted.

El rostro de Marion se iluminó.

—Entonces sabe dónde está él ahora...

—Lamento tener que volver a responderle que no, capitana, no lo sé.

Su espíritu, que se había elevado tan solo un poco, se derribó por completo. "Mejor así —se dijo—. Perder la ilusión desde el principio".

—Nadie sabe qué ha sido de Petro desde hace cinco meses —agregó Augur—. O ha desaparecido o está...

—Muerto —completó Marion, con una indiferencia casi creíble.

—Muerto... —repitió Augur conmovido—. Pero creo que usted maneja esa información tan bien como yo. Es más, si no estoy equivocado, es la razón por la cual se embarcó en el *Esmeralda*.

—Bueno... —dijo Marion, que había recobrado su frialdad habitual—, veo que ha hecho bien los deberes, lo felicito. Y sí, es verdad. Hace dos meses, después de casi cuatro años sin noticias de él, un conocido me habló de su extraña desaparición y decidí venir a Balbos a intentar averiguar algo de su paradero. Como usted sabrá, aquí vive su hermana Lerma.

—No —la contradijo Augur—. No sabía que Petro tuviera una hermana.

Marion se sintió incómoda.

—Bien, la tiene —continuó Marion—. A eso he venido. A preguntarle qué hay de cierto en la desaparición de su hermano y si tiene algún indicio de qué puede haberle pasado.

—Ya no necesitará hacer eso. Es mejor que no se ponga en contacto con ella. Menos después de haber estado conmigo.

—¿Por qué? —se exaltó.

—Si me permite, me gustaría terminar de explicarle todo antes de que me juzgue, señorita Marion.

—Capitana —lo corrigió ella tajante.

—*Capitana* —enmendó Augur, y continuó—: supongo que recordará al pájaro con la soga en el pico, ¿verdad?

Marion trató de hacer memoria. Estaba segura de haber visto esa imagen en más de una ocasión, pero no podía recordar bien dónde. Miraba el cuadro entornando los ojos. "Un pájaro... y una soga —se repitió para sí—. Un pájaro... y una soga...". Entonces recordó: Petro llevaba al cuello una medalla de oro con la figura casi irreconocible de un ave y algo que colgaba de su pico. La imagen distaba mucho de ser la del cuadro, no podían relacionarse con facilidad, pero ahora que lo pensaba... Sí, el motivo era el mismo.

—La medalla... —murmuró haciendo audible lo que pasaba por su mente.

—Era igual a esta, ¿verdad? —Augur abrió sus vestiduras y mostró la misma medalla que le había visto al capitán—. Todos la tenemos.

—¿Todos quiénes? —preguntó confundida.

—Todos los que formamos la Cofradía de Ménides —dijo y, antes de que ella pudiera acotar algo, se apresuró a continuar—: una logia secreta.

—No me diga —retrucó con sarcasmo.

—En efecto —continuó Augur—, nuestra misión es luchar por la verdad y desbaratar la mentira que se cierne sobre Knur.

—Ajá —soltó la capitana, que empezaba a sospechar acerca de la salud mental del hombre—. Una cofradía que lucha por la verdad y combate la mentira. Qué maravilloso. Lo felicito.

Esta vez, Augur advirtió la frase cargada de ironía.

—Le pido que no se apresure a sacar conclusiones, capitana. Déjeme terminar con mi relato.

—Yo no lo estoy interrumpiendo.

—Me pareció que...

—Continúe, por favor.

—Bueno. Como sabrá, hace casi cien años que Ménides dejó de ser rey.

—Que se fugó, querrá decir.

—Eso, debo decirle, es mentira —se lamentó él, y dejó en evidencia que lo que acababa de escuchar le dolía profundamente—. Durante los pasados cien años, el pueblo de Knur ha creído eso.

Afectado, se puso de pie y se acercó al cuadro en la pared, desde donde continuó su discurso, de espaldas a la capitana.

—Ha llegado el momento de obrar. Los miembros de la Cofradía hemos heredado el bien de la verdad y es nuestro deber devolvérselo al pueblo, para restaurar el orden que reinaba antaño.

—Y con esto me quiere decir que...

—Le estoy queriendo decir que se está gestando un cambio.

—¿Y qué tengo que ver yo con todo esto?

—Usted tiene que ayudarnos.

—¿Qué? —aulló, y soltó una carcajada—. ¿Y qué demonios le hace pensar que yo *tengo* que ayudarlos?

—No creo que usted *tenga* que ayudarnos. Pienso que va a acceder a ayudarnos en honor a la memoria de Petro.

A Marion se le borró la sonrisa de la cara. Aún no podía escuchar hablar de él como si estuviera muerto.

—Me parece que se está equivocando…

—Verá, teníamos todo listo para zarpar cuando Petro desapareció. Casi no tenemos dudas de que la escuadra de la Papisa se ha ocupado de él. Hace un par de años que saben de nuestros movimientos y han estado siguiéndonos los pasos de cerca en los últimos meses. Ya suman ciento diez los hombres de la Cofradía que han sido apresados o muertos por su gente. Creemos que Petro ha sido una víctima más. Lo que ha sucedido es terrible, pero sabemos que lo único que va a honrar la pérdida de nuestros compañeros es continuar la misión que nos compete. Y para hacerlo, necesitamos un nuevo capitán.

—¡Ah! —Marion rio con gusto—. Y usted piensa que yo voy a aceptar trabajar para usted, que, si me permite, me parece un poco chiflado; o para esta *Cofradía* que quiere luchar por los ideales de un corrupto. Muchas gracias por la oferta, pero paso... No quiero ni necesito servir a esta ni a ninguna causa...

—Ya lo ha hecho —soltó Augur mientras la capitana se dirigía a la escalerilla—. Aquella noche, en Chor, lo que hizo fue servir a la Cofradía.

—Bueno, pero entonces yo no sabía nada —refutó—. Es más, ahora que lo pienso, Petro en ningún momento me habló de ustedes de modo que dudo sinceramente de todo lo que me está contando. Confío en que, de haber sido importante, no me hubiera ocultado semejante información.

Marion trepó varios peldaños.

—¿Nunca se preguntó por qué la abandonó de esa manera en Bramos?

Fue como si le hubieran arrojado una piedra por la espalda. Se quedó inmóvil, a mitad de camino, y apoyó la palma de la mano en la pared. Aprovechando que había al fin captado su atención, Augur continuó:

—El capitán Landas no quiso meterla en problemas. Tenía a varios hombres de la Papisa siguiéndole el rastro y no quiso que, por su culpa, llegaran a usted. Nunca le comentó nada de sus actividades secretas para que no corriera riesgos. Todo cambió cuando sufrió aquel accidente en Bramos. Tuvo que elegir entre el deber y su seguridad. No tenía a nadie en quien confiar, no podía contar con nadie más. Los acontecimientos de los días anteriores tan solo aceleraron la decisión que, desde hacía tiempo, sabía que tenía que tomar. Aprovechó haber anclado en Bramos para alejarse de usted con el fin de protegerla.

Marion se sentó, abatida, los ojos fijos en el suelo. La alfombra le devolvía un azul intenso, parecido al del mar cuando anochece. Se tomó unos minutos para ordenar los pensamientos y luego habló:

—Pero entonces usted está yendo en contra de su voluntad... Si es que realmente su partida tuvo el fin de mantenerme a salvo, ahora gracias a usted ha sido completamente en vano...

—Lo sé. Y le pido disculpas por eso. Pero es que no tenemos otra alternativa. Usted es nuestra única esperanza.

—Pues lo siento, estoy segura de que dentro de la Cofradía habrá otros capitanes mucho más comprometidos con la causa...

Marion volvió a ponerse de pie. Se disponía a abandonar la habitación de una vez por todas cuando Augur sacó las palabras que venía guardando para aquel momento.

—Sí, los hay. Pero nadie capaz de navegar el *Ketterpilar* como usted.

El corazón de Marion latió fuerte. En su vida el corazón le latía así por dos razones: el mar, cuando estaba rebelde y combativo, y aquel barco, al que amaba como a su propia sangre.

—El *Ketterpilar*, ¿eh? —preguntó, aún de espaldas, fingiendo desinterés.

—El *Ketterpilar* —confirmó el sujeto.

—¿Y de cuánto es la paga?

—Setecientos mil knuros.

Marion se tomó unos falsos segundos para meditar y, con la cabeza gacha, esbozó una media sonrisa. Dio media vuelta con arrogancia y dijo:

—La paga suena bien. Considere este su día de suerte. Parece que se ha conseguido usted un capitán.

Bahía de los Cuajos

Aquella noche, mientras Marion tomaba un merecido baño, los recuerdos que durante el día habían intentado encontrar un lugar en sus pensamientos desfilaron con libertad en la habitación inundada de vapor. Tenía la cabeza atiborrada de preguntas. En aquel momento lo único que le daba ánimos era el último dato que Augur le había proporcionado antes de que se separaran en el Hostal del Rey: la posición del *Ketterpilar*.

Al parecer, estaba anclado a varios kilómetros de la ciudad, en una pequeña bahía llamada Bahía de los Cuajos, cargado con las provisiones necesarias para la campaña y una tripulación "inexperta pero ansiosa de aprender", como la había descrito Augur.

Según lo que le había confiado antes de desaparecer en el interior del misterioso hostal, habían reclutado a varios de los hijos de antiguos miembros de la Cofradía, en su mayoría muchachos jóvenes con conocimientos básicos de navegación. Los años habían pasado y muchos de los antiguos colaboradores habían perdido la energía y las ganas de servir a la causa. Habían enviado a sus hijos como respuesta a la convocatoria, alegando que ellos estaban viejos y cansados. El pronóstico, por lo que podía leerse entre líneas, no era favorable. De cualquier manera, nada podía quitarle la gran satisfacción de pensar que pronto volvería a las andanzas al mando de su amado barco.

Marion desconocía los detalles de la travesía. Augur no había sido generoso al momento de dar explicaciones. Lo único que le había adelantado, a fuerza de necesidad, era que su primer destino sería Rivamodo, una desagradable ciudad al noreste de Balbos.

Más que nunca necesitaba volver a trabajar y no podía encontrar una sola excusa para rechazar una oportunidad como aquella. Al fin y al cabo, se trataba de trabajo bien pago al timón de la nave de sus sueños.

Hacía cuatro años que había perdido el rastro del *Ketterpilar*. Poco después de que Petro se fuera misteriosamente en él, Marion consiguió su primer puesto como capitana al mando del *Dinah*, una pequeña y veloz fragata que capitaneó durante tres largos y prolíferos años. Con ella comerció licores y café de Liciafons a Knur, hasta que el decreto de la Papisa —que entre otras cosas había anulado el libre comercio entre ambos países— obligó a los capitanes nacidos en Knur a registrarse para servir bajo sus órdenes cuando ella lo considerara necesario.

Fue así como, desde hacía un año, todas las embarcaciones de Knur formaban legalmente parte de su flota personal. Además, los capitanes debían estar prestos a obedecer sus mandatos y caprichos, ya sea para comerciar productos dentro del país —comercio del que, por supuesto, ella sacaba importantes ganancias—, para utilizarlos como defensa o —en la mayoría de los casos— para transportar materiales de construcción de una ciudad a otra. Era con estos materiales que la Papisa levantaba ostentosos templos en honor a Golfan. Por supuesto que Marion no había accedido a registrarse. Tampoco hubiera podido: desde hacía varios años pesaba sobre ella un pedido de captura, y no hubiera sido inteligente presentarse en ningún organismo del gobierno ni siquiera con un nombre falso. Al enterarse de las nuevas disposiciones, se vio obligada a poner al *Dinah* de nuevo en manos de su dueño y partió a buscar suerte al exterior. Pero la papisa Ultz era una persona muy influyente en todo el mundo, y quienes se habían negado a enlistarse se habían convertido injustamente en fugitivos.

Knur era por entonces el país más grande y rico del Oriente y casi todos los países vecinos le debían dinero y favores, por lo que accedían a ponerse en contra de los enemigos de la Papisa.

De todas maneras, nadie se atrevería a apresar a Marion. Era conocida en casi todos los puertos y tenía amigos y allegados que jamás permitirían que terminara en las espantosas cárceles de Knur. Desde entonces no había regresado a su país ni había vuelto a trabajar. Había ocupado el tiempo ayudando en barcos ajenos, cosa que le causaba sincero descontento, hasta embarcarse con Milos un mes y medio atrás.

Marion había nacido y crecido en Lethos, la capital de Knur; conocía el reinado déspota y cruel de la Papisa. Hacía ya cuarenta y dos años que esta gobernaba y casi treinta que había logrado su objetivo más oscuro: el culto obligatorio a Golfan, quien había sido primer mandatario antes que ella y, también, su gran mentor. Solo gracias a su extrema demagogia era que había conseguido que al pueblo terminara por gustarle su presencia en el poder o, lo que era incluso peor, que le resultara indiferente. Ya nadie recordaba otra clase de dirigencia y todo estaba tan oculto y tergiversado en la región que solo los que habían logrado huir al exterior podían ver lo que realmente estaba sucediendo.

Salió del baño. Mientras se secaba frente al espejo, notó que algunas canas despuntaban en su pelo largo y oscuro. Se dio cuenta de que le importaba muy poco. Su amigo Rudi le había dicho aquella tarde que lucía cada vez más acorde con su carácter. Se rio al recordar esas palabras. No sabía si había sido un halago o un insulto.

Después de dejar a Augur en el Hostal del Rey, Marion se había dirigido hacia la posada de su viejo y querido amigo Rudi Cherato, antiguo cocinero del *Ketterpilar*.

El hombre, ya algo viejo para el mar, había anclado definitivamente en la ciudad de las luces cuatro años atrás y, desde entonces, regenteaba su propia fonda en compañía de su familia.

Rudi se alegró hasta las lágrimas al verla traspasar la puerta.

—Estás hecha una salvaje —le había dicho refiriéndose a lo crecido y descuidado que llevaba el pelo, después de los incontables abrazos y palmadas que se dieron mutuamente.

—Y tú estás cada vez mejor alimentado —respondió Marion dándole unos golpecitos a su barriga.

Una vez terminados los variados y afectuosos saludos, Rudi llamó a su mujer, quien, después de una calurosa bienvenida, le ofreció a Marion ropa seca y limpia y una habitación donde pasar la noche, en el piso superior de la posada.

Marion y Rudi se sentaron a conversar durante un largo rato. Recordaron anécdotas de viejos tiempos, rieron, tomaron y comieron hasta hartarse y, aunque se vio tentada de contarle que a la mañana siguiente regresaría al *Ketterpilar*, no mencionó una sola palabra de Augur ni del trabajo. Había dado su palabra de mantener la mayor de las cautelas y decidió cumplirla.

Se despidieron al caer la noche. Marion se encerró en la habitación. Debía estar a las cinco de la mañana en las afueras de la ciudad, donde Augur la esperaría para encaminarse hacia Bahía de los Cuajos.

La cama era mullida y las sábanas, blancas. Hacía muchos días que Marion no disfrutaba de un buen descanso. Sin embargo, como le ocurría cuando estaba en tierra, extrañaba el vaivén del oleaje y el confortable arrullo del océano. Un segundo antes de sumirse en un sueño muy profundo, la tristeza le invadió el espíritu. Aquel pensamiento que había tratado de evitar durante toda la tarde acudió sin piedad a su memoria: Petro Landas estaba muerto.

Alrededor de las cuatro, Marion se despertó alterada. Estaba soñando, una vez más, con la puerta de sus pesadillas. Puerta que en el sueño no podía o no quería abrir. Del otro lado alguien gritaba. Ella reconocía la voz de un hombre, grave y profunda, pero intentaba no oírla. Luego veía el humo y la luz del fuego que se asomaba por debajo y aquella voz familiar le suplicaba que abriera, que ayudara, que hiciera algo para evitarle una muerte lenta y horrorosa. Finalmente, presa de un gran remordimiento, Marion cedía ante el reclamo y la abría, pero el fuego terminaba atacándola a ella mientras que la persona que había estado dentro, ilesa, estallaba en una cruel y siniestra carcajada.

Abrió los ojos con las pupilas de aquel hombre grabadas en las suyas. Estaba sudando. Era común que aquel sueño la visitara cuando dormía en tierra. El mar tuvo siempre el poder de calmar sus demonios.

Tardó unos minutos en reconocer la habitación y situarse en espacio y tiempo. Parecía mentira que tan solo ayer hubiera sido testigo del naufragio del *Esmeralda*, víctima del rapto falso de un hombre trastornado y huésped de su querido amigo Rudi.

Afuera, las primeras luces del día dibujaban una estela de colores sobre el horizonte. Desde la habitación, las calles de Balbos se veían como un intrincado laberinto y el amanecer y las farolas de las casas teñían el aire con luminiscencias azules, rosadas y naranjas.

Cuando atravesó las callejuelas, aún estaba oscuro y destemplado. Podría haberlo evitado, pero no quiso. Tomó por el camino conocido que la conduciría a la posada donde se había hospedado la última vez que estuvo en Balbos. Quería recordar.

Se sorprendió al ver que en aquella esquina no había nada. Tan solo un cartel maltrecho que antes decía "Amarina" y algunos escombros atestiguaban, apenas, que allí había existido un edificio.

"Qué lástima —pensó—. Ya nada queda de lo que alguna vez fue nuestro".

Siguió caminando con paso firme por la calle que la conduciría a la entrada continental de la ciudad. Ya unos metros antes de llegar a destino, pudo ver el arco gigantesco que los primeros habitantes habían construido durante el apogeo de la ciudad, con el fin de recordar a los que llegaban la grandeza del pueblo balbino. El arco era magnífico, compuesto por dos columnas monumentales y un friso que narraba con imágenes guerras y héroes del pasado. Dos enormes lagartos esculpidos en piedra trepaban ágilmente las columnas, animados por el genio anónimo de un escultor olvidado. Desde la entrada, situada en una de las partes más elevadas del terreno, se podía contemplar la ciudad y el mar, que en aquel momento tenía un color oscuro, a la espera de que el sol terminara de salir para brillar con fuerza.

La claridad era casi total cuando Marion escuchó los cascos de los caballos que se acercaban desde el otro extremo del camino. Allí estaba Augur, que lucía más alto y más delgado de lo que lo recordaba, vestido, al igual que el día anterior, con pantalones blancos y una camisa que se asemejaba a una túnica, abrochada por la fíbula que había servido de navaja.

Marion se alegró de verlo. La promesa del *Ketterpilar* le encendía el corazón. Quería llegar a él tan pronto como fuera posible. Casi no se dirigieron la palabra, se saludaron secamente y cada uno montó su caballo.

Al igual que la ciudad de Balbos, el camino se hallaba sobre un área de colinas; los animales ascendían y descendían constantemente bajo el sol de la mañana. Se había convertido en un día cálido y casi no había nubes que mancharan el cielo con pinceladas grises. De cuando en cuando, un cuajo atravesaba la ruta con rapidez hasta perderse en los arbustos que escoltaban el camino.

A Marion le llamaban la atención aquellos reptiles esquivos que se diferenciaban de los lagartos comunes por el tinte gris perlado de su piel y su tamaño, ligeramente más pequeño. Había escuchado que además poseían un temperamento volátil y una mandíbula afilada, por lo que consideró prudente mantener distancia cada vez que uno o más cuajos se cruzaron por la ruta.

Cerca del mediodía llegaron al lugar más elevado. A la distancia apareció el mar, en medio de dos elevaciones de tierra. Marion pudo ver la playa y, no muy lejos, un barco. Era el *Ketterpilar*.

Tiró de las riendas y el caballo se detuvo. Durante unos segundos admiró la embarcación como si ante sus ojos desfilara el más exquisito de todos los tesoros. Augur no advirtió que la capitana se había detenido y continuó su camino cuesta abajo. Al ver que el hombre se estaba alejando demasiado, despertó del hechizo y reemprendió la marcha. Su corazón al fin estaba tranquilo. Había visto con sus propios ojos que, en efecto, su querido barco los aguardaba al final del recorrido.

Después de un corto tramo, el mar se volvió a esconder detrás de las colinas y no se dejó ver hasta pasada una hora cuando, luego de atravesar una zona de vegetación espesa, arribaron por fin a la playa.

EL *KETTERPILAR*

La bahía contaba con una pequeña porción de arena, rodeada de una variedad de árboles añosos y aromáticos, en los que podían oírse todo tipo de insectos ocultos en las ramas. Augur levantó la vista al cielo.

—Vamos —dijo.

Para sorpresa de Marion, la playa no estaba desierta. Allí los esperaba un personaje de tez oscura y pelo negro, vestido con una túnica color caqui. El hombre custodiaba un bote que estaba amarrado a la raíz de un árbol que había crecido en proporciones desmedidas.

—Se les está haciendo tarde —anunció mientras desataba la soga.

Saludó a Augur con un apretón de manos y a Marion con una reverencia. Luego de que ellos embarcaran, tomó los caballos y se perdió por el mismo camino por el que habían llegado.

Remaron en dirección al *Ketterpilar*. El agua de la bahía era transparente y durante el trayecto pudieron ver todo tipo de peces de colores que nadaban cercanos al lecho de arena blanquecina.

Algunos de los muchachos que ya estaban prestos a partir los ayudaron a abordar. Cuando Marion puso las dos botas sobre los tablones de cubierta, el viento sopló de manera inesperada y le sacudió el sombrero. Aquella brisa no podría haber sido más oportuna: adornaba con una cuota de justo dramatismo el glorioso momento en el que volvía, convertida en capitana, al que alguna vez había sido su hogar.

Marion inclinó un poco la cabeza y sostuvo por el ala su sombrero. Una dulce sensación de omnipotencia le palpitó en el pecho; aun así, intentó que en su rostro no se delineara el regocijo. Cuando el viento cesó y pudo levantar la vista, se encontró con unos cuantos muchachos demasiado jóvenes que la miraban con curiosidad y expectativa. Le pareció que algunos hasta se veían asustados. Sus caras la divirtieron. Sabía que mucho se andaba diciendo de ella por ahí y lo comprobaba al ver sus expresiones. De seguro habían oído los fantasiosos relatos de los marineros. Era cierto que Marion sabía defenderse y que, en alguna ocasión, había tenido que golpear a más de un hombre que la doblaba en tamaño, pero nada tan magnífico como para justificar aquellas habladurías que recorrían los puertos. Sin lugar a dudas habían sido las víctimas y sus orgullos lastimados los artífices de las ridículas leyendas que la tenían de protagonista.

Hacía tiempo que su amigo Rudi —privado de un físico ejemplar— le había enseñado eficaces técnicas de pelea para los menos favorecidos. El famoso dicho "la maña supera la fuerza" cobraba sentido en su habilidad para defenderse. En algún punto estaba encantada con todos los mitos que habían tejido en torno de ella, pues le habían resultado muy útiles a la hora de manejar a sus subordinados.

—Estos son Derain, Vlaminck y Henri —dijo Augur refiriéndose a tres de los marineros más jóvenes, que parecían aún más contrariados que el resto—. Derain estará a cargo de la cocina hasta llegar a Rivamodo, en donde nos alcanzará nuestro cocinero de abordo.

Derain tenía un aspecto tan aniñado que inquietó a la capitana. Tuvo sinceras dudas de que hubiera navegado alguna vez o pudiera soportar el rigor del mar. Los otros dos tenían la mirada igual a la de un buey. Henri, con sus ojos enormes, brillantes y redondos, no parecía saber en absoluto lo que hacía en aquel barco, mientras que Vlaminck, flaco y desgarbado, se esforzaba por aparentar solvencia.

Otros cuatro marineros fueron presentados a continuación: Berto, un hombre de grandes dimensiones y ojos pequeños; Lanor, un muchacho alto y de largo pelo colorado; Edico, el mayor de todos, y Feder, un joven muy rubio, que no parecía siquiera entender el idioma. La capitana comprobó que no se habían equivocado al describirlos como inexpertos.

—Él es Clau Molinari, el contramaestre —Augur presentó al octavo marinero, que parecía mucho más maduro que el resto de la tripulación.

De rasgos firmes y espíritu templado, Marion reconoció al instante la capacidad del hombre, y se alivió de tener al menos a una persona capaz a bordo.

—Y por último está Xavier Cornelis, el piloto.

Debió admitir que el piloto también parecía bastante bien plantado. Era alto y delgado, tenía un porte elegante, la frente amplia y unos grandes ojos grises. El joven no vaciló en acercarse y estrecharle la mano con confianza.

—Bienvenida, capitana —la saludó.

Marion respondió con un gesto de agradecimiento y ordenó, con la actitud segura de los que saben lo que hacen:

—¡A sus puestos, marineros!

Ocuparon sus lugares de inmediato.

—¡Leven anclas! ¡Icen velas!

En cuestión de minutos, el *Ketterpilar* se encontró con rumbo estable a la ciudad de Rivamodo.

—¿Cuántos días haremos puerto? —preguntó, después de varias horas de navegación.

—Realmente no lo sé —respondió Augur mientras ojeaba las páginas de un libro, sentado sobre la cubierta—, supongo que al menos una semana.

—¿Y luego qué? ¿De nuevo a Balbos?

—No, eso seguro que no —levantó la vista de su lectura—. El próximo destino se lo confiaré una vez que los dos hayamos terminado nuestra misión en Rivamodo.

Marion miraba fijo al horizonte mientras rumiaba todo tipo de pensamientos. "Estoy demente —se decía— al aceptar sumarme a esta travesía de locos". Sin darse cuenta, apretó las mandíbulas y la mirada se le volvió pequeña y penetrante. "Un momento —pensó—, ¡¿*los dos*?!, ¡¿*nuestra*?!".

—¿A qué se debe que llame *nuestra* a *su* misión en Rivamodo? —preguntó intentando controlar su temperamento.

—Ah, bueno, sí... —masculló el hombre mientras cerraba definitivamente el libro y se ponía de pie—, creo no haberle comentado que esperaba que me acompañase...

Marion no pudo disimular su asombro. Miró a Augur con una expresión que oscilaba entre el desconcierto y la violencia.

—Bueno, de no querer hacerlo... —vaciló, con el libro apretado entre las manos—, no tiene por qué sentirse en la obligación...

Marion no necesitó decir una sola palabra, su cara habló por ella. Se aferró al timón y miró hacia adelante, sin ningún deseo de continuar la conversación. Tenía muy en claro que estaba allí pura y exclusivamente para comandar el *Ketterpilar* y que no iba a involucrarse en las empresas delirantes de aquel grupo de excéntricos. Augur percibió el descontento de la capitana y, con acierto, atinó a retirarse al interior del barco. Antes de perderse por la escalerilla, dijo:

—He dejado algunas cosas de utilidad sobre su cama. No tengo que indicarle cuál es su camarote, ¿verdad?

—No —contestó secamente—. Gracias.

Al cabo de unas horas las luces se fueron extinguiendo hasta que el cielo se volvió de un azul profundo y melancólico. Navegaban no lejos de la costa; a estribor podía verse la silueta de los montes que crecían en altura a medida que avanzaban hacia el norte. La región de Balbos era el preludio de la cordillera de Hémera, famosa por sus montañas altísimas y su paisaje agreste. Rivamodo, la ciudad a la cual se dirigían, estaba emplazada en un pequeño valle circular, una porción rebelde de tierra que, al llegar a su límite, explotaba en picos imponentes. La única manera de acceder a ella era a través del mar, pues estaba circundada por cordones montañosos que volvían imposible cualquier expedición a pie.

Azotada por terribles vendavales, Rivamodo era presa de una indiscutible mala reputación. Nadie la visitaba a menos que lo hiciera con fines comerciales. Los lugareños estaban sometidos a los caprichos del clima, confinados en sus casas o en sus trabajos durante la mayor parte del tiempo a causa del viento que no les permitía vivir puertas afuera.

Era sabido que muchos de sus habitantes habían enloquecido sospechosa y paulatinamente. La sabiduría popular había encontrado una simple explicación: el viento los había vuelto locos. No era difícil imaginar que el continuo silbar entre las rendijas de las ventanas o el ataque constante de un viento arrasador podían crispar los nervios de cualquier ser humano en su sano juicio.

—Está cambiando el viento, sería conveniente izar la vela mayor —señaló una voz a sus espaldas.

Marion se dio vuelta para encontrar a Xavier Cornelis, el piloto, a la espera.

—Ah, sí, por supuesto, pero aguarde unos minutos, aún podemos aprovechar la velocidad de esta corriente —sugirió ella al observar las nubes que corrían, aceleradas.

—Como usted diga, capitana. Acordamos mi relevo en media hora, ¿no es cierto?

Lo pensó un instante.

—Hágase cargo ahora, Cornelis.

Xavier asintió con la cabeza y se ubicó en el timón. Marion comenzaba a sentir el cansancio en el cuerpo. Se había levantado cuando aún era de noche y había soportado la extenuante cabalgata a Bahía de los Cuajos hasta abordar el *Ketterpilar*. Para peor la temperatura había disminuido y necesitaba con urgencia ir en busca de un abrigo.

Aún no había inspeccionado el interior de la nave y ya no quería demorar más en hacerlo. En verdad era extraño estar de nuevo allí, con toda esa gente desconocida.

Caminó por el pasillo apoyando la mano sobre las paredes, como queriendo comprobar que no estaba soñando. A sus costados estaban las puertas que conducían a los camarotes. Hacia el final había una más pequeña, una puerta que Marion conocía más que ninguna otra, la que conducía a un pequeño armario-camarote que había sido exclusivamente suyo la primera vez que había habitado allí.

No pudo resistirse y entró. En las paredes aún estaban algunas de sus inscripciones. A veces, por las noches, cuando por algún motivo estaba inquieta, la calmaba tomar su navaja y hacer pequeños dibujos en lugares que podían pasar desapercibidos. Se rio por una en particular: una pequeña estrella, a la altura de donde había estado la cabecera de su catre. Un sabor amargo le nubló el espíritu y tuvo que salir. En esta ocasión no iba a ser ese su cuarto. Esta vez ocuparía el que le correspondía al capitán. Se detuvo unos momentos ante la puerta y la entornó con lentitud. Todo estaba exactamente igual a la última vez que había estado allí.

El lugar era austero pero confortable, tenía las paredes pintadas de un color rojizo un poco anticuado y, sobre los estantes, había un par de libros viejos. Hacia la izquierda un mueble antiguo y, sobre la cama, vestida con un edredón claro, Augur había dejado algo de ropa, un jabón, un lápiz, un cuaderno y una vieja brújula que había estado en el barco desde siempre.

Marion se sentó al lado de las cosas. Recorrió con la mirada cada rincón y cada objeto. Una vez que terminó de inspeccionar todo, respiró e intentó deshacerse del nudo que le cerraba la garganta. En un impulso se obligó a abandonar la habitación.

Se dirigió hacia la cocina con el ánimo renovado. Sentía que de alguna manera había hecho una importante vuelta de página. Un capítulo había terminado y presentía que el que estaba comenzando era temido y anhelado al mismo tiempo. A pesar de su cansancio, se sentía satisfecha de estar nuevamente haciendo lo que más amaba: navegar.

Al entrar, se encontró con que Derain, Vlaminck y Henri estaban charlando de manera animada. Al verla, cesaron repentinamente su conversación. La capitana los observó entretenida. Derain se había congelado con la expresión en blanco, como si alguien le hubiera hecho una pregunta y no supiera la respuesta.

—Vengo por un té —explicó.

Derain y Vlaminck corrieron hacia donde estaba la olla para calentar el agua, se pisaron entre sí y trastabillaron.

—Está bien, muchachos, me lo haré yo sola —los tranquilizó y, tomando una taza de la alacena, rio por lo bajo. Era muy probable que, por su actitud, hubieran estado hablando de ella.

Mientras se preparaba el té, se preguntó si podría jugar un poco con ellos. Seguramente sería divertido verles las caras si hacía un par de preguntas inofensivas.

—Por favor, continúen... hagan como si no estuviera aquí. ¿De qué estaban hablando?

—Em, no, este... —balbuceó Vlaminck mientras cortaba una zanahoria con nerviosismo— de... —el joven miraba desesperado a un lado y a otro en busca de la mirada de sus compañeros— eh... del de de de...

—Del mar —se apresuró a completar Henri.

—El mar, ¿eh? —continuó Marion—. ¡Qué tema!

—Sí-sí, mu-mu muy interesante —observó Vlaminck, que se detuvo justo a tiempo antes de rebanar su propio dedo.

—Y si no soy indiscreta... ¿qué, específicamente, decían sobre el mar?

—Bueno... —masculló Vlaminck—, el mar, usted sabe.

—Yo sé... —insistió Marion.

—El mar —dijo, y se quedó callado.

—¿El mar qué? —insistió la capitana, que se estaba divirtiendo como nunca.

—El mar. El mar que es grande y tiene... —Vlaminck sudaba. Los anteojos se le habían resbalado hasta la punta de la nariz puntiaguda y ya no cortaba nada, se dedicaba exclusivamente a mirar a sus compañeros con expresión de espanto.

—¡Ballenas! —aulló Derain, que había estado buscando en su cabeza algo con que salvar a su compañero.

—¡Ballenas! —gritó Vlaminck aliviado, y miró con agradecimiento a Derain, que parecía asombrado de sí mismo.

—¡Ballenas! —canturreó Marion mientras asentía con la cabeza.

—¡Sí! —continuó Vlaminck—. Son realmente unos animales increíbles, ¿no es cierto? —añadió en un intento de sostener el disparate.

Todos rieron, especialmente Marion, que aprovechó para soltar una sonora carcajada. Después de unos segundos, cuando las risas se apagaron, en la cocina se generó un silencio incómodo.

—Usted estuvo allí, ¿verdad? —la voz tímida de Henri venía desde la mesa.

Marion tomó un sorbo de su té. Cayó en la cuenta de que pronto comenzarían a hacerle preguntas sobre los hechos transcurridos en el *Esmeralda* y no tenía la más mínima intención de responderlas. Henri la miraba fijo con sus ojos saltones.

—Si te refieres al naufragio del *Esmeralda*, sí, estuve allí —soltó Marion, tajante.

La sonrisa se le esfumó. Los tres marineros, que parecían haberse relajado al fin, volvieron a sentirse perturbados.

—¿Ustedes tres están encargados de la cocina? —preguntó retomando su tono distante y autoritario.

Derain y Vlaminck miraron a Henri con inquietud.

—Ellos dos, capitana. Yo no —confesó el último.

—Entonces sería bueno que retomara sus tareas, marinero —sugirió. Sin necesidad de que le digan nada más, Henri se puso de pie y abandonó la cocina.

Marion tomó unos bizcochos que había sobre la mesa y algo de jamón. Puso todo en un gran plato y, después de hacerse también de una botella de agua de eftal, se dirigió a su camarote, no sin antes despedirse de los marineros.

—No voy a cenar hoy así que buenas noches, caballeros.

—Buenas noches, capitana —saludaron los hombres a ridículo coro mientras veían cómo la figura de Marion se perdía en el pasillo, dejando en la cocina una extraña sensación de desconcierto.

LA LLEGADA A RIVAMODO

A las cinco de la mañana Marion se hallaba ya sobre cubierta y aguardaba inútilmente que la claridad calentara el aire que helaba su nariz. Era notable cómo el clima había cambiado desde su partida de Balbos el mediodía anterior. Había reemplazado a Xavier hacía media hora, y faltaban al menos dos para divisar la costa de Rivamodo.

Se acercó la taza de café al rostro para calentarse y se preguntó qué se propondría Augur. La única razón por la cual la gente se acercaba a aquellos parajes inhóspitos era el carbón, y dudaba sinceramente de que la Cofradía de Ménides estuviera interesada en el comercio de aquel preciado mineral.

Se cubrió la cara con las solapas de su sobretodo y bostezó. De pronto algo llamó su atención: cerca de la vela mayor, un ave describía círculos y emitía unos quejidos apenas perceptibles.

Absorta en el movimiento del pájaro, sintió que el corazón le daba un vuelco cuando Augur la tomó del brazo. El hombre, silencioso como un lince, miraba al igual que ella el vuelo del pájaro sobre sus cabezas.

—Tendremos que llegar a Rivamodo antes de lo estipulado —anunció como leyendo una profecía.

—¿Por qué? —preguntó Marion, harta ya de su comportamiento excéntrico.

—Porque el clima va a tornarse peligroso.

—¿Y cómo lo sabe?

—Simplemente lo sé.

—Según mis cálculos va a continuar frío y posiblemente nublado, pero nada que pueda llegar a afectar la navegación...

—Hágame caso, capitana. Lleguemos a Rivamodo antes de tiempo.

Augur sacó de su bolsillo un trozo de pan viejo y lo depositó sobre la palma de su mano abierta. Luego silbó una melodía que hizo que el ave bajara grácilmente hasta posarse en su antebrazo y, con delicadeza, picoteara el pan hasta comerlo todo. Una vez acabado su festín, el pájaro miró a Augur con un gesto casi humano y emprendió vuelo para perderse en la oscuridad de la montaña a contra luz.

Marion quedó realmente impresionada. Estaba acostumbrada a clasificar y reconocer a las personas a primera vista y probado estaba que la mayoría de las veces acertaba sus sentencias. En este caso era distinto. Augur no era alguien fácilmente encasillable. Tenía una manera de desenvolverse pausada y armoniosa, casi mística, como si no fuera de este mundo.

Marion llegó a sospechar que era algún tipo de sacerdote o monje. Saltaba a la vista que sus tiempos eran los del espíritu y que su mente percibía más que el común de la gente. Había algo en él que le resultaba irritante, una contradicción que quizás tenía que ver con el notorio contraste entre sus facciones rígidas y su altura amenazante y la dulzura que guardaba en sus modos y sus gestos.

Luego de la partida del pájaro, Augur se quedó junto a Marion. El viento soplaba fuerte y eran varias ya las nubes que, a gran velocidad, se arremolinaban de manera amenazante.

—Llegaremos en una hora aproximadamente —informó la capitana al cabo de un momento, dejándole saber que tomaría en cuenta su consejo.

—Por la conversación que mantuvimos ayer asumo que se quedará en el barco, ¿verdad? —preguntó Augur observando con preocupación la oscuridad del cielo.

—Sí —respondió ella.

—Está bien, mejor así. Estaré tranquilo sabiendo que mi barco quedará en buenas manos durante mi ausencia —dejó ir como al pasar.

Los ojos de Marion se abrieron de par en par. Esperó unos instantes antes de continuar la charla. No quería sonar interesada.

—Entonces este barco es suyo…

—Así es —confirmó—, he visto cómo han puesto, uno sobre otro, cada uno de los tablones que nos sostienen en este mismo instante.

—Qué interesante —comentó Marion, y pensó que ya utilizaría aquella información a su debido tiempo.

Aunque Augur parecía una persona inocente, distaba mucho de serlo. Tenía en claro cada paso que daba y cada palabra que decía. Y por cómo las cosas se estaban planteando, todo marchaba de acuerdo con sus deseos.

El viento sopló más y más fuerte en el transcurso de los minutos que siguieron hasta divisar el puerto de Rivamodo. Era evidente que se estaba gestando una tormenta poderosa. Por fortuna, y gracias a los consejos de Augur, ya estaban próximos al puerto.

Luchando contra el vendaval, que les exigía un gran esfuerzo para mantenerse en pie, echaron anclas a una distancia prudente de la costa. Marion vio cómo Xavier Cornelis y Clau Molinari se embarcaban con Augur en el bote que los llevaría a la ciudad. Derain, Vlaminck y Henri se quedarían en el barco junto con el resto de la tripulación.

Augur se despidió de Marion y accionó las cuerdas que harían que el bote descendiera al mar. Quizás sintió pena al caer en la cuenta de que el hombre llevaría a cabo sus tareas solo, o tal vez curiosidad por lo que tramaba, o simplemente odió el solo pensamiento de permanecer a bordo con aquel trío de ineptos, o, lo que parecía más probable, fantaseó con la idea de quedarse con el *Ketterpilar* a cambio de su paga en knuros. El caso es que, con un ágil movimiento, la capitana saltó dentro del bote y se decidió a acompañar a Augur.

—No se atreva a decir nada. Espero que esto aumente mi paga de manera considerable —gruñó antes de que el hombre dijera una palabra.

—Le prometo que será bien recompensada —aseguró él satisfecho.

Ya en Rivamodo avanzaron por las calles con dificultad. Debieron entrecerrar los ojos para protegerlos del viento y de las cosas que este llevaba consigo. Augur luchaba para mantenerse erguido, debido a su débil contextura física, y Marion sentía que no podía respirar con normalidad. Molestos, llegaron a la puerta de un antiguo negocio de zapatos, donde se detuvieron.

En la vitrina había un cartel pintado a mano que decía "Zapatería del Rey". Marion no se sorprendió al ver que debajo de aquel nombre había dibujado un pájaro que cargaba un zapato con el pico. Lo llevaba del cordón, lo que de alguna manera repetía el patrón que había visto días atrás en el Hostal del Rey.

Augur golpeó tres veces a la puerta, haciendo pausas diferentes entre un golpe y otro, como si se tratara de algún tipo de contraseña. La puerta, sin embargo, no se abrió. El viento comenzó a soplar más fuerte. Las caras de ambos se iluminaron por el rayo que estalló en el cielo y todo lo que alrededor pesaba menos que ellos se arremolinó en el aire peligrosamente. Después de unos segundos, el trueno que siguió al rayo hizo que la tierra temblara debajo de sus pies. En un abrir y cerrar de ojos el cielo se deshizo en un millar de gotas que lo empaparon todo. Marion y Augur estaban tan ensimismados en el temporal que no advirtieron que la puerta había sido abierta y que, del otro lado, un ser de baja estatura luchaba para sostenerla y les gritaba a viva voz que se apresuraran a entrar.

La Zapatería del Rey

Al ver que la puerta estaba abierta, Marion empujó a Augur sin vacilar y ambos entraron trastabillando a la misteriosa vivienda. Aunque habían estado tan solo unos minutos bajo el temporal, habían quedado empapados de pies a cabeza. Una vez bajo techo, con las vestiduras chorreando y los cabellos pegados a la cara, se miraron y empezaron a reírse.

—Pero si parecen dos gatitos mojados —se burló una voz a su costado que Marion no tardó en reconocer.

—¡Rudi! —gritó feliz, y corrió a abrazar a su amigo sin hacer ningún esfuerzo para no mojarlo.

Después de unos segundos, cuando cayó en la cuenta de la situación, exclamó:

—¿Pero qué estás haciendo…? ¿Y cómo…?

—Ya te explicaré todo, querida amiga. Por segunda vez en menos de tres días, déjame primero traerte ropa seca.

Marion estaba realmente complacida. Jamás hubiera esperado ver a Rudi detrás de aquella puerta. Sin embargo, el hallazgo la inquietaba. La presencia de su amigo planteaba la posibilidad de que algo de lo que Augur decía pudiera llegar a ser cierto.

Se sentaron a una mesa redonda ubicada en la trastienda del negocio. A diferencia del Hostal del Rey, la zapatería parecía estar aún en funcionamiento puesto que había zapatos por todos los rincones, sobre extensas estanterías o en hormas que los modelaban. Zapatos por el piso, zapatos sin pareja, viejos o nuevos, con las suelas despegadas o el cuero apolillado. Lo más característico del lugar era el olor a betún que flotaba en el aire y que penetraba profundo en la nariz.

Mientras esperaban a Rudi, que traería también algo de comida, Marion se dedicó a inspeccionar. Se detuvo frente a un cuadro de grandes dimensiones que colgaba detrás del mostrador de entrada. En él, dos niños pobres comían uvas. Tenían los rostros manchados de tierra y los pies descalzos. Aquella imagen la conmovió de tal manera que un poco de la felicidad que había sentido al ver a su amigo comenzó a desvanecerse. El cuadro le recordaba una realidad de Knur que hacía tiempo no veía... O se había asegurado de no volver a ver.

—Bien, bien, bien... —canturreó Rudi entrando en la habitación con una bandeja repleta de comida, una camisa amarillenta que no olía del todo bien, unos pantalones viejos y unas toallas secas—, vamos a ponernos al día y a aprovechar el tiempo que no es mucho. Espero que sepas entender que la ropa es para la dama, Augur.

—Por supuesto, amigo, por supuesto —rio el hombre—. Yo me conformaré con estas toallas.

Marion tomó la holgada vestimenta, de seguro propiedad de alguno de los dueños de la zapatería, y se dirigió al cuarto que Rudi acababa de dejar. Se encontró en una cocina pequeña, llena de trastos y utensilios. Mientras se cambiaba la ropa mojada por la seca, se divirtió observando que también allí había zapatos regados por el suelo, incluso dentro de las alacenas. Marion tuvo la ocurrencia de que la gente llevaba los zapatos a enmendar, pero que, a causa del mal tiempo y la fatiga, jamás los reclamaba. Aquel lugar era una verdadera ciudadela de zapatos olvidados.

Una vez que dejó la ropa húmeda cerca del horno encendido, regresó a la habitación en donde los dos hombres conversaban animadamente.

—¿Has traído lo que te pedí? —preguntó Augur a Rudi mientras tomaba una abundante porción de budín de la bandeja.

—Está en el sobre que puse...

—Un momento —interrumpió Marion—. Antes de que se vuelquen de lleno a sus asuntos... ¿no piensas decirme cómo es que llegaste aquí? —le reprochó.

—Tomé un barco la misma noche que llegaste a Balbos, les llevaba más de medio día de ventaja...

—No me refería a por qué medios, Rudi —aclaró Marion en tono amenazante.

—Claro. Lo siento, es que de veras me resulta natural que estés metida en todo esto... Como si hubieras formado parte de la Cofradía desde siempre.

Marion se puso tensa.

—Yo no formé ni formo parte de ninguna cofradía —retrucó—. Tan solo estoy cumpliendo mi tarea, que es navegar el *Ketterpilar*. Y creo que con eso has respondido a mi pregunta. Veo que también eres miembro de este grupo festivo...

Rudi abrió su camisa y dejó al descubierto su medalla.

—Tendría que haberme dado cuenta… —pensó en voz alta, y se preguntó cómo no había encontrado antes coincidencia entre la medalla de su amigo y la de Petro Landas.

—He sido siempre muy cuidadoso en no mostrarla —aclaró Rudi, como adivinando sus pensamientos.

Mientras ellos hablaban, Augur, que había encontrado el sobre a un lado de la bandeja, se ocupaba de investigar su contenido.

—Al parecer las coordenadas son bastante precisas. Igualmente estábamos esperando tu llegada para confirmarlo —le explicó Rudi a Augur, en referencia a un mapa que había dentro del sobre.

Mostrando entusiasmo por lo que estaba a punto de hacer, el cocinero volvió a abandonar el cuarto. Augur pareció adivinar sus intenciones y sonrió con expectativa. Marion sintió que estaba rodeada de lunáticos. Le costaba sobre todo acostumbrarse a la idea de que su querido amigo fuera un actor más en aquella escena delirante. Al cabo de unos segundos, Rudi regresó trayendo una jaula cubierta por una tela color índigo. Tan pronto atravesó la puerta, Augur se levantó de la silla como impulsado por un resorte.

—¡Rey, viejo amigo! ¿Eres tú?

Se trataba en efecto de Rey, un águila espléndida y altiva, a quien Augur prodigó todo tipo de saludos cariñosos cuando Rudi le quitó el cobertor a la jaula. Era un tanto cómico verlo en aquella situación, profiriéndole palabras amorosas a un ave indiferente. Había algo en él que impedía que sus expresiones de afecto le sentaran naturales.

Casi de inmediato se quitó el cinto de tela rústica que llevaba a la cintura y se lo ató alrededor del antebrazo. Luego abrió la jaula e introdujo el brazo para que Rey se posara en él. Una vez fuera de su cárcel, el águila inclinó la cabeza hacia uno de los lados y miró a Augur a los ojos. Era increíble cómo ambas criaturas mantenían un diálogo mudo pero extrañamente comprensible.

—No sabes la alegría que me da verte —le dijo, ya en voz alta, acariciándole la parte superior de la cabeza.

Rey le devolvió unos chillidos que parecían decirle que él también lo había extrañado.

—Ha sido el más valiente... —comentó Rudi interrumpiendo el momento emotivo—, luego de tres semanas en la cordillera de Hémera, ya temíamos lo peor... Pero aquí lo ves, sano y salvo, sin siquiera un rasguño.

—¡Ese es mi Rey! —celebró Augur.

—Los datos que nos ha proporcionado nos dieron esta ubicación —indicó el cocinero señalando un punto en el mapa—, esperábamos que estuvieras aquí para confirmarlo.

Augur hizo entonces un movimiento de muñeca que lo impulsó a volar. El ave dio dos círculos completos al ras del techo, para después dibujar un recorrido menos comprensible y quedarse suspendido unos segundos. Luego de lanzar dos picotazos en el aire, volvió a posarse en el brazo de su dueño y se quedó allí, duro como piedra. Augur observó todo con total concentración.

—¿Y? —preguntó Rudi ansioso.

—Los datos son correctos —confirmó.

Ambos examinaron el mapa una vez más. Marion los miraba, perpleja y descreída. "¿Qué estarán buscando?", pensó. Sin embargo, no quería hacer preguntas.

—Pero entonces no está muy entrado en la montaña... Imaginábamos que sería un viaje más extenso...

—Dos días a lomo de burro.

—Perfecto...

—¿Irás solo?

—No, Marion irá conmigo.

—Entonces considérate afortunado —aseguró Rudi mirando a su amiga con orgullo—. Nadie sabe defenderse como ella.

—Aprendí de un gran maestro —reconoció la capitana dándole crédito a su antiguo entrenador.

—Es verdad, es verdad —asintió Rudi risueño—, no quiero presumir, pero tuve que enseñarle algunos de mis trucos cuando tan solo era una niña... Imagínate lo difícil que fue para ella sobrevivir en un barco lleno de marineros borrachos.

—Me lo puedo imaginar —respondió Augur, y pensó que a él le sería imposible vérselas con la gente de alta mar.

¡*Toc!* Un golpe los puso en alerta. Permanecieron en silencio, aguardando una señal que les indicara si debían esconderse o no. Luego de unos segundos, oyeron otro golpe y luego otro, con los mismos intervalos que había hecho Augur cuando fue su turno de llamar a la puerta.

—Deben ser Cornelis y Molinari —conjeturó Rudi más relajado, y les fue a abrir.

En efecto, los dos hombres entraron, empapados y furiosos.

—La odiosa mujer no quiso atendernos —bramó Xavier negando con la cabeza.

—Dijo que volviéramos mañana —añadió Molinari mientras se quitaba el abrigo.

—Al parecer estaba asustada o simplemente molesta por el clima. La gente aquí es muy rara —observó el más joven, y se frotó la cabeza para quitarse el agua del frondoso cabello.

—No se preocupen, muchachos, ya tendrán tiempo de conseguir las provisiones mañana —los consoló Rudi, en un intento de calmar los ánimos.

—¿Y qué si mañana la vieja arpía se levanta del mismo pésimo humor? ¡Tendremos que retrasar lo que teníamos planeado para la tarde! Así no podremos cumplir con lo pautado...

—Habrá tiempo para todo, Xavier, no se preocupe —aseguró Augur mientras ponía a Rey nuevamente en su jaula—. Has sido de gran ayuda, amigo, gracias —le susurró al ave mientras cerraba la compuerta.

Marion continuaba sin decir palabra. Observaba la escena ajena a todo intentando juntar las piezas del rompecabezas que los demás armaban con su diálogo. Había deducido que acompañaría a Augur monte adentro, en un viaje que les llevaría dos días a lomo de burro. Entre tanto, el resto de los integrantes del grupo tenía tareas que realizar durante su ausencia, como encargarse de equipar el barco con provisiones. Para un viaje más largo, quizás. No lo sabía. Mientras le daba las últimas mordidas a un farfaz, una fruta roja, madura y deliciosa, Marion pensó en qué dichosa se sentía de haber aprendido a vivir el momento. Así, despojada de toda ansiedad, se dedicó a estudiar a sus compañeros. Por un lado estaba Augur, distante, relajado, tratando de ver el temporal a través de una rendija en las maderas que tapiaban la ventana. A su lado, Rey parecía inmune al ruido que hacían las gotas que golpeaban contra las paredes y el techo, y al viento que se colaba silbando por cada resquicio de la construcción. Su amigo Rudi salía y entraba del cuarto llevando y trayendo platos con comida o toallas secas. Era notable cómo su espíritu afable iluminaba la sombría habitación. Molinari se había sentado a la mesa y comía en silencio, con la mirada fija en el piso roído. De todos los allí presentes era el que pasaba más inadvertido. Del otro lado, Xavier había tomado una toalla y terminaba de secarse el pelo. Notó que Marion lo estaba mirando y le devolvió una mueca parecida a una sonrisa. Ella pensó que lucía extrañamente apuesto con el cabello así revuelto. De inmediato reparó en lo curioso que le resultaba que un pensamiento como aquel cruzara por su mente en semejantes circunstancias. Sonriendo en complicidad consigo misma, meneó sutilmente la cabeza y borró todo rastro de simpatía hacia su descubrimiento.

Poco a poco y sin decir mucho, los hombres se fueron retirando al interior de la casona. Algunos bostezaron, otros arrastraron pesadamente los pies, todos con las mismas intenciones de descansar hasta que amaneciera. El último en dejar la habitación fue Augur, que se despidió diciendo:

—El tercer cuarto en aquel pasillo está a su disposición. Si quiere quedarse un rato más aquí, no será problema. Sin embargo, le recomendaría que aprovechara a descansar ya que mañana partiremos a las seis.

Marion respondió con un gesto afirmativo y permaneció sentada. Quería disfrutar un poco más de la tranquilidad de estar a solas. Se quedó escuchando la lluvia y los truenos que estallaban afuera. Percibió cómo iban cesando los ruidos que provenían de las habitaciones e imaginó la manera en que, uno a uno, los miembros de la Cofradía se quedaban dormidos. El calor de la chimenea y el rítmico chispear de la leña obraron un arrullo que la llevó a un estado de profunda somnolencia. Con los ojos entornados meditó sobre las palabras de Rudi cuando le dijo que sentía que ella había pertenecido a la Cofradía desde siempre. No podía dejar de admitir que todo aquello tenía un carácter inexplicablemente familiar. Se detuvo en la jaula cubierta por la tela. Imaginó a Rey dentro, con los ojos abiertos y brillantes, atento a cada estímulo, dominado por su instinto nocturno cazador. Pensó también que el ave debería haber estado libre aquella noche, desplegando sus alas bajo el cielo cansado de llover. Así fue como entre el vuelo imaginario, las palabras de Rudi y el murmullo del fuego, sus últimos pensamientos se fundieron en un sueño impostergable.

Horas más tarde abrió los ojos alarmada. Unos pasos se acercaban por el pasillo. Sigilosa, intentó despabilarse. Se dio cuenta de que se había quedado dormida camuflada en la oscuridad del cuarto. Una luz tenue y azul penetraba por las rendijas e iluminaba los objetos, solo perceptibles por los ojos acostumbrados a la oscuridad. Por el dolor que sentía en el cuello había dormido mucho y muy incómoda; debían ser alrededor de las tres o cuatro de la madrugada.

Los pasos se dirigían claramente hacia donde estaba ella. ¿Quién andaba despierto a aquellas horas? Marion esperó. Unos segundos más tarde pudo reconocer la figura de Xavier Cornelis.

—¿No puede dormir?

Las palabras de Marion asustaron tanto al muchacho que este tuvo que aferrarse a uno de los muebles para no caer al piso.

—Po-por poco me mata del su-susto —tartamudeó, y se llevó la otra mano al pecho, como queriendo calmar su corazón.

—Perdón... —susurró la capitana—, no fue mi intención sorprenderlo.

—¿Se ha quedado dormida aquí, sobre la mesa? —preguntó un poco más repuesto.

—Sí, al parecer el sueño me encontró con la guardia baja. ¿Usted? ¿Buscaba algo?

—Sí... un vaso de agua. ¿Quiere uno?

—No... —respondió Marion mientras se levantaba dolorida de la silla—, me parece que voy a seguir los consejos de Augur: descansar como se debe estas últimas horas.

—Sabia decisión.

—¿Y el vaso de agua? —preguntó, al ver que el muchacho regresaba a su dormitorio con las manos vacías.

—El susto me ha quitado la sed —explicó—. Que descanse.

—Gracias —contestó ella, y se internó en la habitación que Augur le había indicado.

Allí se encontró con la ingrata visión de decenas de zapatos regados por el piso que la esperaban para escoltarla durante su sueño. "Tendría que haberme quedado durmiendo sobre la mesa", fue su último pensamiento, antes de caer rendida en su lecho perfumado de cuero y betún.

El monte Bretal

—M arion...
Una voz cavernosa susurraba su nombre.
Ella nadaba en el fondo del mar. Los rayos solares que atravesaban la superficie marina parecían lazos luminosos movidos por el viento que adornaban el espacio azul y transparente. Un cardumen de peces color plata pasaba a su costado. El más grande abandonaba el grupo y la enfrentaba.

—Marion... —le decía, y ella sonreía mientras alzaba uno de sus dedos para tocarle las escamas...

—¡Marion!

La capitana cayó en la cuenta de que respiraban al unísono. Abrían y cerraban la boca en un divertido juego de espejo.

Augur levantó la voz para despertar a la capitana que, a juzgar por su sonrisa, parecía estar teniendo un sueño profundo y placentero.

—¿Marion? —repitió más fuerte, pero al ver que la capitana no reaccionaba sino que comenzaba a abrir y cerrar la boca de manera ridícula, se decidió a zarandearla un poco.

—¿Eh? Ah, sí... —balbuceó abriendo los ojos para encontrarse con que el pez se había transformado en Augur—. ¿Qué hora es?

—Son las siete. Pensé que sería mejor dejarla descansar un poco más. Si se apresura, podrá llegar a comer algo.

Marion se incorporó con dificultad. Se dirigió a la cocina en busca de su ropa, que por fortuna ya estaba seca. Pudo ver que a través de las rendijas de las ventanas entraba la luz del sol, al parecer había despejado durante la noche. Lo que no había mermado era el viento, que silbaba incluso con más intensidad y golpeaba con furia contra la casa.

Una vez vestida, se dispuso a disfrutar el festín sobre la mesa: una gran jarra de café, galletas y mermelada de farfaz.

—Rudi le ha dejado todo esto —explicó Augur, y admiró la rapidez con que la capitana engullía su desayuno.

—¿No van a despedirnos? —preguntó ella, la boca llena, mientras vertía más café en su taza.

—No, ellos deben cumplir otras tareas.

—Hablando de eso —comentó y, divertida, trató de sonar formal—, ¿podría ser tan amable de explicarme más detalladamente la misión que nos espera?

—Por ahora solo puedo decirle que estaremos un par de días en el monte.

—Eso ya lo sé —refunfuñó.

—Entiendo que usted no tiene ninguna obligación de acompañarme y le agradezco su buena voluntad...

—Mi buena voluntad tiene su precio —se ocupó de aclarar rápidamente.

—Sí, sí —continuó Augur, un tanto fastidiado—. Le voy a pedir que tenga un poco de paciencia. La información le será dada a su debido momento.

—"La información le será dada a su debido momento" —repitió con sarcasmo.

No sabía por qué insistía en cuestionarle cosas a Augur si siempre encontraba la manera de hacerse el interesante.

Terminó su desayuno, que estaba delicioso, y siguió al hombre afuera.

—Camine conmigo, capitana —la invitó Augur, que parecía estar de excelente humor—. El clima hoy nos acompaña.

"Qué ridículo", pensó ella mientras trataba de ver algo a través de los párpados entrecerrados. Caminaron por las calles desiertas de Rivamodo. A la luz del día la ciudad era lamentable. El temporal de la noche anterior había dejado las calles inundadas, y las botas se les hundían en el barro. Las casas tenían el mismo color de la tierra rojiza: el viento las había teñido a todas por igual. En su mayoría estaban tapiadas para protegerlas del clima pernicioso. El aire estaba helado y ni un alma caminaba, además de ellos, por las calles.

Las montañas rodeaban la ciudad como una oscura fortaleza de piedra. Tan solo una pequeña porción de tierra se abría al mar y, desde donde estaban, podían divisar el palo mayor del *Ketterpilar* por entre las construcciones.

De pronto, Augur se detuvo y señaló una de las elevaciones más altas:

—Ese es el monte Bretal. Hacia allí nos dirigimos.

Marion pudo ver que la montaña a la que Augur se refería tenía la base cubierta de vegetación salvaje. Hacia la cumbre todo rastro de vida cesaba. En el extremo superior, que en aquel momento estaba rodeado de nubes grises y espesas, destellaban los reflejos de las nieves eternas.

Llegaron a una esquina donde había un terreno despojado. En sus fondos se levantaba un potrero donde algunos animales relinchaban molestos.

—Aguarde aquí —sugirió Augur.

Al cabo de unos instantes, regresó trayendo dos mulas por las riendas.

—Ha sido lo único que conseguí —explicó mientras ayudaba a Marion a montar.

—Fantástico —festejó ella con sarcasmo.

Al rato fue Molinari quien salió del potrero para ayudarlos a cargar las mulas con las provisiones que, por lo visto, habían conseguido temprano en la mañana.

—Buen viaje y buena suerte —los saludó mientras le daba una palmada al animal.

Poco sabía Marion de la cordillera de Hémera. En los pasados doce años, había estado en tierra lo justo y necesario mientras esperaba la carga que habría de llevar o recargaba provisiones, pero nunca por motivos de placer.

Después de un corto trecho llegaron al límite de la ciudad y se enfrentaron con la inmensidad de la montaña. Un sendero angosto iniciaba el ascenso a las alturas. Augur tomó la delantera y Marion lo siguió.

Mientras las mulas emprendían el camino cuesta arriba, Marion tuvo mucho tiempo para reflexionar. La aparición de Augur y su propuesta de sumarse a aquel nuevo desafío coincidían con un interno y poco claro deseo de hacer otro tipo de viaje, una travesía a lugares de su pasado de los cuales había estado huyendo desde hacía mucho tiempo. Había llegado a la conclusión de que se sentía cansada, cansada de un cansancio que no tenía que ver con el sueño ni con el cuerpo, sino más bien con un cansancio enraizado en un oscuro lugar dentro, al que no estaba segura de querer regresar.

La noticia de la desaparición de Petro la había llevado a experimentar una angustiante sensación de sinsentido. Por primera vez en muchos años se hallaba en la situación de no saber adónde ir. Había llegado a pensar que ya no tenía motivos ni deseos que le encendieran el alma. Miró a su alrededor y sonrió. Extrañas como eran aquellas circunstancias, habían sido para Marion como una brisa de aire renovado. De allí la facilidad con la que había aceptado la propuesta del curioso personaje que cabalgaba delante de ella. Gracias a su ofrecimiento, había podido vislumbrar una alternativa entre ninguna, le había devuelto su lugar en el mundo: el *Ketterpilar*.

Las mulas transitaban por un camino estrecho y pedregoso. Si hubieran querido ir lado a lado, no hubieran podido. A lo largo de la mañana se detuvieron en varias ocasiones para quitar la maleza que en algunas zonas les impedía el paso o porque el camino era demasiado angosto y peligroso y debían reforzarlo con piedras y ramas. Estaba claro que nadie en mucho tiempo había transitado por allí. Hacia el mediodía el sol comenzó a arder con fuerza debido a la altura que ganaban. A pesar de que Marion llevaba puesto su sombrero, sentía cómo los rayos quemaban cada parte de su cuerpo descubierto. Augur se había colocado una de las fajas que formaban parte de su vestimenta a modo de turbante, pero aun así su rostro se ponía cada vez más colorado.

—Es hora de buscar un lugar para descansar y resguardarnos del sol —sugirió.

—De acuerdo —coincidió la capitana.

Recorrieron el camino algunos metros más hasta que encontraron un llano lo suficientemente ancho como para atar las mulas y sentarse a la sombra. Marion sacó de su morral un farfaz que había robado de la zapatería y le dio una mordida jugosa.

—Gracias —soltó Augur.

Marion lo miró. No iba a darle el gusto de preguntarle por qué, así que continuó comiendo la fruta como si nada.

—Gracias por aceptar los términos que le propuse —agregó.

—Está bien. ¿Ahora va a decirme adónde vamos?

—Nos dirigimos hacia la morada de un viejo miembro de la Cofradía. El primero, podría decirse.

—No sé para qué nos molestamos, es evidente que no es un tipo muy sociable —bromeó Marion y, después de recibir un gesto de disgusto como respuesta, añadió—: convengamos en que no escogió un lugar lo que se dice accesible a las visitas...

—Supongo que se dará cuenta de que más que un hogar es su escondite.

—No sé por qué algo me lo decía...

—¿Va a tomarse todo lo que diga en broma?

—No, no —se apresuró a enmendar—. Por favor, continúe.

—La persona que vamos a visitar no quiere ser encontrada. Hace años que nadie lo ve y nos llevó mucho tiempo y esfuerzo dar con su paradero.

—Pero si hace tiempo que nadie lo ve... ¿Cómo sabemos que está vivo?

—Para eso ha estado Rey merodeando los alrededores durante el pasado mes... Una vez que supimos que se encontraba en el monte Bretal, necesitamos de su ayuda para dar con la ubicación exacta del anciano y, por supuesto, confirmar que aún estuviera vivo.

—¿Y toda esa información se la proporcionó el pájaro?

—Sí.

—Mmm... Ya veo...

Marion intentó continuar la conversación como si fuese algo corriente charlar con los pájaros. Cruzaron por su mente al menos diez comentarios sarcásticos para hacer, pero decidió intentar poner a un lado su escepticismo por un rato.

—Tenemos que ser cuidadosos porque no queremos asustarlo. El hombre ya está viejo y lo que menos espera es que lleguemos a tocarle la puerta.

—¿Sería tan amable de...?

—Sí. Por qué es tan importante visitarlo... Bien, a eso iba. Noah, así se llama él, fue discípulo de Ménides —Augur se detuvo unos instantes—. No sé si está al tanto de la verdadera historia sobre la caída de Ménides en Knur...

—¿Que se fugó con el tesoro del país?

—No —se lamentó el hombre, que en vez de enojarse pareció entrar en un estado de melancolía—. Eso es lo que se han encargado de divulgar los que lo sucedieron. Es hora de que conozca la verdad.

—A ver...

—Hace poco más de cien años, Ménides asumió el trono de Knur, lo que puso fin a una dinastía de reyes inútiles y déspotas. Durante su gobierno, el pueblo estuvo feliz por primera vez en mucho tiempo. Fue un rey sabio y generoso que se ocupó del bienestar de su gente y de conseguir la paz y prosperidad de su país. Había implementado una modalidad semidemocrática, en la que un consejo lo asistía en la toma de decisiones. Lo llamó la "Corte de las Igualdades" y estaba formado por ocho personas: un anciano y una anciana, una mujer y un hombre, un joven y una joven y un niño y una niña. De esta manera, los nueve se sentaban a una gran mesa redonda y debatían las distintas problemáticas y necesidades de la región.

—No sabía nada de eso. Es una idea interesante... suena bastante... justo.

—En verdad que sí. Ménides valoraba tanto la opinión de los niños como de los ancianos. Así fue como muchos problemas fueron resueltos de las maneras menos pensadas, gracias a la pureza racional de los más pequeños y la sabiduría de los mayores. El caso es que en aquel consejo estaba Noah, que en esa época representaba a los jóvenes. Con el tiempo llegó a hacerse muy cercano al rey, pues compartían la misma afinidad por los pájaros.

—¿También hablaba con los pájaros? —inquirió Marion, sin poder contenerse.

—Bueno, en cierta forma sí, a esta altura es necesario aclararle que lo que hacían Ménides y Noah no era exactamente "hablar" con los pájaros, sino practicar la ornitomancia.

—¿La qué?

—La ornitomancia. El arte de la observación adivinatoria de los pájaros.

—Que quiere decir…

—Poder predecir el futuro a través del vuelo de las aves.

—¿Y eso es posible?

—Es un arte muy complejo y muy antiguo.

—Ah… es por eso que… —Marion empezó a entender— usted siempre está mirando al cielo con tanta concentración… ¿También…?

—Sí —admitió Augur—, yo también domino el arte de la ornitomancia. Pero es un tema muy complejo como para que nos detengamos en él. Déjeme continuar con mi relato.

—Está bien… —balbuceó Marion, que hubiera preferido escuchar más sobre la adivinación y las aves, pero retomó el hilo de la conversación para no impacientar a su acompañante—. Entonces a Ménides y a Noah les gustaban los pajaritos…

—Practicaban la ornitomancia, correcto. El caso es que otro de los integrantes del consejo era alguien que puede haber escuchado nombrar… Su nombre era Emetrio Golfan.

—¡Golfan! Sí, claro. Como para no conocerlo —gruñó Marion—, la Papisa está obsesionada con convertirlo en dios.

—Ese mismo. Para entonces Golfan cumplía el deber de representar al hombre en aquel consejo de igualdades. Estaba muy celoso de Ménides, de su reinado, de su relación con el pueblo… A medida que pasaban los años, Ménides se hacía más grande y más justo y crecía en mente y en espíritu, mientras que Golfan ganaba en odio y rencores hacia el soberano. Así fue como, poco a poco, fue tramando la manera de desprestigiar al rey y quedarse con el trono.

—¿Cómo lo logró?

—Se complotó con la mujer que representaba entonces a la joven, un alma incluso más malvada que el mismo
Golfan, llamada Clara. Ambos le tendieron una trampa a
Ménides, juntaron algunos hombres y lo capturaron durante su sueño para luego llevarlo al destierro. El pobre
Noah corrió el mismo destino. Sabían que era el único que
se negaría a creer la mentira que pensaban difundir en
Knur. Luego robaron para sí el tesoro nacional y dijeron
que Ménides había huido con toda su fortuna. De esa manera, Golfan tomó el poder y puso como su mano derecha
a Clara Ultz.

—¿Clara Ultz? —Marion se detuvo a pensar unos instantes—. ¿La papisa Ultz?

—Exactamente.

—Claro, todo cierra a la perfección. ¿Pero qué tan bien
pudo arreglárselas Golfan como para que el pueblo creyera
semejante mentira, habiendo querido tanto a Ménides?

—Mi querida capitana, el pueblo compra siempre lo
que a sus ojos es más escandaloso. Lamentablemente, aceptar la mentira de que Ménides era en realidad corrupto y
ambicioso los hacía sentir que, después de todo, hasta lo
más noble era, al fin de cuentas, corrompible. ¿Entiende?
Luego, con el tiempo, se olvidaron, anestesiados por la falsa estabilidad del gobierno de Golfan y la Papisa.

—Entiendo.

Marion sentía que aquellas palabras tocaban fibras sen-
sibles de un pasado abierto.

—¿Pero por qué Ménides no volvió? ¿Por qué no...?

—Imagínese la desilusión del soberano al encontrarse
en un país ajeno y escuchar que las personas que él ha-

bía amado y protegido creían la infamia con la que habían manchado su nombre... El rey Ménides perdió la fe en su gente. Pero no del todo. Y es esta la parte de la historia que nos involucra.

—¿De qué manera?

—¿Ha escuchado hablar de la isla de Aletheia?

—Sí, claro, es una leyenda pintoresca —recordaba haber leído sobre ella en varios de sus libros.

—Ménides estaba obsesionado con la isla, tanto que recopiló historias, creó mapas...

—Pero es solo un cuento, una historia adornada con los guiños de los primeros poetas...

—Eso es lo que todos suponen. Una vez en el exilio, Ménides se atrevió a creer en la leyenda, se atrevió a creer que aquello que latía en la oscuridad de la fantasía era cierto. Siguiendo caminos que en teoría eran imaginarios, tras largas jornadas de investigación, logró traducir los nombres de las ciudades mencionadas en los libros de Oggin, hasta llegar a la maravillosa conclusión de que todas concordaban con ciudades reales...

—¿Me está queriendo decir que...?

—Sí, capitana Marion. El rey Ménides llegó a Aletheia.

En ese momento un crujir de ramas los apartó del relato. Por entre la vegetación apareció Rey con una soga aferrada al pico. Augur la tomó con cuidado y la pasó de derecha a izquierda por entre el dedo índice y el pulgar. Preocupado, miró a Marion y anunció:

—Molinari recomienda que nos apuremos. Al parecer sucesos extraños están aconteciendo en Rivamodo. Vamos. Terminaré de contarle en otro momento.

Desataron sus mulas y regresaron al camino. Pasado un rato Marion cayó en la cuenta de que el mensaje en la soga no la había sorprendido. En los últimos días lo insólito se había convertido en algo cotidiano. Las bestias andaban el camino. La cordillera los acompañaba a su costado, con sus sombras de animales antiguos sumidos en un sueño interminable. El sol se ocultaba tras sus lomos y el atardecer creaba un espléndido contraste que delineaba sus cuerpos en penumbras. Pronto cayó la noche y la temperatura disminuyó de manera abrupta. En las alforjas que Molinari había puesto a los costados de las mulas encontraron dos abrigos de piel que fueron de gran ayuda para sobrellevar el frío. Antes de que se extinguieran las últimas luces, buscaron un lugar aceptable para armar un pequeño campamento. Allí dispusieron una tela a modo de tienda y encendieron una hoguera para calentarse. Los dos estaban muy cansados y tiritaban frente al fuego insuficiente.

Después de comer algunas galletas y tomar un poco de vino, Marion se quedó profundamente dormida. Augur, en cambio, permaneció unas horas más al lado de su pájaro, escuchando los ruidos de la noche. Intentaba descifrar las voces de los animales y los cantos de los insectos en busca de alguna pista que indicara si alguien los había seguido. Después de haber trazado en su cabeza el mapa de lo que los rodeaba, concluyó que estaban solos y seguros y, al igual que Marion, se abandonó al sueño.

La capitana se despertó con la impresión de que le dolía todo. El haber dormido sobre el suelo, por más de que habían colocado varias mantas para separar la tierra helada de su cuerpo, le había dejado un terrible malestar. Además, algo la había picado durante la noche. Un zigzagueante camino de arañas que huía de dentro de las mantas explicó su sensación minutos más tarde.

—Odio esas malditas arañas —gruñó Marion al ver cómo las escurridizas agresoras se alejaban por entre los arbustos.

—¿La han picado? —preguntó Augur con preocupación mientras recogía las pocas cosas que habían desparramado.

—Sí —rezongó y, rascándose, montó a su mula.

—Curiosos insectos, las mañimbas... —reflexionó el hombre—. Si logran vivir los años suficientes, alcanzan dimensiones extraordinarias. La picadura de una adulta es mortal. ¡Suerte que ha sido tan solo un grupo de pequeñas!

—¿Suerte? —escupió ella, negó con la cabeza y apuró la marcha.

Al cabo de unas horas las picaduras seguían molestándola. Se habían inflamado y estaban rojas como el farfaz. Marion maldecía en voz baja y se rascaba deseando que el martirio cesara de una vez por todas. Habían recorrido varios kilómetros cuando Augur se detuvo en medio del camino.

—Aguarde aquí un instante, por favor —pidió, y se internó en un hueco en la vegetación.

Marion se quedó allí, imperturbable. Luego de unos instantes el hombre regresó con un racimo de hojas verdes en una de sus manos.

—¡Este sí que es su día de suerte! —exclamó con entusiasmo mientras se apresuraba a llegar al lado de la capitana—. Baje un minuto de la mula.

—Pero...

—Hágame caso.

La capitana desmontó. Augur tomó algunas de las hojas que había recolectado, las deshizo con los dedos y preguntó:

—¿Dónde la han picado esas mañimbas?

—En las piernas y en los brazos... —respondió Marion desconfiando de lo que él se traía entre manos.

—Déjeme ver —pidió el hombre mientras la sustancia viscosa le resbalaba por los dedos.

—Eh... ¿qué tal si no? —se negó. No estaba dispuesta a someterse a lo que fuera que él tuviese en mente.

—¿No qué?

—No voy a mostrarle mis heridas.

—Pero... —Augur actuaba incrédulo—. ¿Sabe lo que es esto? —preguntó mostrándole a la capitana el emplasto.

—No lo sé ni me interesa —aseguró—. De ninguna manera dejaré que esa porquería roce un solo centímetro de este cuerpo.

—Debe estar loca... ¡Esto es cotroriana! ¡Alivia cualquier afección de la piel! ¡Y solamente se encuentra en las alturas de esta región!

—Me da lo mismo que sea cotroriana o excremento de cuajo. No voy a tocar esa asquerosidad ni aunque se me caiga la piel en pedacitos.

Era una situación ridícula. Augur no podía entender cómo Marion era tan obstinada como para seguir soportando aquella picazón que, por lo que sabía, no haría otra cosa que empeorar con el correr de las horas.

—Bien. Usted se lo pierde —concluyó enfadado—. Veremos qué opina después del mediodía.

—Después del mediodía estaré en perfecto estado —aseguró ella.

Resentidos, siguieron viaje sin dirigirse la palabra.

Hacia las tres de la tarde Marion tenía piel debajo de las uñas de tanto rascarse. Temblaba y se le erizaban los pelos por la comezón. Los ojos le lloraban al punto de que no podía ver bien por dónde iba su mula. Augur no decía una sola palabra. Continuaba su paso un poco por delante, advirtiendo con disimulo su desesperación y disfrutando de antemano lo que sabía habría de suceder minutos más tarde.

—Emm... ¿Augur? —llamó la capitana con dulzura.

—¿Sí?

—Por casualidad... —Marion desmontó.

Sentía que valía la pena tragarse cada palabra que había dicho en la mañana con tal de que algo calmara su padecer inhumano.

—No tendrá más de eso que tenía hace un rato, ¿no?

—Creo que no... —dudó, y se tomó su tiempo para inspeccionar el bolso—. ¿Por qué?

—No... porque... —Marion se mordió los labios. Sus ganas de mandar a Augur al diablo eran enormes, pero reconocía que el hombre tenía motivos para querer enseñarle una lección—. ¡Vamos! —imploró al cabo de un instante—. ¡Sabe que me estoy muriendo!

—Ah, sí... Creo que aquí tengo algo... puede ser que me haya guardado alguna que otra hojita...

—¡Fantástico!

Augur, que aún estaba sobre su animal, permaneció inmóvil. A su lado Marion se rascaba copiosamente, con ambas manos.

—¡¿Y?!

—¿Qué se dice?

—¡Por favor!

Marion estaba desbordada por una mezcla igual de rabia y picazón.

—Muy bien —cedió al fin satisfecho—. Veamos esas ronchas.

El hombre volvió a desintegrar las hojas y colocó un poco de materia espesa en cada una de las heridas de la capitana.

Afortunadamente, después de que la cotroriana surtió efecto, el malestar cesó. Terminaron descansando al costado de la ruta, Marion, exhausta de rascarse y de rabiar, y Augur, orgulloso de su triunfo. En ese momento ella comenzó a reírse. Empezó con una risa leve, hasta que estalló en una sonora carcajada. Augur la miró sorprendido y no tardó en sumarse a la descarga. Estuvieron riéndose un rato largo, hasta que, cuando al fin se calmaron un poco, Marion confesó:

—Puedo llegar a ser bastante cabeza dura, ¿eh? —y, dándole una palmada, agregó—. Gracias, le debo una.

Había empezando a refrescar y tuvieron que abrigarse. Continuaron camino sabiendo que la tarde pronto traería la noche y que debían llegar a la morada del anciano antes de que el monte estuviera completamente a oscuras.

—¿Faltará mucho?

—No —contestó Augur, y disminuyó la marcha.

Hacía bastante tiempo que Rey había emprendido vuelo y no había regresado. Su compañero debía estar incómodo por eso, supuso Marion, al advertir un cambio en su comportamiento. Condujo su mula hasta estar a su lado.

—Aguarde —susurró él extendiendo su brazo para que se detuviera.

Eran aproximadamente las seis de la tarde. El sol estaba bajo y el frío comenzaba a penetrarles en los huesos. Marion se sentía cansada y aún le molestaban, aunque menos, las picaduras de mañimba.

El hombre miró el cielo. No había más que alguna que otra nube impulsada por el viento. Después de unos segundos, Rey regresó, silencioso y hábil, a posarse en el brazo de su amo. Al contrario de lo que Marion esperaba, Augur no se mostró ni aliviado ni intranquilo. Su actitud continuó siendo la misma.

—Al parecer estamos cerca. Deberemos continuar a pie.

—Me imagino que será una broma —balbuceó, pero él no la escuchó.

Con delicadeza el hombre ató su mula a uno de los árboles y le indicó a la capitana que hiciera lo mismo. Luego tomó un sendero casi imperceptible que surgía a un costado del camino. La pendiente era pronunciada, de modo que debieron luchar para mantener el equilibrio.

"¿Quién me manda a meterme en esto?", se preguntaba ella mientras era atacada por todo tipo de ramas y arbustos afilados, y sus pies se deslizaban sin control sobre el suelo pedregoso. Después de un rato, cuando su visión había disminuido tanto que ya casi no podía ver dónde pisaba, advirtieron que a lo lejos, en medio de una zona llana pero con espesa vegetación, había una pequeña luz que bailaba en la oscuridad.

—Allí es —anunció Augur, y volvió a pedirle a Marion que lo siguiera con sigilo.

Caminaron un par de metros más hacia la llama y pronto se encontraron con que, oculta en la maraña de plantas, árboles y arbustos, había una vivienda del tamaño de una habitación, con una ventana estrecha y una puerta mínima.

—Creo que llamaré...

En vez de golpear la madera, el puño de Augur continuó su recorrido en el aire. La puerta había sido abierta en una fracción de segundo. Detrás, un anciano de aspecto aterrador los miraba con ansiedad.

—Los estaba esperando —chilló con voz gastada—. ¡Entren! —se exaltó—. Alguien puede vernos.

El viejo joven Noah

Todo en aquella casa era espantoso y nauseabundo. Había grandes manchas de moho en las paredes, bichos de todo tipo y tamaño, además de una vegetación putrefacta que chorreaba desde el techo. El olor era indescriptible. "Olor a muerto", pensó Marion, y se acordó de los marineros que morían en alta mar y que debían ser guardados en barriles con ron para evitar aquel hedor. "Quizás se ha muerto y nadie ha tenido la deferencia de avisarle", fue lo último que cruzó por su mente antes de que el viejo los invitara a tomar asiento.

—He estado conversando con tu pájaro —comenzó, como si fuera una oración corriente—. Un hermoso ejemplar, dicho sea de paso —mientras decía esto, sacó una semilla de su bolsillo y se la dio a Rey, que la aceptó con gusto—. Un hermoso ejemplar, de veras.

Marion no salía de su estupor. Parecía como si al cruzar la puerta de la humilde choza hubiera entrado en otro mundo, no muy feliz, si debía ser sincera.

—Es un buen amigo —se atrevió a comentar Augur, para romper un poco el hielo.

—Fue astuto enviarlo primero, de otra forma los hubiera confundido con extraños, y eso no hubiera sido favorable para ninguno de nosotros —reflexionó con la mirada extraviada, espeluznante, mientras cubría la ventana que delató su posición—. Creo que ya es hora de camuflarnos nuevamente.

—¿Entonces no está sorprendido de nuestra visita? —preguntó Augur.

—En absoluto. ¿Saben que anteayer se han cumplido setenta años de la desaparición de Ménides? —continuó, como si no hiciera setenta años que no hablaba con alma humana.

—Sí… ha pasado mucho tiempo.

—Ya era hora, amigo, ya era hora —canturreó el viejo con su voz ulcerosa.

—Entonces ya sabe por qué hemos venido.

—Claro, los he estado esperando desde hace muchos años, demasiados diría yo —Noah se quedó mirando la pared con los ojos brillosos, del color del agua turbia. En su memoria se dispararon los recuerdos del exilio—. Pero bueno, han venido al fin, entonces ahora todo tiene sentido.

—Por supuesto, haremos lo que sea necesario.

—Antes de hablar de negocios —bromeó soltando una risa oxidada que terminó en un acceso de tos—, ¿serían tan gentiles de demostrarme su lealtad?

Marion abrió la boca como para explicar que ella tan solo estaba al mando de la nave, pero Augur se apresuró a mostrar su medalla y a explicarle a Noah que la señorita era de plena confianza y que hacía poco que se les había sumado, de modo que no había tenido tiempo todavía de celebrar su rito de iniciación y recibir su medalla.

—Ah, ya veo... —comentó el anciano, como meditando qué actitud tomar con respecto a esa información—, qué pena —concluyó—, la ceremonia era tan bonita... No sé si las hacen como antes...

—Sí, sí —confirmó Augur, que parecía especialmente interesado en que Marion no abriera la boca y en que el viejo no se enterara de que la capitana no tenía ninguna conexión con "La Hermandad".

—Bueno, pero supongo que no han venido hasta aquí para hablar de viejas tradiciones, ¿verdad? Vayamos a lo nuestro.

Marion se acomodó en la silla para escuchar lo que el viejo tenía para decir.

—No es mi intención aburrirlos con viejas historias —comenzó—. Ya sabrán que yo he sido alguna vez miembro de la Corte de las Igualdades, y que era llamado el joven Noah... —el viejo se detuvo y tosió nuevamente—, por cierto no me han dicho sus nombres.

—Mi nombre es Augur y ella es...

—Marion —se apresuró a decir la capitana, cansada de que Augur contestara por ella.

—Qué bonito nombre... —observó el viejo, y volvió a mirarla, como si reparara por primera vez en que era una mujer la que estaba sentada a su mesa—. Bien, Augur, Marion, seré breve —retomó el hilo de su relato—. Hace años envié... ya ni me acuerdo cuántos mensajes, a través de las aves, a personas que pensé serían capaces de ayudarnos a Ménides y a mí a volver al poder... Pero ya saben cómo ha sido todo, nadie fue capaz de salir en nuestra defensa...

Una verdadera desilusión —tosió más y continuó—: tiempo después me enteré por los mensajes que me enviaba el propio Ménides que había alcanzado su sueño de llegar a Aletheia y que había encontrado allí la manera de terminar con toda la mentira que habían sembrado en Knur. Yo seguí enviando mensajes a amigos y allegados, con la esperanza de que algún día apareciera un alma que se mantuviese fiel a nuestra causa... Pero jamás tuve respuesta. No puedo explicarles la satisfacción que sentí semanas atrás cuando apareció su pájaro y supe que en cualquier momento llegarían.

—Sus mensajes fueron recibidos por sus antiguos camaradas, Noah —explicó Augur—. Fueron ellos los que luego fundaron la Cofradía de Ménides, fieles a las tradiciones de la Hermandad. Lo que ha ocurrido es que nos parecía muy peligroso mantener una correspondencia activa con usted mientras no fuéramos lo suficientemente fuertes. Las cosas han estado feas y no podíamos arriesgarnos a revelar su escondite. Ahora, si nos disculpa, la situación se ha tornado insostenible y hemos optado por correr el riesgo.

—Sí, sí... —el viejo estaba sinceramente feliz de haber logrado lo que se había propuesto, sin importar que hubiera tardado una vida en conseguirlo—, por aquí está lo que han venido a buscar...

Se dirigió hacia un estante lleno de códices hechos con sus manos. De espaldas, corrió un par de volúmenes y extrajo una caja de cuero que puso sobre la mesa. Con un soplo le quitó la gruesa capa de polvo que tenía encima.

—Hace mucho que no le muestro esto a nadie... —se disculpó y comenzó a reírse—. ¡Qué digo mucho! ¡Nunca le he mostrado esto a nadie!

Mientras abría la caja, reía y tosía a iguales intervalos, sin poder ocultar su entusiasmo. Seguramente había imaginado aquel momento durante muchas noches. Tantas que ahora, que en verdad estaba sucediendo, parecía un momento más de los vividos en la irrealidad del sueño.

Marion se preguntó qué habría dentro de la caja. Fantaseó con joyas que brillarían a la luz del fuego, o mapas de tesoros impensados, o una gran cantidad de monedas de oro con pájaros grabados en sus caras. Lo cierto es que cuando la caja se abrió, mostró algo que nunca hubiera previsto. No había más que trozos de cuerda, de distintas longitudes pero mismo diámetro, que, gastados por el tiempo y la humedad, despedían un olor aún más horrible del que reinaba en el ambiente. Augur abrió los ojos como si en verdad hubiera dentro un gran tesoro.

—So-so son... de... —balbuceó emocionado.

—Sí —confirmó Noah, henchido de orgullo, mostrando sus dientes verdes y amarillos en una mueca que intentaba ser una sonrisa.

—¿Me está queriendo decir que son los originales? ¿Los que ha hecho el mismo Ménides?

—Sí, mi querido amigo, estos cordis han sido hechos por sus manos.

Augur se aproximó a la caja y admiró su contenido durante algunos minutos. Finalmente Noah lo invitó a que tomara uno, pero él dudó, como si al hacerlo fuera a cometer algún tipo de delito. El viejo insistió tanto que terminó por aceptar la oferta. Con sumo cuidado tomó una de las cuerdas de la misma manera que había hecho con la que le había llevado Rey unas horas atrás. La pasó entre su dedo índice y pulgar de derecha a izquierda y, mientras hacía esto, fue traduciendo su contenido.

—*A veces... me asalta... por las noches... la sensación de que no estoy solo, de que alguien me vigila* —recitó con los ojos cerrados.

Al terminar de leer, levantó la vista y miró a Noah en busca de una explicación. Quizás no era lo que esperaba.

—¡Ah! —exclamó el anciano—. Ese es uno de los primeros que envió estando en la isla. ¡Y vaya que estaba en lo cierto! Poco después fue que comenzó todo...

Marion se sentía mareada. Era demasiada información la que estaba recibiendo. Ya no entendía nada de Ménides ni de sus aventuras. Era evidente que tendría que esperar a emprender el regreso para que Augur le aclarase todo de una buena vez. No era el mejor momento para ponerse a hacer preguntas. Sin embargo, se daba cuenta de que la historia que impulsaba su aventura había dejado de estar en un segundo plano. A medida que trascurrían los minutos, dentro de ella crecía la curiosidad. ¿Quién había sido Ménides? ¿Qué lenguaje extraño había inventado en aquellos mensajes escritos en pedazos de cuerda? ¿Acaso había encontrado realmente la isla de Aletheia, un lugar nombrado en tantas leyendas populares, pero del cual jamás se habían hallado pruebas de su existencia?

Augur tomaba un cordis tras otro y movía los labios susurrando su contenido. A su lado, Noah lo miraba con ojos encendidos. Brillaba en él la felicidad que siente el alma al vivir esos segundos tan escasos en los que la realidad y el sueño se hacen uno y se descubre el exacto lugar donde residen la vida y su sentido.

—Como podrán darse cuenta, fue extensa la información que me confió Ménides desde Aletheia, allí está todo. Durante estos largos años he estado trascribiendo sus mensajes a los códices. Una y otra vez. La misma historia. Se imaginarán que no tenía nada mejor que hacer... Después de haber mandado cientos de mensajes sin respuesta... —a pesar de que al fin habían respondido a sus llamados, la amargura de los años perdidos afloraba en sus palabras como un veneno añejo.

—El primero en reclutar gente fue Lugo Moris —le contó Augur intentando levantarle el ánimo.

—¿El niño Lugo?

—Así es.

Noah soltó un grito de júbilo.

—¡Lo sabía! ¡Lo sabía! —festejó con aparatosos saltos—. Cuando intenté contactarme con mis discípulos, decidí enviarle algunos cordis al pequeño Lugo, que para entonces tenía tan solo siete años y había estado dos en el consejo... Confié en que había aprendido bien y que el tiempo que había pasado cerca de su rey había sido suficiente para marcarlo de por vida.

—Así fue... —convino Augur sensibilizado—. El niño recibió cada uno de sus mensajes y creció esperando ser lo suficientemente grande como para juntar hombres y continuar la obra de su mentor.

—¡Qué maravilloso! —exclamó Noah—. Y ahora... ¿qué fue de la vida de Lugo? ¡Debe ser un hombre maduro ya! ¿Los aguarda en Rivamodo? ¡Me encantaría volver a verlo!

—Lugo ha muerto hace veintiséis años —informó Augur, y sus ojos se nublaron.

La expresión en el rostro de Noah se transfiguró.

—Cuánto lo siento. A veces me olvido de que ya estoy muy viejo... Tanto como para que quien era niño cuando yo era joven lleve años bajo tierra...

Pareció como si el espíritu optimista del anciano se hubiera esfumado en un segundo. Los noventa y tantos años que tenía le arrugaron los gestos y le entristecieron la mirada.

—¿Llegaste a conocerlo? —le preguntó, hundido en su estado de melancolía.

—Lugo era mi padre —contestó Augur, y el quiebre en su voz tiñó la habitación de pena.

Noah comenzó a asentir con la cabeza, como si pudiera reconocer en sus facciones las huellas del niño que había conocido. Marion también lo miró. Por primera vez le pareció humano. Sus ojos negros y profundos ya no tenían esa expresión distante. Se le habían tornado extremadamente tiernos y, a pesar de lo doloroso de la conversación, tenía la sonrisa de aquellos que guardan valiosos recuerdos de los que ya no están. Así se quedaron durante unos instantes, hasta que el aullido de un animal nocturno los regresó del mundo de los pensamientos.

—Debemos apresurarnos —anunció Augur—. Cuanto más tiempo permanezcamos aquí, más pondremos a todos en peligro.

—Entiendo —coincidió Noah, y le entregó a Augur la caja con los cordis. En un rápido movimiento se acercó a uno de los estantes, tomó con cariño uno de los códices y se lo dio a Marion.

—Aquí está toda la información de Ménides, junto con mis investigaciones personales sobre la isla. Todo lo que necesitan saber lo encontrarán en estas páginas.

El libro era pequeño, como un diario, fabricado con lo que el viejo había podido conseguir. Su condición rústica le daba una belleza singular, al igual que la caligrafía y el cuidado que había puesto en su confección. Marion lo guardó en el morral de cuero que llevaba cruzado al pecho y esperó las indicaciones de Augur.

—Debemos irnos, Noah, le estamos sumamente agradecidos —se despidió mientras imaginaba lo que iba a costarle verlos partir.

—Yo les agradezco a ustedes. Espero que logren lo que se han propuesto y que así puedan concederme mi último deseo: morir en Knur y no en esta cárcel del exilio.

—Haremos lo imposible para que eso suceda —prometió Augur—. La historia habrá de reescribirse.

—Así lo creo. Ahora vayan, que no hay tiempo que perder —los alentó el anciano.

—Hasta luego —saludó Marion, y tanto ella como Augur salieron del hediondo escondite para adentrarse en la oscuridad de la montaña.

El viejo Noah cerró la puerta tras de ellos y no tuvo más remedio que volver a su soledad.

—No podremos acampar esta noche —explicó Augur—. Tendremos que intentar llegar a Rivamodo cuanto antes.

—Por mí no hay problema —respondió la capitana, aliviada de no tener que dormir en la espantosa morada de Noah ni a merced de las mañimbas.

Así emprendieron el camino de regreso, casi a ciegas por el sendero congelado. Los ojos de Rey permanecían atentos para guiarlos cuando la luna se escondía. Marion se sentía cansada, pero en su cabeza se disparaban un sinfín de preguntas que la mantenían despierta. No dudaba de que llegado el momento Augur le contaría todo. Solo tenía que ser paciente y esperar.

Pasaron la noche en vela, cabalgando a oscuras y en silencio hasta que las primeras luces empezaron a clarear el cielo. A los dos se les cerraban los ojos, de modo que Augur decidió, a pesar de sus planes, que debían descansar. Ataron las mulas y, después de comer algo, se quedaron dormidos reclinados contra una pared de piedra. Los despertó el sol del mediodía. Con el frío clavado en sus espaldas, montaron nuevamente y continuaron camino.

El viento comenzaba a soplar otra vez de manera insoportable y difícilmente podían intercambiar más de dos palabras. Ya tendrían tiempo de hablar cuando estuvieran en la zapatería, con una buena taza de café en las manos. Si continuaban el descenso a ese paso, llegarían a Rivamodo pasada la medianoche.

Eran alrededor de las dos de la mañana cuando se encontraron frente a la vidriera conocida. Como habían previsto, no había nadie en las calles y el viento era tan o más intenso que cuando partieron.

Augur dio el primer golpe a la puerta y, para su sorpresa, esta se abrió sin ofrecer resistencia.

—Esto es muy raro... —murmuró.

Pero ya era tarde. Lo último que Marion sintió fue el ruido que hizo Augur al caer y algo que le arrebataba el morral que llevaba cruzado sobre el pecho. Un golpe en su columna hizo que ya no pudiera ver ni oír lo que ocurría y el mundo se redujo a un dolor insoportable, indescriptible, agudo, que se calmó solo cuando aceptó que ya nada podía hacer para permanecer consciente.

TRES PÁJAROS DE UN TIRO

—¡No vas a creerlo! —chilló una voz en la distancia—. ¡Es como haber matado tres pájaros de un tiro!

—Al parecer la mujer tiene un pedido de captura desde hace doce años, otro desde hace uno, por deserción... ¡Y ahora ha caído junto con los locos de los pájaros!

—Excelente —celebró un tercero desde una habitación que no parecía estar lejos de allí.

Poco a poco la sangre volvía a su cerebro y, como si fueran encendiéndose por turnos, las heridas le informaban en dónde se encontraba cada parte de su cuerpo. Tenía los pies atados, al igual que las muñecas. Marion yacía de costado sobre el suelo y tenía un ojo tan hinchado que no lo podía abrir. "Seguramente por el golpe que me di al caer —pensó—. ¿Qué habrá sido de Augur...?". Al abrir el ojo sano, se encontró con una pared pintada a la cal, descascarada y sucia. Cercana al techo había una ventana muy pequeña por donde se colaban las luces del atardecer. Con dolor giró el cuello y descubrió que, en lugar de una cuarta pared, había una hilera de barrotes. La celda daba a un pasillo estrecho por el que llegaban las voces desde la derecha. Antes de llamar a Augur evaluó la situación. Quería ver si podía escuchar más de la conversación que los hombres estaban manteniendo.

—¿Cuándo dijo que llegaría?

—Por la madrugada.

—¿Piensas que nos recompensará? Digo... Es como haber encontrado cuatro fugitivos...

—¿Taro? ¿Acaso estás bromeando?

—Tienes razón... con algo de suerte nos gritará menos que de costumbre.

"Taro", repitió la capitana para sí. Quiso levantarse, pero se dio cuenta de que le sería imposible mientras tuviera los pies atados. Luego recordó que Augur podía estar cerca. Ya no se escuchaban las voces de los guardias así que decidió intentarlo.

—¿Augur? —susurró en la penumbra.

Nadie respondió. No tenía nada al alcance de las manos que pudiera ayudarla a desatarse. Después de examinar mentalmente las opciones que tenía y de desplazarse cual gusano por la habitación sin conseguir más que llenarse de polvo y nuevos focos de dolor, se rindió, de cara al techo.

Pasó el tiempo y el dolor fue haciéndose más y más intenso. Casi sin proponérselo y con la vista clavada en una mancha de humedad, comenzó a canturrear una vieja canción que había aprendido cuando era muy pequeña y que solía cantarse cuando algo le dolía.

Luna, Luna nueva,
juega a ser cristal
para que yo pueda
en esta noche negra
ver en ti
reflejado el mar.

Cerró los ojos. Hacía muchos años que había cantado esa canción por última vez. Su corazón festejó como si alguien hubiera regresado a casa.

—Oh... —una queja llegó desde la celda contigua.

—¿Augur?

Luego de unos instantes el hombre respondió:

—¿Dónde estamos? No veo nada...

—No sé exactamente, pero estamos encerrados.

—Estoy atado... —gimoteó.

—Yo igual. Tenemos que encontrar la manera de salir de aquí. Por la madrugada vendrá Taro y eso no significa nada bueno.

—¿Taro? —se sorprendió el hombre.

—Sí, es la mano derecha de la Papisa...

—Sé perfectamente quién es... Me asombra que venga aquí... Deben haber estado pisándonos los tobillos... ¡Los cordis! —gritó sobresaltado.

—Yo tampoco tengo el códice. Alguien me lo arrebató antes de golpearme.

—Qué terrible... Con esa información en sus manos... No puedo creer lo que está sucediendo...

Se quedaron en silencio. Así permanecieron tratando de encontrar alguna solución, sin éxito. Después de varias horas, la claridad iluminó la celda.

—¿Marion?

—¿Sí?

—Ya sé que no guarda ninguna lealtad para con los nuestros, pero le agradecería si...

—No tiene que decirme nada, Augur. No voy a decir una palabra de lo que me ha confiado.

—Gracias.

El hombre sonaba descorazonado. Era imaginable su estado de angustia al haber tenido entre las manos la llave para iniciar el cambio que tanto buscaba y haberla perdido tan pronto en manos enemigas. Ninguno de los dos sabía qué les deparaban las horas por venir. De pronto volvieron a oírse voces. Los carceleros saludaban a un recién llegado.

"Taro", sospechó Marion, y se preparó para el indeseado reencuentro.

El tintineo de un gran manojo de llaves les avisó que se acercaban.

—Por aquí, comandante —indicó la misma voz que había estado haciendo alarde de la captura de Marion horas atrás.

La capitana, que estaba de espalda a los barrotes, escuchó cómo abrían su celda y dos pares de botas se detenían a su lado.

—Dese vuelta.

Hubiera podido reconocer aquella voz rasposa en cualquier sitio. Hacía doce años que no la oía, y se dio cuenta de que había permanecido grabada a fuego en su memoria. No tuvo más remedio que obedecer.

Taro la tomó de la barbilla y le examinó la cara.

—¡Pero si no es otra que la hija del mercader! —comentó con fingida alegría.

—¡Sí, sí! ¡Se lo dijimos, señor! —festejaron los otros.

—Hace tiempo que te estábamos buscando... —susurró pegando el rostro a la mejilla de la capitana—. Pero mira lo que te ha hecho el tiempo... —continuó—. No sé si tu papi va a estar contento de ver en lo que se ha convertido su hijita adorada...

Todos comenzaron a reírse. Marion no dijo una sola palabra. Sintió que le hervía la sangre.

—¿El aire de mar te ha comido la lengua? —Taro le apretaba las mandíbulas con fuerza—. Me encantará escuchar la historia de cómo una muchacha como tú terminó involucrada con este grupo de lunáticos... Pero no nos apresuremos, tenemos mucho tiempo para ponernos al día, ¿verdad, princesa? Acabo de llegar de un viaje agotador, así que iré a descansar un poco y luego... bueno, digamos que "conversaremos".

En un movimiento brusco, Taro le soltó la cara y la arrojó contra las barras. Marion intentó mantenerse firme y no demostrar que la había lastimado. Se quedó quieta, mirándolo a los ojos, masticando su ira en silencio.

—Hasta luego, bonita —se despidió y, junto con sus secuaces, se alejó por el pasillo.

—¿Qué hacemos con el raro? —preguntó uno de los guardias antes de alejarse.

—Mátenlo. O mejor no... —se contradijo—, tráiganlo en un rato, me gustaría hacerle algunas preguntas sobre las roñosas cuerdas que tenía consigo.

Nadie habló por un buen rato.

—Augur —soltó Marion, después de unos minutos—, ¿qué cree que pasó con los demás?

—No lo sé. Y pensarlo me está angustiando terriblemente. Me gustaría creer que están bien y a salvo, pero la realidad es que si irrumpieron en la zapatería... Tratemos de no pensar en eso por ahora. Tenemos que poner toda nuestra energía en salir de este lugar.

—Créame que no tengo energía para otra cosa, pero...

—Aguarde un minuto...

—¿Qué?

Marion oyó ruidos extraños.

—¡¿Qué?! —preguntó de nuevo, pero Augur seguía muy ocupado en lo que sea que estuviera haciendo, demasiado como para responder—. Genial —rumió—. Si tan solo estuviera en esta situación con alguien más sensato...

"Ya casi...", escuchó que decía.

—¡¿Ya casi qué?! —se alteró ella.

Una vez más no obtuvo respuesta. Volvió a escuchar movimientos sospechosos. Augur estaba dando unos toscos alaridos o, al menos, eso parecía, y después le pareció reconocer el sonido de hojas movidas por el viento.

—¿"El hombre", dijo?

—Sí.

—¿Estás seguro?

—Sí, así lo ha dicho Taro.

—Qué pena, tenía ganas de ponerle las manos encima a la muchacha...

Ambos rieron de manera estúpida. Al pasar frente a la celda de Marion, el carcelero más viejo le echó una mirada maliciosa y le dijo por lo bajo:

—No te pongas celosa, preciosa, en unos minutos volveré por ti —y abrió la celda de Augur.

Pudo ver cómo se lo llevaban. En las sombras le pareció que su compañero se veía aún más flaco y alto de lo que era. Caminaba con dificultad y parecía tener lastimado un pie.

Al verlo así, experimentó una extraña sensación de desconsuelo. No podía permitir que nada le pasara, debía hacer algo. "Qué demonios", maldijo, y trató de despejar su mente en busca de alguna solución.

Augur tenía un fuerte dolor en el tobillo izquierdo. Estaba inflamado y le costaba caminar. El guardiacárcel lo empujaba mientras avanzaba por un pasillo estrecho. De vez en cuando le golpeaba la espalda con su arma para que apurara el paso. Lo condujeron hasta una habitación donde solo había una mesa, algunas sillas y una chimenea en donde chisporroteaban un par de leños encendidos. Tan pronto como entró descubrió que, abierta sobre la mesa, estaba la caja con los cordis.

El sujeto lo sentó en una de las sillas y le anudó las manos al respaldo. Segundos más tarde, Taro entró con un halo de grandeza repugnante y, sin siquiera mirarlo, habló como si estuviera dando una clase magistral.

—Muy bien, muy bien —comenzó—. Veamos si estoy bien informado... Estoy en presencia de Augur Moris, nacido hace cuarenta y siete años en la ciudad de Akmé, hijo de Lugo, antiguo miembro del gobierno... Lleva al cuello la medalla que indica que pertenece a esa ridícula secta que se autoproclama "Cofradía de Ménides", razón por la cual está compartiendo ahora esta velada conmigo. En el día de hoy —continuó—, considérese afortunado de tener dos opciones: cooperar... —hizo una pausa y sonrió macabramente— o morir.

Augur lo miraba con calma, como si estuviera en completo dominio de la situación.

—Bueno, veo que no va a emitir palabra —dijo después de un rato—. A ver —y se acercó a la caja con los cordis—, mi primera pregunta para comprobar si ha elegido cooperar será muy fácil —tomó con asco uno de los trozos de soga como si estuviera sosteniendo una lombriz—. ¿Me puede decir de qué se trata esta basura?

Silencio.

—¿No va a decírmelo? —preguntó tratándolo como si fuera una criatura—. ¿No vas a decirle a tu viejo amigo Taro? ¿No? —la voz aterradora exhaló en su oído.

De la nada le dio un tremendo golpe en las costillas. Augur se dobló de dolor, pero no gritó, no emitió sonido.

—Si no me dice por qué son importantes estos estropajos, es porque no son importantes... Entonces supongo que no molestará si... —sacó de su bolsillo un encendedor de aceite, lo accionó y lo fue acercando lentamente al cordis— lo caliento un poco…

Augur hizo un gran esfuerzo para no demostrar que la pérdida de aquellos cordis era una tragedia. Internamente sabía que era mejor que se arruinaran a dejarlos en manos enemigas. Prefería que Aletheia quedara para siempre en el olvido a que fuera encontrada por los que no sabrían cómo utilizar su poder. La llama alcanzó el extremo de la cuerda y la consumió hasta que Taro tuvo que arrojar el último centímetro a la chimenea.

—Aún quedan varias de estas sogas —comentó—. ¿Está seguro de que no quiere decirme de qué se tratan?

Augur no abrió la boca.

—Su silencio me confirma que no tenemos nada valioso aquí. Perfecto, entonces seguiremos alimentando el fuego.

Tomó un puñado y los arrojó a la chimenea. Augur sufría. Ante sus ojos ardía la historia; la causa por la que habían luchado su padre, sus amigos, él. Vidas enteras dedicadas a defender y a concretar el destino de un legado, consumidas por las llamas. Uno a uno, Taro fue arrojando los cordis hasta que no quedó ninguno. Ojalá hubiera podido leerlos todos. Ojalá hubiera podido memorizar hasta el último mensaje. Lamentablemente, había leído tan solo la mitad y la información que podía recordar era como un inmenso rompecabezas incoherente.

Taro estaba inclinado sobre la chimenea viendo las cuerdas chamuscarse cuando de pronto se volteó con una mueca macabra.

—Tráiganme a la mujer.

El carcelero dejó el cuarto con gusto. Se adentró por el pasillo silbando una canción de puerto. Allí estaba la capitana, tendida sobre el piso. Le desató los pies para que pudiera caminar. Riendo con malicia, la tomó del tobillo y siseó:

—Sabes, princesa, podría dejarte libre si...

Marion no lo pensó. Estrelló su bota contra la barbilla del guardia, que cayó hacia atrás casi inconsciente. De haber tenido las manos libres seguramente hubiera podido escapar, pero antes de que pudiera hacer nada, un segundo guardia entró a la celda y, a punta de pistola, la obligó a que se calmara y fuera donde estaba Taro. El hombre a quien había lastimado se levantó tambaleante y, limpiándose la sangre de la nariz, le juró que después de Taro, tendría que vérselas con él.

—Perfecto —canturreó el comandante al verla llegar—. Ya estamos todos. Por favor, tome asiento, señorita…

—Capitana —gruñó ella por lo bajo.

La sentaron en una silla a pocos pasos de Augur. Se alivió al ver que no estaba muy lastimado y que parecía tranquilo. Disimuladamente le dirigió una mirada cómplice y luego se concentró en Taro.

—Qué gusto me da tenerla entre nosotros, *capitana* — celebró entre risas—. Al parecer, ha logrado una notable reputación en todos estos años… Pero si tan solo ayer era una niña malcriada… Es una verdadera pena que haya estado en el lugar equivocado, en el momento equivocado, ¿no crees? —su tono se tornó burlón—. Apuesto a que no le gustó ver a papi en aquella situación… Pero ¿por qué huir de esa manera? Mire adónde la ha llevado su estúpida elección —Taro adoptaba ahora un tono confidente—, puedo llegar a hacer una excepción con usted… Supongamos que decide cooperar y que entiende que toda esta rebeldía ya fue suficiente y que lo que quiere, en realidad, es volver a las comodidades de su hogar en Lethos con sus padres, que han estado tan angustiados por su ausencia… —de pronto se llamó al silencio, simulando haber dicho algo que no debía, y miró a Marion con expresión de duda—. Ah, no… Aguarde un minuto… ¡Pero qué tonto he sido! ¿He dicho "sus padres"? No, perdón, su *padre* solamente. Me imagino que estará al tanto, ¿verdad? ¿O no? Quizás nadie se lo dijo todavía… ¿Deberé ser yo el que le informe? Bah, lo sabrá tarde o temprano… Hace unos meses que mami… bueno…

está... —Taro desplegó una sonrisa y la voz se le volvió tenebrosa— lo que se dice... muerta.

Marion no pudo controlar el torbellino de emociones que la asaltó después de esas palabras. Tampoco lo intentó. No pudo razonar ante semejante noticia. No lo había previsto... no estaba preparada... se había quedado en blanco y no podía disimular su desconcierto. Se quedó callada, con la mirada perdida, intentando calmar su corazón y de silenciar el cuerpo y no pensar en las heridas que sangraban por dentro y por fuera y la voz de Taro que llegaba ahora como un eco difuso y la imagen del cuarto que se desvanecía y todo se tornó confuso y nebuloso hasta que, finalmente, perdió el conocimiento.

A LAS DOCE, EN LOS JARDINES

"A las doce, en los jardines", se decía Marion mientras jugaba con su pelo, tendida en la gran cama del centro de la habitación. "A las doce, en los jardines", repetía y reía ingenuamente intentando regresar a su memoria la voz, el tono exacto con que él había pronunciado las palabras. "A las doce en los jardines", había prometido y nunca nada se había parecido tanto a sus ensueños.

Las horas no pasaban; los minutos parecían ir en dirección opuesta en las manivelas del reloj que se preparaba para dar las once en el pasillo. Marion suspiró. Presentía que la hora por venir sería la más insoportable y tirana de su vida. Harta de mirar la trabajada madera del dosel de su cama, salió al balcón en busca de aire fresco. La madreselva que crecía a su costado lo inundaba todo con olores de verano. Desde el cielo la luna bañaba el extenso terreno que rodeaba la casa e iluminaba la glorieta donde habrían de esperarla. "¿Estará bien este vestido?", se preguntó, y corrió a mirarse una vez más en el enorme espejo, como si no lo hubiera hecho ya ocho veces desde que se lo pusiera unos momentos antes.

Salió al corredor que conducía a las habitaciones. La casa estaba silenciosa; los muebles, cómplices en su estática y perfecta rigidez. Resolvió que una corta caminata la ayudaría a calmarse; bajó, entonces, descalza para no hacer ruido, la gran escalera de mármol hacia la puerta principal. El pasto mojado le refrescó los pies. En sus manos colgaban los zapatos blancos, casi nuevos, que bailaban en el aire, como también bailaban la temprana ilusión y el corazón ligero, suspendidos en aquella noche espléndida, igual a como la había imaginado tantas veces: la noche en la que al fin besaría a Jeremías Nolte.

Hacía dos años que lo había visto por primera vez. Había entrado por la misma puerta de la que ella se alejaba ahora y había saludado a su madre con la timidez que luego le resultaría irresistible. Después de hacer una pequeña reverencia se había presentado como el profesor de piano, el que desde ese día le había dado lecciones todos los lunes por la tarde. Qué feliz había sido sentada a su lado, oliendo su perfume o admirando sus manos, que con destreza acariciaban las teclas y no le dejaban otra alternativa que enamorarse con locura.

Mientras vagaba con paso detenido, no podía creer que tan solo un par de días atrás, durante la clase, Jeremías le hubiera al fin confesado que quería verla a solas, el jueves a las doce, en los jardines.

—¿En la glorieta? —había preguntado ella intentando sin éxito disimular su emoción.

—Perfecto —había respondido él, para luego retomar la lección como si no se hubieran dicho nada.

"Es que tenemos que mantener nuestro amor en secreto", imaginaba Marion, sin poder dejar de sonreír. Tenía la mirada puesta en el movimiento de sus pies, disfrutaba de la mágica sensación de estar como flotando en el aire. Pensaba en las palabras que se dirían, la manera en la que él la miraría a los ojos... Cuando levantó la vista, advirtió que habían dejado una luz encendida en los establos. Al parecer era el cuarto de las monturas, que se usaba raras veces, el que estaba iluminado. "Qué extraño", pensó. Por reflejo dirigió la vista hacia la casa de los cuidadores. Pudo ver que detrás de las ventanas se delineaban las figuras de Marta y de Jonás, terminando su cena. "Seguro que la han dejado encendida por error, mejor que vaya a echar un vistazo. Para cuando esté de vuelta, será la hora y habré encontrado una buena manera de matar el tiempo", se dijo. De paso visitaría a Cobra, su yegua, que desde hacía varios días estaba recuperándose de una lesión en su pata derecha. Caminó hacia los caballos, que parecían un poco alterados, pero no se preocupó. Era normal que estuvieran molestos en noches de calor como aquella. Dio unos pasos sobre la alfalfa para acercarse al animal y acariciarle la frente.

—¿Sabes con quién voy a encontrarme ahora? —le confió en susurros—. ¡Con Jeremías!

Cobra respondió con un resuello y Marion le peinó las crines sedosas y azabaches. Estaban disfrutando del encuentro cuando un murmullo las distrajo.

—Shhh —le chistó y, sigilosa, se dirigió hacia la puerta que conectaba los establos con el cuarto de monturas.

A través del vidrio, vio con desconcierto que dos hombres se movían a sus anchas por la habitación.

—Te dije que apagaras las luces, idiota —dijo el más fornido—. ¿Tratas de llamar la atención?

—Pensé que las habías apagado tú, imbécil —se excusó el otro.

Las luces se apagaron y las siluetas de los hombres quedaron recortadas sobre los ventanales que daban al terreno. Gracias a la luz de la luna, alcanzó a ver cómo abrían una puerta trampa que había estado oculta en el suelo y que no recordaba haber visto nunca. "Esto sí que es extraño", pensó. Le resultó evidente que no se trataba de ladrones, de haberlo sido habrían entrado para saquear la casa, no los establos. Lo que más llamó su atención fue que no actuaban con la premura de alguien en falta, sino que más bien se desenvolvían con naturalidad, como si no fuera la primera vez que estaban allí.

No le dio muchas vueltas al asunto. Una vez que los hombres se escabulleron en el interior, dejó pasar unos minutos y siguió sus pasos. Se introdujo por el escondite, donde una escalera conducía a un túnel subterráneo. El lugar estaba iluminado por antorchas que colgaban de las paredes de piedra. Marion no dejaba de extrañarse de su descubrimiento. Había nacido y crecido en esa casa y jamás había sabido de la existencia de esa construcción oculta en sus entrañas. A los costados del túnel había varias puertas. Desde donde estaba, podía escucharse el cantar lejano de un arroyo. Marion supuso que el túnel podía desembocar en la corriente que se encontraba cerca, donde solía pasar las tardes en compañía de sus libros. "Pero nunca he visto ninguna puerta, ninguna entrada", tuvo la extraña sensación de que algo se abría en su cabeza, la duda, la desconfianza, y que debía averiguar cuanto antes qué era lo que estaba sucediendo allí.

Advirtió que una puerta sobre su izquierda estaba entornada. Protegida por la inocencia de saberse en sus dominios, la cruzó para enfrentarse a otro corredor donde la humedad y el calor se hicieron más intensos. Había dado unos cuantos pasos cuando se dio cuenta de que, como en un mal sueño, llegaba a sus oídos el rumor de un llanto. Durante varios minutos caminó acompañada por la sinfonía de lamentos. El corazón le latía desbocado. Todavía estaba descalza y sus pies sufrían el frío de la piedra. Nada le indicaba que hacía bien en continuar, pero no tenía intención de detenerse. El ambiente comenzó a iluminarse por las reminiscencias de un fuego. Hacia el final del pasadizo, una puerta levemente abierta conducía al cuarto donde, a juzgar por la luz que bailaba en la pared, había encendida una gran hoguera. Lo que fuera que esperaba detrás no auguraba nada bueno. ¿Quiénes estaban adentro? ¿Por qué gritaban?

Con lentitud Marion se fue acercando a la escena que recordaría tantas noches en sus pesadillas cuando la fiebre del pasado le arrebataba la tranquilidad del día, cuando su fortaleza se abandonaba a la vulnerabilidad del sueño. Sus ojos se acercaron a la rendija y observaron. En el centro de lo que parecía un calabozo había una columna. De la columna colgaban al menos cien cadenas y, apresados a ellas, hombres, mujeres y hasta niños lloraban, gritaban y pedían piedad en idiomas de otras tierras. El cuarto era circular y tenía cuatro grandes hogueras que, enfrentadas, formaban una cruz. En ellas varios hombres calentaban los hierros que quemaban en la piel de los cautivos al compás de una macabra coreografía; las caras impasibles iluminadas por los reflejos del fuego. Un segundo de esa visión fue suficiente para saber que el timón de su destino había virado para siempre.

Aún estaba intentando controlar el temblor en sus rodillas cuando advirtió que dos personas se habían detenido a conversar cerca de la puerta. Se esforzó para entender, agazapada al otro lado.

—Muy bien, te felicito. Te has pasado con esta camada, compañero. Parece más sana que la última —dijo uno de los hombres, que tenía una desagradable voz rasposa.

—Sí, ¿verdad? —vaciló el otro, el miedo asomado en su garganta.

—Sí, sí. Te lo digo yo que sé reconocer cuando un esclavo sirve. De los que embarcaste la última vez quedarán unos veinte. No sirvieron más que para alimentar cuervos.

—Lo siento...

—Espero que con estos te reivindiques. La Papisa no está muy contenta, como podrás imaginarte. La construcción de los templos se está demorando demasiado y, si sigues trayéndonos gente enferma, no van a terminarse nunca.

—No, no. Entiendo.

—Bien, aquí tienes tu paga.

Marion pudo ver cómo una mano enorme le entregaba a otra un importante fajo de billetes. "Un momento", se alarmó, y fue como si en un segundo los relojes se hubieran detenido. Las lágrimas comenzaron a brotarle y lo único que cruzó por su cabeza fue: "Es su mano". Esa mano que tantas veces la había cargado, acariciado, pasado las hojas de sus libros de cuentos, recibía de un desalmado mercenario la recompensa por el comercio de aquellas personas inocentes. Personas que habían sido encadenadas y marcadas como animales debajo de su casa. Personas cuyas vidas habían sido arruinadas por las manos que en ese momento juró no volver a estrechar nunca. Tuvo que taparse la boca para no gritar. Horrorizada, sintió que le costaba mantenerse en pie. Sentía livianas las rodillas y su vista comenzaba a nublarse. Tambaleándose hacia atrás, intentó hallar sostén en la pared con la mala suerte de que sus pies volcaron una vasija de metal olvidada en la oscuridad del pasillo. En un segundo la puerta se abrió y ambos hombres alcanzaron a ver el vuelo níveo de un vestido alejándose por el pasillo.

—¡A ella! —gritó Taro.

—¡No! ¡Aguarda! —la voz quebrada del mercader salió de sus entrañas—. ¡Es mi hija! —suplicó culpable, pero las cartas del destino ya habían sido echadas.

Atrás lo dejaron Taro y sus soldados, llorando como un niño, junto a los esclavos pasmados y en silencio, a quienes ahora miraba con paradójica empatía.

Un gran número de guardias salió de los interiores del lugar para unirse a la persecución. Corrieron hasta llegar al túnel en donde se dividieron en dos grupos, uno que fue en dirección al río y otro, conducido por Taro, que subió como torva por la trampilla que conducía al cuarto de las monturas.

Marion había sido lo suficientemente rápida como para montar a Cobra antes de que salieran a la superficie.

—¡Vamos! —le gritó al animal, que salió raudamente hacia los terrenos de la casa.

—¡Monten! ¡De prisa! —ordenó el comandante— ¡Que no se escape!

Los hombres azuzaron los caballos tras la huella de la joven. Mientras tanto, en los jardines, un descorazonado Jeremías Nolte veía pasar a toda prisa a su enamorada perseguida por seis guardias reales, y dejaba caer la flor que había cortado y que se deslizaba ahora de su mano al suelo, donde la luna se reflejaba en las baldosas blancas y negras de la solitaria glorieta.

Marion conocía bien los caminos. Durante muchas tardes había disfrutado de correr con Cobra hacia la ciudad y perderse por las intrincadas calles del centro. ¡Si hubiera sabido entonces que sus prácticas la ayudarían a salvar la vida! Con los guardias pisándole los tobillos, debió poner a prueba su inteligencia y tomar los pasajes más estrechos e inaccesibles. Después de girar en más de cinco esquinas, advirtió que al fin había logrado confundirlos. Sintió alivio, pero duró poco. Se dio cuenta de que Cobra casi no podía caminar ya que su pata estaba muy dolorida. A pesar de eso el animal hacía lo imposible para acceder a los pedidos de su dueña sin quejarse. La pobre yegua no soportaría mucho más las exigencias de la huida.

—Perdona, amiga —le suplicó entre lágrimas abrazada a su cuello mientras doblaban al azar por las angostas callejuelas de Lethos. Y así, sin proponérselo, llegaron al puerto. Se detuvieron detrás de un edificio abandonado y desde allí Marion pudo ver que, en el muelle, un grupo de hombres cargaba cajones con mercancías a una embarcación que estaba a punto de zarpar, dirigidos por las órdenes del capitán sobre cubierta. El barco se llamaba *Ketterpilar*.

No lo pensó. Desmontó en un ágil movimiento y, dándole un golpecito a Cobra, la obligó a marcharse.

—¡Corre! —susurró, y se dio cuenta de que estaba dejando ir lo único que le quedaba.

Con la mirada turbia y el corazón exhausto, vio cómo su compañera de años se perdía por la calle adoquinada. Pronto entendió que no había tiempo que perder. Con cautela se acercó donde los hombres trabajaban y se escondió detrás de una pila de cajones.

—¿Cuántos quedan? —preguntó uno de los marineros.

—Estos dos —respondió otro.

—¡Ayúdenme con esto! —pidió un tercero, a pocos metros de allí.

Los dos hombres se alejaron para darle una mano a su compañero.

Marion oyó los caballos de Taro y de sus hombres acercarse por la calle principal. Sin dudarlo, levantó la tapa del cajón que tenía enfrente y se introdujo en él.

—¿No han visto a una mujer a caballo? —preguntó la singular voz del comandante unos segundos más tarde.

—¿Una mujer a caballo? —rieron los marineros—. ¡Claro! Está aquí con nosotros, saluda al comandante, bonita —bromearon.

—Imbéciles —bramó Taro, y desenfundó su arma.

—¡Por allí! —interrumpió uno de los guardias—. ¡Me pareció escuchar los cascos de su caballo!

Taro guardó su arma con pesar, tomó las riendas y, luego de echarles una mirada maliciosa a los marinos, se alejó junto con sus hombres tras la pista de Cobra.

—¿Una mujer a caballo a estas horas? —murmuró con disgusto el marinero que se disponía a levantar el cajón con Marion dentro.

—Increíble —comentó el otro—. Espera, la tapa de este está un poco floja...

Se preparó para ser descubierta, temblando como una hoja, pensó en las excusas que daría y en cómo haría para que los marineros la ayudaran a que los soldados no la descubriesen. Pero no fue necesario. Los hombres tan solo reforzaron la madera con un par de clavos.

—Ahora sí —aprobó el que había martillado y, entre los dos, levantaron el cajón.

—Oye, este sí que está pesado... —señaló el otro, sorprendido por la diferencia con el resto de la carga.

—Son las manzanas de aquí, parecen melones...

Subieron el cajón a bordo. Ella se percató de que la depositaban sobre cubierta donde pudo ver, a través de las rendijas de su escondite, el movimiento de la tripulación. Entonces unas botas negras y lustradas se detuvieron a centímetros de sus ojos y el hombre que las llevaba puestas exclamó con voz segura:

—¡Leven anclas! ¡Icen velas!

El corazón de Marion latió fuerte. En un segundo todo explotó, como si una gran maquinaria hubiera sido puesta en movimiento. El trajín de músculos e indicaciones la mantuvo lejos de su realidad hasta que los minutos pasaron y la tranquilidad de la noche la devolvió a la jaula donde no cabían más que ella y sus pensamientos. Lloró, abrumada por los recuerdos que comenzaban a grabarse a fuego en su memoria y por el futuro que creyó conocer y que en un segundo le había sido arrebatado Sintió pena por la niña que había sido, por la que ya no volvería a ser y, permitiéndose el último suspiro adolescente, se acercó los dedos a los labios y pensó en el beso que jamás habría de darle a Jeremías Nolte.

Andraín y Opacoléia

Marion no sabía cuánto tiempo había estado inconsciente. Al recobrar el conocimiento, la situación en las mazmorras había cambiado de manera radical. Tardó unos segundos en recomponerse y entender lo que estaba sucediendo: a su alrededor varios hombres sostenían una pelea encarnizada, en medio de una lluvia de puñetazos. A través del caos pudo reconocer a Xavier, que acorralaba al guardia que la había amenazado, y a Molinari y Henri, intentando hacerle frente a Taro y sus secuaces. Derain se ocupaba de desatar a Augur y Vlaminck se disponía a hacer lo mismo con ella. "Genial", pensó. Ya casi estaba libre cuando vio a Taro golpear a Molinari y abalanzarse sobre una de las armas que habían caído al suelo. La alcanzó y apuntó directo al pecho de Xavier. Vlaminck ya había cortado sus amarras cuando la capitana tomó la silla en la que había estado sentada y la estrelló contra la espalda del comandante, que cayó junto con su arma al piso. Xavier la miró y le agradeció con un movimiento de cabeza. En cuestión de minutos los dos guardias que aún se resistían fueron derribados. Con rapidez, Xavier, Vlaminck y Molinari encerraron a los hombres en las celdas, para que luego, guiados por el escuadrón de rescate, tanto ella como Augur pudieran salir. A su paso tuvo que sortear los cuerpos de los soldados regados a la entrada del recinto, que evidentemente habían sido derrotados minutos antes.

Afuera los esperaban cuatro caballos. Vlaminck y Henri montaron juntos, Derain y Augur también, Molinari cabalgó solo al ser el más fornido y Marion no tuvo otra alternativa que montar junto con Xavier. Salieron disparados hacia el camino. Mientras a su lado la vegetación parecía una borrosa pared verde, se preguntó cómo habían sido capaces de encontrarlos. Pronto descubrió que no estaban lejos de Rivamodo. El lugar donde habían estado prisioneros quedaba entrado en la montaña, a tan solo unos kilómetros de la ciudad. Se dirigieron al puerto, Xavier alentaba a su caballo a correr tan fuerte que Marion tuvo que aferrarse con fuerza a su cintura.

Al llegar al puerto, el *Ketterpilar* ya no estaba donde lo habían dejado. En su lugar los esperaba un pequeño bote que con dificultad habría de soportar el peso de los siete. Rudi también estaba allí, ataviado con un sobretodo. Con premura los ayudó a abordar y luego desató las sogas que sujetaban la embarcación al muelle.

—¡Me quedaré aquí para ver qué es lo que ha ocurrido y no perderle el rastro a Taro! —anunció el cocinero mientras los pocos cabellos grises que coronaban su cabeza se disparaban hacia un lado y otro, movidos por el viento.

Dicho esto, se acomodó la capucha de su abrigo y se encaminó rumbo a la ciudad con paso firme.

—¡¿Hacia dónde?! —gritó Marion al oído de Xavier, aturdida por el viento y el bramar del oleaje.

—¡Tenemos que dar vuelta a la bahía! —respondió el hombre, y señaló hacia donde la montaña se introducía en el mar dando comienzo a la pared rocosa que circundaba la ciudad.

Remaron con fuerza en esa dirección, el mar más enojado de lo que muchos de los que se encontraban sobre el bote hubieran visto jamás. Las nubes cubrían el cielo amenazando con lluvia y arruinaban los últimos minutos de luz antes de la noche. Al cruzar el muro que daba inicio a la montaña, los recibió la imponente visión del *Ketterpilar*, que se mecía desbocado sobre el mar colérico. Marion se alegró de ver que su barco estaba allí, dispuesto a escapar a toda prisa.

—¡Augur! —gritó Marion—. ¡Tiene que decirme adónde debo conducir la nave!

—¡A Chor! —contestó él, y el cielo explotó en el trueno definitivo que desató la tormenta.

Abordaron luchando contra el vendaval. A pesar del cansancio y el dolor físico, tan pronto estuvo sobre cubierta, Marion asumió su rol de capitana y dio las órdenes necesarias para alejarse al fin de Rivamodo.

—Trate de no elegir la ruta más convencional —sugirió Augur.

—Descuide, ya lo había tenido en cuenta —contestó la capitana, y tomó con fuerza el timón para virar hacia babor mientras dirigía a viva voz las maniobras de los tripulantes.

Una hora más tarde, el *Ketterpilar* se encontraba con rumbo estable a Chor. Marion suspiró. De pronto se dio cuenta de lo cansada que estaba. Aún no podía abrir el ojo por completo, y le dolía cada centímetro del cuerpo.

—¿Cuánto cree que tardaremos en llegar? —preguntó Augur.

—Alrededor de un día y medio, teniendo en cuenta la ruta que tomamos...

—Muy bien.

Augur tenía ahora una mirada curiosa, como la de un niño que esconde un secreto.

—¿Qué le pasa? —le preguntó de mal modo.

Sonriendo con entusiasmo y sin hacer caso del maltrato, Augur extrajo de su bolsillo el códice que les había dado Noah la noche en la que habían sido apresados. La capitana miró el objeto con sincero desconcierto.

—¿Co-cómo es posible? Si yo sentí que...

Mientras los ojos de Marion iban del códice a Augur en busca de respuestas, Rey bajó volando desde el palo mayor a posarse sobre el hombro de su amo. Marion lo miró y volvió la vista al libro, para luego, todavía sin poder creer lo que cruzaba por su mente, preguntar:

—¿Rey?

—¡Así es! —festejó el hombre—. Fue él quien desprendió su bolso cuando vio que estábamos en peligro...

—Increíble.

—Y además debe estarle agradecida —agregó acariciando al ave—, ya que también a él le debemos nuestro rescate.

—¿Cómo es eso?

—Rey nos siguió. Después de unos minutos de haber recobrado el sentido en la celda, me di cuenta de que los guardias no habían descubierto la fíbula prendida a mis vestidos, así que me las ingenié para roer las sogas y grabar en una de ellas un mensaje para nuestros compañeros. No tuve que hacer más que pasársela a Rey a través de la ventana y esperar.

—¿Hizo todo eso cuando se negaba a responderme?

—Exacto.

—Muy ingenioso, debo admitir…

—Por supuesto, cuando volvió el guardia, fingí estar atado.

—Claro, hubiera sido estúpido intentar algo siendo tan solo nosotros dos. Ahora… ¿cómo fue que Rey encontró a la tripulación?

—Al parecer, cuando descubrieron la presencia de la brigada en Rivamodo, se ocultaron con el *Ketterpilar* al otro lado de la bahía. Dicen que nos enviaron un cordis para advertirnos… Pero es claro que no recibimos el mensaje.

—¿Y cómo fue que Rey pudo encontrarlos y darles el suyo?

—Por fortuna, Rey es increíblemente obstinado —reconoció mirando con orgullo a su emplumado amigo—, los hubiera encontrado aunque eso le costara la vida.

Rey alzaba su pico con soberbia, como si pudiera entender lo que estaban diciendo de él.

—Esto es cada vez más increíble… —murmuró Marion mientras la aquejaba un insoportable dolor en la mitad de la espalda. Cerró los ojos y se tomó la cintura con las manos.

—Creo que debería descansar un poco —sugirió Augur al advertir su malestar—; no hemos pasado lo que se dice un día agradable…

—Está en todo lo cierto —coincidió.

El cuerpo ya no la dejaba razonar con claridad, así que decidió retirarse. Llamó a Molinari para que la relevara durante algunas horas. El contramaestre tomó el mando con gusto, no sin antes recibir un par de indicaciones.

Tan pronto como se arrojó sobre la cama, se quedó dormida. No se dio tiempo a pensar en el rescate, ni en Taro, ni en la muerte de su madre. Durante muchos años había aprendido a silenciar las voces de su mente y esta vez no sería la excepción. El dolor la despertó una hora más tarde galopándole en las sienes. Consciente de que era inútil reanudar el sueño, se dirigió a la cocina en busca de algo que la hiciera sentir mejor. A cada paso, su cabeza retumbaba de manera insoportable.

Se sorprendió al encontrar a Xavier sentado a la mesa, leyendo un libro.

—¿No está cansado? —preguntó con la voz ronca, apoyada contra el marco de la puerta.

—¡Capitana! —se alteró el muchacho—. Está decidida a matarme del susto.

—Disculpe... —se excusó tomándose la cabeza.

Marion examinó las alacenas entre quejas y bostezos.

—A decir verdad, sí estoy cansado. Pero es bueno que alguien además de Molinari tenga los ojos abiertos.

—Tiene razón.

Marion se sentó un poco alejada para no molestar y comenzó a comer las galletas que encontró mientras se calentaba en el fuego el agua para el té.

—Ese ojo no luce nada bien —observó él al reparar en la inflamación multicolor.

—Aún no tuve tiempo de verme en un espejo —comentó ella—. Y creo que ya no quiero hacerlo después de su comentario.

Xavier se puso de pie y fue hacia una de las estanterías. De allí extrajo un tarro con conservas. "Tendrá hambre", pensó la capitana. El muchacho se ocupó de hurgar en su contenido hasta extraer un trozo de carne rojizo y pegajoso. Una vez que tuvo el desagradable bocado entre las manos, se acercó, inspeccionó la herida y luego, con delicadeza, le apoyó la carne sobre el ojo. Ella no atinó a hacer nada. Se quedó inmóvil mirando con asombro a su improvisado curandero.

—Esto le hará bien —aseguró el piloto—; sería mejor si fuera carne fresca… Pero bueno, algo es algo. Sosténgalo contra su ojo y verá cómo se desinflama pronto.

—Gracias —fue lo único que acertó a decir.

"Perfecto —pensó— ahora voy a oler a ciervo". Trató de sonreír ante el buen gesto de su compañero y disimular su falta de entusiasmo. Le fue bastante difícil prepararse el té con una sola mano. Aunque Xavier se había ofrecido a hacerlo por ella, fiel a su naturaleza, la capitana insistió en que podía arreglárselas sola.

Después de luchar contra su invalidez, se encontró al fin frente a su té. Un ojo cerrado, el otro a media asta a causa del cansancio. Sorbió un poco de la infusión caliente, mientras sostenía el pedazo de carne contra su párpado con la mano izquierda. Pensó que vista desde afuera, su situación era verdaderamente lamentable y eso le dio risa, pero se reprimió al instante: los pequeños espasmos le hacían doler lugares que no había siquiera registrado que existían.

—Estoy cansada —soltó al fin.

—Como para no estarlo...

—¿Qué lee? —de pronto sintió ganas de conversar con él.

—Pues... es una historia vieja —explicó Xavier cerrando el libro para inspeccionar su tapa—, se trata de un niño... un niño que se enamora de una mariposa y la mariposa le pide que realice una serie de hazañas para ganar su amor...

—¿Andraín y Opacoléia?

—Ese mismo.

—Lo leí hace muchos años... —recordó Marion, y de pronto volvieron a ella el olor de su madreselva, los vestidos blancos sobre el césped, sus manos regordetas y, abierta en ellas, la hermosa edición de un libro blanco con letras doradas que decía "Andraín y Opacoléia"—... es una linda historia.

—En verdad lo es —coincidió él—. Ya casi lo termino. Estoy en el capítulo en el que Andraín viaja a Montaña Brava para conseguir la estrella más cercana.

—Sí... —recordó Marion.

En aquel capítulo el niño intentaba alcanzar la estrella y se caía en el corazón de un volcán. Cuando estaba a punto de ser alcanzado por las llamas, Opacoléia, la mariposa, llegaba volando y lo salvaba, pero a causa del calor del fuego, sus alas quedaban dañadas para siempre. Andraín le construía alas de papel, y Opacoléia volvía a volar gracias a su astucia.

—Siempre pensé que Opacoléia era mala y caprichosa. Creo que no merecía el amor de Andraín —opinó Marion.

—No estoy de acuerdo.

—¿No?

—No. Me parece que no ha entendido su verdadera naturaleza —apreció Xavier—. Ella es tan o más vulnerable que él y por eso necesita probar que es digno de su amor.

—¿Poniendo en riesgo su vida? —refutó indignada.

—Opacoléia sabe que nada habrá de sucederle. Antes moriría ella que dejar que algo malo le pasara a Andraín. Durante toda la travesía ha estado cuidándolo de cerca. Fíjese cómo es ella quien lo salva, poniendo en riesgo su vuelo.

—Sí, eso es verdad —admitió la capitana—. Pero de cualquier manera es una mariposa soberbia y caprichosa.

—Quizás Opacoléia solo tiene miedo.

A Marion le extrañó la sensibilidad con la que Xavier estaba abordando el tema. Sus palabras la sorprendieron tanto que, sin quererlo, se generó un incómodo silencio en la cocina. Optó por cambiar el tono de la conversación.

—De todas formas, ¿qué hace el piloto de mi barco leyendo esto? —bromeó.

—Lo encontré en uno de los camarotes hace un par de días —explicó—, leo básicamente todo lo que se cruza en mi camino... Es que me cuesta conciliar el sueño cuando estoy navegando y leer es una de las pocas cosas que me ayuda a distenderme.

—Qué curioso. A mí me sucede exactamente lo contrario —confesó Marion—. Nada me calma más que una noche en alta mar. Es cuando estoy en tierra que me cuesta dormir.

—¿Cómo es eso?

—No sé... Hace tiempo que estar en el continente me altera los sentidos. Todo está demasiado quieto y sostengo la teoría de que cuando las cosas parecen estar más tranquilas, es cuando se engendran los peores imprevistos. Me doy cuenta de que estando en tierra me pongo alerta, irritable... En cambio navegando estoy en paz. Hay algo bello y relajante en sentir que todo alrededor está en movimiento, en imaginar que debajo de mis pies se extiende un universo capaz de albergar cientos de vidas que respiran una realidad desconocida y misteriosa... Ahora mismo, cierro los ojos y siento el palpitar del mar en las suelas de mis botas. No hay nada más tranquilizador y maravilloso que eso.

Xavier escuchó a Marion con atención y, después de meditar unos segundos, observó:

—¿No será que navegando está más tranquila porque se encuentra en control de todo?

Se quedó callada. Sin saberlo Xavier había tocado una fibra sensible.

—No lo había pensado de esa manera. Pero puede que tenga razón —contestó tratando de sonar cordial. De pronto sintió la imperiosa necesidad de dejar la habitación—. No voy a interrumpir más su lectura —se excusó mientras se levantaba de la silla—. Iré a verificar que todo ande bien con Molinari.

Xavier la miró consternado. Pensó que quizás sus palabras habían ido un poco más allá de los límites. Estaba a punto de disculparse cuando ella le dijo:

—Prefería quedarme con mi explicación poética.

Luego de dirigirle un gesto de resignación, abandonó la cocina. Se encontró subiendo por la escalerilla de proa negando con la cabeza. Lo que acababa de ocurrir le resultaba extraño y divertido a la vez. Sobre cubierta Molinari se mantenía atento a la navegación. El ambiente estaba frío, pero era agradable estar al aire libre.

—¿Quiere té? —le ofreció acercándole la taza humeante.

—Gracias— aceptó el contramaestre, que luego de darle un sorbo a la bebida, miró con desconcierto el trozo de carne que la capitana presionaba contra su ojo.

—¿Qué...?

—No pregunte.

Pasaron el resto del viaje haciéndose compañía en silencio. Ninguno de los dos era de muchas palabras. Marion sintió que era justo lo que necesitaba luego de haberse expuesto a Xavier y a su descaro. Algo la había hecho sentir incómoda y no sabía si habían sido los temas de conversación o su interlocutor. Una vez más acalló su corazón y se quedó inmóvil sintiendo el aire salobre que traía pequeñas gotas de océano consigo, para mojarle los labios lastimados. Molinari compartía el momento con la paz de quienes no necesitan mantener conversaciones inútiles. Marion estaba complacida, valoraba a la gente que racionaba sus palabras con inteligencia.

Así los sorprendió la costa de Liciafons al salir el sol el segundo día. En pocas horas llegarían al puerto de Chor. Recién se había levantado y Augur ya le indicaba a Marion el lugar preciso en el que deseaba desembarcar. Al parecer, no apuntaban al corazón de la ciudad, sino que irían un poco más al norte, a los acantilados de Álito. A la luz del día el hombre se veía lastimado y maltrecho y, al igual que ella, parecía que unas cuantas horas de sueño le vendrían de maravilla.

—No luce nada bien —le confesó a Marion.

—¿Acaso usted se ha visto en el espejo? —contestó ella indignada, y ambos se echaron a reír.

—Ya repondremos fuerzas en Chor, lo prometo —la consoló.

A su derecha podían verse los edificios de la ciudad, bañados por la onírica luz del amanecer.

—Un poco más allá, ya casi estamos —indicó el hombre.

Mientras corregía las direcciones, fueron sorprendidos por una inesperada nube de mariposas que volaron muy cerca de sus rostros.

—¡Ah! ¡La ciudad de las mariposas! ¡Y no pudimos haber elegido mejor época! —se regocijó Augur.

Marion sabía que Chor era un lugar privilegiado, adonde grandes reservas de mariposas llegaban en primavera cada año para reproducirse, atraídas por sus exóticos parajes, y colmaban la ciudad con su hipnótico aletear y colorido. En verdad era una agradable sensación estar entre aquellos insectos majestuosos.

La tripulación se entusiasmó con la pequeña muestra del espectáculo que prometía un despliegue extraordinario allá en el continente. Xavier, que al igual que el resto estaba preparado para iniciar las maniobras de desembarque, observaba la danza a su alrededor cuando un hermoso ejemplar púrpura se posó en su brazo. Con cuidado lo colocó en su dedo índice y se lo acercó a Marion.

—¿Opacoléia? —bromeó la capitana.

—Creo que esta se llama Marion —respondió él y, mirando a la capitana a los ojos, dejó que la mariposa echara a volar.

Chor

Marion debió conducir la nave por una enorme cueva que se formaba en los acantilados, a varios kilómetros del puerto de Chor. "La cueva de la nieve viva", la llamaban los nativos, debido a que en las plataformas naturales que nacían de las paredes rocosas se asentaban cientos de focas blancas de pelo largo, la colonia más grande que se conocía hasta entonces. La gran masa de pelaje blanco de los animales amontonados unos con otros se asemejaba a la nieve que se depositaba en las laderas de las montañas, lo que había inspirado mitos y leyendas entre los lugareños.

Al ingresar los invadió la sensación de estar soñando despiertos. El aire cambió notablemente y también cambió la percepción de los sonidos. Debajo, el mar esmeralda aún reflejaba los destellos de la luz del mediodía y, a pocos metros de la embarcación, las focas los miraban desde sus balcones de piedra, con sus curiosos ojos, negros y brillantes. A su paso algunas se arrojaban al vacío para bañarse en las aguas transparentes.

Marion pensó que aquellos animales eran extremadamente bellos. Sentía la necesidad de acercarse y acariciar su pelaje. Una inteligente artimaña de la naturaleza, que engañaba a los extraños para que se convirtieran luego en víctimas del apetito voraz de esos animales.

A medida que el *Ketterpilar* avanzaba, curiosos sonidos rebotaban dentro del barco, exaltados por el eco, como quejas de ocultos moradores alborotados por la presencia de la nave. Marion estaba embelesada, nunca había estado en un lugar tan mágico. En los rostros de los tripulantes resplandecían los destellos de luz que rebotaban en el agua y en la piedra mojada. Marion vio de reojo cómo la miraba Xavier desde un lugar un poco alejado y se sintió incómoda. No necesitaba tener una percepción muy dotada para adivinar que pronto el muchacho iba a acercarse y quién sabe qué cosas le diría. No quería siquiera pensar en la posibilidad de que eso sucediera. No estaba preparada, de eso estaba segura. Y pensó que quizás nunca habría de estarlo. Un nudo le cerró la garganta y la imagen del hombre que había sido su vida regresó a su memoria. "Ojalá estuviera él aquí conmigo", se lamentó. No tuvo más tiempo para pensar. Se estaban acercando al final del recorrido y lo que los aguardaba allí era aún más sorprendente. La caverna se angostó hasta que no pudieron avanzar más. Fue entonces cuando, a su derecha, surgió una ramificación, mucho más estrecha, en cuya base cantaba el cauce de un río que convergía con el mar. En este nuevo túnel natural, a la altura de la amura de proa, habían construido una plataforma transparente. Para sorpresa de Marion, una vez que el *Ketterpilar* se detuvo, todos adoptaron una actitud despreocupada y descendieron a la superficie firme. Evidentemente, no era la primera vez que estaban allí. Caminaron por la plataforma mirando a través del vidrio el fluir de la corriente, hasta que llegaron a una sala circular donde una puerta enorme y dorada los aguardaba, en cuyas hojas resplandecía la imagen de un águila con una soga que colgaba de su pico.

—*Fi go trasveras ut mal amoras, ot ge thoslío* —murmuró Marion repitiendo la leyenda que podía leerse sobre ella.

—"Es la verdad lo que buscas, no el olvido" —tradujo Augur emocionado.

Accedieron al interior de un gran salón en donde los esperaban al menos veinte personas. El comité de bienvenida se mostró encantado. Saludaron a todos con familiaridad y uno a uno se fue presentando. Marion vivía la escena desde afuera, como una intrusa, sin prestar atención a ninguno de los nombres. Al terminar las formalidades, los miembros de la tripulación se dispersaron como si hubieran llegado a casa. Marion sintió un gran alivio. No quería cruzarse con nadie por un tiempo.

Dos mujeres de unos cuarenta años, llamadas Cecil y June, se encargaron de explicarle que estaba en la casa de la Cofradía. Luego de brindarle un montón de datos que Marion no pensaba recordar, la condujeron hacia la habitación que le habían asignado. Caminaron por un corredor hasta que la pared derecha desapareció y se convirtió en un balcón abierto al exterior. Una tupida vegetación cubría las columnas de piedra labradas y se extendía hasta perderse en el horizonte. Parecían estar en medio de una selva tropical llena de plantas exóticas, árboles antiguos e intrincados laberintos. Mientras caminaban, un grupo de grandes mariposas comenzó a revolotear a su alrededor. Marion no pudo más que detenerse ante la maravilla del paisaje y observar por unos instantes el esplendor del día. Entre los huecos del follaje y sobre las ramas, pudo ver cientos de pájaros de todos los tamaños y colores. El sonido de un fresco borboteo la llevó a inclinarse sobre la barandilla, para descubrir que el río que habían visto antes pasaba por debajo del balcón.

A la izquierda, la construcción continuaba. Había seis puertas pintadas en diferentes tonos de naranja, que iban del más claro al más oscuro. Las mujeres se detuvieron en la sexta y le indicaron que allí encontraría todo lo necesario para un buen descanso. Hablaron durante varios minutos sin detenerse, interrumpiéndose entre sí, pisando sus discursos, mientras Marion veía cómo sus bocas se movían pero nada claro llegaba a su cerebro, hasta que finalmente, después de varias indicaciones inútiles y ofertas generosas aunque innecesarias, atinaron a dejarla sola.

Entró a la habitación. La luz bañaba el interior cálido y amigable a través de una ventana alta. Todo en aquel cuarto era armonioso. Las paredes y los objetos continuaban el mismo orden que reinaba afuera, pintados de naranjas suaves y sutiles, y en el aire flotaba un agradable olor a fruta. Sobre uno de los muebles, contra la pared que se enfrentaba a la cama, había un hermoso espejo. Su marco de madera blanca estaba labrado con motivos de follaje; ramas, hojas y flores se entrelazaban unas con otras decorando el vidrio. Hacia allí fue Marion. Apoyó sus manos sobre el mueble y, ligeramente inclinada, se miró a los ojos. El reflejo le devolvió la imagen de una mujer cansada, sucia y malherida. Su ojo magullado desplegaba una paleta de colores violetas y verdosos por demás interesante. Al menos se alivió de comprobar que no estaba tan hinchado como se sentía.

Frente a su realidad no pudo más que sonreír, algo en sus ojos le decía que todavía guardaba un poco de fuerzas para darse un baño y comer algo antes de arrojarse sobre aquel colchón mullido y tentador.

Así lo hizo. En el baño había una tina que no tardó en llenarse, y pronto se encontró sumergida en el agua tibia. Tuvo que luchar contra el cansancio para no quedarse dormida. Con el último aliento, comió unas cuantas frutas y varios trozos de pan. Minutos más tarde se introdujo en el suave arrullo de las sábanas, y estas obraron tan bien su hechizo que no tardó en caer rendida a pesar de no tener el mar bajo su almohada.

Un rayo de luz penetraba por la alta ventana e iluminaba la cabecera de la cama. No sabía bien cuánto había dormido, pero estaba segura de que había sido demasiado. Se levantó y fue a mirarse en el espejo. Para su alivio el ojo estaba del todo deshinchado, aunque aún lucía un extraño colorido. Su rostro se veía más parecido a lo que había sido alguna vez. Tenía la sensación de haber descansado más de lo recomendable y la cabeza le zumbaba de hambre y de sopor.

Fue agradable descubrir que su ropa la aguardaba a un costado de la cama, limpia y perfumada. Seguramente Cecil y June habían sido las responsables del buen gesto. Tomó un baño frío para despejar la mente y se puso la camisa, almidonada como nunca, y los pantalones. Pasó alrededor de su cintura el pañuelo a rayas que usaba como faja y salió al encuentro de la espectacular vista selvática. Su cabello olía a flores y también su ropa. "¿Dónde podré conseguir algo para comer?", se preguntó mientras se dirigía al salón en donde habían sido recibidos.

No encontró a nadie allí, pero oyó voces que provenían de uno de los cuartos. Sin dudarlo, fue hacia él y encontró que la puerta estaba abierta. Desde afuera pudo observar que se estaba llevando a cabo una gran comida y que todos los miembros de la tripulación y los que los habían recibido se encontraban disfrutándola.

—¡Ah, pero miren quién ha decidido aparecer! —canturreó Augur con alegría mientras iba a su encuentro—. ¿Ha descansado bien?

—Eso parece. ¿Cuánto dormí?

—Dos días.

—¡¿Dos días?! —Marion estaba realmente impresionada.

—¡Estábamos empezando a preocuparnos!

—Es verdad —admitió Xavier.

Marion tuvo que bajar la mirada cuando el piloto la saludó. Se notaba que él también había descansado y cambiado su ropa, y Marion no pudo negar que se veía muy apuesto. Se sonrojó. Odió la idea de que él lo notara, así que se las arregló para escapar de su presencia y juntarse con Cecil y June, que se encontraban en la otra punta del salón. Aunque tuvo que soportar su parloteo inacabable, prefirió comer con ellas a estar cerca del muchacho. Se inquietó al darse cuenta de que, sin proponérselo, cada tanto se fijaba en dónde estaba y qué hacía. Lo único que logró fue ponerse más incómoda, porque todas las veces se encontró con que él también la estaba mirando. Pasaron las horas y, para su alivio, Xavier se retiró. Al fin pudo relajarse un poco y se sentó lejos de la insoportable conversación de las mujeres.

Con el correr de los minutos la gente se fue dispersando, hasta que quedaron solo algunos pocos rodeados por las sobras del festín. Augur se sentó a su lado, con una copa de vino.

—¿Quiere un poco? —le ofreció.

—Siempre.

Llenó la copa de la capitana, y ambos se quedaron en silencio durante unos momentos.

—Debemos hablar —soltó.

—Bueno.

—Tenemos que hablar de lo que enfrentaremos de ahora en adelante.

—Perfecto —la capitana se acomodó en la silla.

—Bien... ¿En dónde habíamos quedado?

—No sé.

—Debo aclararle que estamos próximos a emprender el viaje más importante de nuestras vidas y de las vidas de quienes nos antecedieron...

—Es bueno quitar presión desde el principio —bromeó ella, pero ante la expresión que recibió como respuesta entendió que si quería saber más de la historia, debía evitar los comentarios ácidos durante la conversación.

—Como ya le había adelantado, durante su exilio, Ménides, apasionado por la ornitomancia y la leyenda de Aletheia, que guardan una estrecha relación entre sí, decidió seguir los relatos narrados por Oggin en el *Libro de las Conquistas*. Supongo que sabrá que este libro fue escrito hace siete siglos, además desde que se lo conoce, se ha creído que en su mayor parte solo cuenta fantasías. Es verdad que Oggin recorrió el mundo arcaico, descubrió y conquistó nuevas regiones, pero la mayoría de los hechos narrados en sus libros fueron desde siempre considerados mero fruto de su activa imaginación o, al menos, adornados casi en su totalidad. Sin embargo, Ménides, luego de una extensa y prolongada investigación, se atrevió a creer que lo que Oggin contaba en sus relatos era cierto. Descubrió que todos los lugares descriptos en el descubrimiento de la isla concordaban con lugares reales; hasta que, después de haber caminado sobre los pasos de lo que tan solo parecía una leyenda, llegó a Aletheia.

—¿Entonces existe?

—Si gusta, puedo contarle todo con lujo de detalles.

—Por favor.

—Lo que Oggin cuenta en su libro es que mientras estaba explorando las rutas en el Mar de Amberre, se topó con una extraña formación de islas en las que, según sus propias palabras, "las fuerzas de la naturaleza obraban de manera caprichosa". Dice que desembarcó allí con varios de sus hombres, pero que tan solo él fue capaz de regresar con vida. No relata lo que ocurrió allí, pero sí nombra la presencia de mujeres con extraños poderes que lo sometieron a una serie de pruebas y que, una vez que hubo demostrado su nobleza, se apiadaron de él y lo dejaron en libertad.

—Ah, sí, ahora recuerdo. Pero lo que no entiendo es qué pasión puede despertar este relato en alguien...

—Este, por sí solo, ninguna. En realidad, la leyenda se remonta a tiempos aún más antiguos y ha sido escrita en numerosos libros sobre la ornitomancia. Lo que ha hecho Oggin es, sin proponérselo, develar la ubicación de Aletheia en su diario de viaje, pero para él no representaba más que un sitio sobrenatural.

—¿Y qué relación hay entre la ornitomancia y la isla?

—Mucho antes de que Oggin existiera, en ella vivió un rey llamado Pentare. Él fue el primero en adiestrar su mente y su corazón para entender el lenguaje de los pájaros. Había nacido dotado de una magnífica capacidad para la magia y fue lo suficientemente sensible como para captar los significados en su canto y en su vuelo. Así llegó a desarrollar el arte de la ornitomancia, que luego plasmó en sendos tomos de técnicas y ejercicios que llegaron a hacerse conocidos en un pequeño círculo de iluminados y se perpetuaron a través de generaciones y generaciones.

—Mmm —Marion comenzaba a aburrirse.

—El caso es que los manuscritos de Pentare habían llegado al continente a través de las aves, y nadie sabía la exacta posición de Aletheia. Con la leyenda creció también el rumor de que había más manuscritos dentro de la isla, manuscritos que hablaban de los secretos que las aves le habían revelado a Pentare sobre la vida, la muerte, el reino animal, la creación de las cosas, todas cuestiones que al parecer él había llegado a controlar y manipular gracias a su poder y sabiduría y, por supuesto, a la guía de los pájaros, que también habían crecido en cuerpo y mente dentro de los límites de su reino.

—¿Entonces Ménides llegó…? —ya estaba un poco confundida.

—En efecto, por lo que le reveló a Noah a través de los cordis, encontró la isla y dejó allí un arma a la espera de que alguien fiel a sus principios fuera a reclamarla.

—¿No podía dejarla en un lugar más accesible?

—Ménides quería asegurarse de que quien la obtuviera fuera digno de ella.

—¿Y de qué arma estamos hablando?

—No estoy muy seguro, la información no es precisa, pero al parecer es algo que desbarata la mentira y revela la verdad.

—O sea que ni siquiera sabemos qué estamos buscando.

—No con exactitud.

—Bueno, me imagino que entonces ahora nos toca ir a Aletheia —resumió Marion.

—Exacto.

—¿Tiene aquí el mapa?

—Este... de eso quería hablarle.

—¿De qué?

—No tenemos mapa.

—¿Cómo?

—No tenemos mapa.

—No estoy sorda, Augur. Estoy desorientada. Dígame que al menos tenemos..., no sé, ¿coordenadas?

—No.

—¿Y cómo demonios piensa que vamos a llegar? ¿Adivinando?

—Tenemos primero que ir en busca del mapa.

—¡Pensé que eso habíamos hecho cuando fuimos a ver a Noah!

—Sí, yo también. Pero resulta que la información que nos dio habla de la estadía de Ménides en la isla, de la confección del arma gracias a la ayuda de las Hermanas del Alba, de los conocimientos que fue adquiriendo... Incluso en el códice se detallan los distintos puntos de la isla... Pero en ningún momento dice nada de su ubicación.

—¡¿Las hermanas de qué?!

—Las Hermanas del Alba...

—Aguarde un momento —cayó en la cuenta—. ¿Me quiere decir que soporté todos esos días en la montaña, las picaduras de las mañimbas y la encarcelación de Taro tan solo para rescatar el diario íntimo de Ménides con los detalles de sus vacaciones en la isla?

—Bueno, no exactamente... —contestó Augur intentando poner un paño frío sobre la revelación—. Estuve estudiando el códice y recopila toda la leyenda antigua sobre Pentare y la isla y las Hermanas del Alba y sus pruebas, lo que de seguro nos será de utilidad...

Marion revoleó los ojos.

—¿Y qué si hacemos lo que hizo Ménides? Digo... Seguir la información que da Oggin en su libro... —aventuró.

—Sí, eso sería lo más lógico, pero a Ménides le llevó seis años.

—Me imagino que no pretende que invirtamos los próximos seis años en esto, ¿verdad?

—No si podemos evitarlo. Hay otra manera, pero no estoy seguro de que podamos llevarla a cabo.

—Antes de destinar seis años a descifrar un bendito cuento, cualquier cosa me parece razonable.

—Ese es el punto. No tiene nada de razonable. Ni siquiera Ménides se animó a encontrar la isla de esta forma, puesto que estaba solo y le hubiera resultado demasiado arriesgado. Él prefirió analizar los relatos de Oggin a intentar lo que nosotros...

—No sé por qué no me huele nada bien.

—Verá, al parecer un mensaje llegó al continente de puño y letra de Pentare poco después de su último envío. Aquí está transcripto en el códice que nos ha dado Noah.

—Bueno, al menos vamos a utilizar esa cosa para algo.

Augur lo sacó de su bolsillo y le mostró una de las primeras páginas. En sus bordes había dibujado un hermoso motivo con pájaros y hojas. La inscripción decía:

Amor mío, he de esperarte siempre. Sabrás llegar a mí a través de la lengua de los Reyes de los Tres Medios, escoltados por las aves que guardan tu secreto y el mío.
Por siempre y para siempre, tuyo,

Pentare

—Pero esto es una carta de amor... no entiendo nada —Marion conocía nuevos límites de su paciencia.

—Esto es así: cuenta la leyenda que una joven guerrera de Albor llamada Amanda fue enviada por su reina en busca de los secretos de las aves y encontró la isla casi al final de la vida de Pentare. En vez de someterla, el rey se enamoró de ella y ella de él. Así fue como la mujer renunció a su destino y se quedó. Al poco tiempo quedó embarazada, pero su embarazo no fue un embarazo común. Llevaba en su vientre a cinco niñas que nacieron a los cinco meses de gestación. La isla había obrado una vez más según sus caprichos. Sobrevivieron por milagro y, al cabo de un tiempo, su padre descubrió que poseían maravillosas dotes: confluían en sus venas las sangres del mago y la guerrera, y en cada una los poderes que habían heredado se asentaron y fortalecieron. Para desgracia de los amantes, Amanda no sobrevivió al parto. Tanto amaba el rey a su mujer que, junto con ella, perdió la cordura. En su delirio creó una realidad menos dolorosa y más esperanzadora, en la que

Amanda no había muerto, sino que se había perdido. Se convenció de que volverían a encontrarse... El pobre anciano dedicó los últimos días de su existencia a dejarle pistas para que regresara a casa.

—¿Pero no era que Pentare dominaba los secretos de la vida y de la muerte?

—Así cuenta la historia, pero al parecer nada pudo hacer para evitar la muerte de su esposa.

—¿Y qué pasó con las niñas?

—Las niñas son las Hermanas del Alba, y, según la información que nos brindó Ménides, aún habitan en la isla.

—¡¿Cómo?!

—Sí, al parecer sus poderes son mucho más fuertes que los de sus padres. Las niñas pasaron su vida leyendo los escritos de Pentare y perfeccionando las artes que habían heredado.

—Entonces ellas son las que, en teoría, ayudaron a Ménides a construir "el arma".

—Así es.

—Espere un minuto... —interrumpió la capitana intentando volver sobre el relato—. Aún no me ha dicho cómo es que vamos a hallar el camino a Aletheia.

—Pues debemos encontrar la pista que Pentare dejó para que Amanda regresara a casa.

—Ajá... ¿Y cuál es esa pista?

—Verá, lo dice aquí, en lo que acabamos de leer.

Marion volvió al códice: "Amor mío, he de esperarte siempre. Sabrás llegar a mí a través de la lengua de los Reyes de los Tres Medios, escoltados por las aves que guardan tu secreto y el mío...".

—¿La lengua de los reyes? ¿Qué es eso? ¿Un idioma de la realeza?

—No. Ingenioso, ¿verdad? —Augur se mostraba entusiasmado.

—Aún no le veo lo ingenioso, pero si me lo explica...

—Ménides tardó un tiempo en descifrarlo, pero la conclusión fue increíble. Al parecer cuando habla de una lengua no se refiere a un idioma, sino a una lengua de verdad.

—¿Una lengua-*lengua*?

—Exacto.

—¿La *lengua* de un rey?

—No, si se fija, habla de los Reyes de los Tres Medios —Augur parecía encantado de estar al fin explicando todo eso—. Piense, capitana, ¿cuáles son los tres medios?

"Ahora resulta que tengo que rendir examen", se indignó. Aun así se tomó un tiempo para organizar los pensamientos en su cabeza. Luego arriesgó:

—¿El medio acuático, el medio aéreo y el medio terrestre?

—¡Correcto! ¿Y quiénes son los *reyes* de esos medios?

Marion se imaginó golpeando a Augur. Luego, como si estuviera hablando con un niño pequeño, contestó:

—Y... tendrían que ser los animales más grandes que habitan en ellos.

—¡Muy bien, muy bien! ¿Cuáles serían?

—Del terrestre, el malmut... Del aéreo, el cóndor, y del acuático... ¿la ballena? —respondió con desgano.

—¡Perfecto, capitana! —la felicitó y se quedó a la espera de que reaccionara, pero ella tan solo se quedó mirándolo.

Después de esperar ansioso unos segundos, Augur se mostró un poco desilusionado y preguntó:

—¿No le recuerda esto a nada?

Marion pensó. No, la verdad que aquella información no parecía tener relación con...

—¡Por todos los mares! —gritó—. ¡La lengua! ¡Escoltados por las aves! ¡La ballena!

La capitana no podía creer lo que cruzaba por su mente. De pronto volvió a ella el recuerdo de unos días atrás, cuando, sin explicación alguna, dos ballenas rosas atacaron el barco en el que viajaba y la tercera dejó que una bandada de pájaros le comiera la lengua.

—¿El *Esmeralda*? ¿Pero cómo es posible que...?

—Como ya lo habrá deducido, Pentare dejó grabado el mapa de la isla en la lengua de tres animales, tres *reyes*, cada uno en un medio diferente. Estos animales están destinados a vagar por siempre y portar la clave que, en teoría, iba a mostrarle a Amanda el camino de regreso a casa. Los elegidos estarían escoltados por las aves, para la protección del secreto. Por suerte o por desgracia, nos cruzamos con uno de ellos cerca de Balbos unos días atrás. Hacía tiempo que me estaba ocupando de entablar lazos con aves de distintos puntos para dar con la bandada de escoltas, y, dos días antes de zarpar de Daoroni, mis contactos me informaron que estaban prontos a cumplir con mi objetivo. Lo que nunca imaginé fue que los pájaros y la ballena se acercarían aquella mañana al *Esmeralda*...

—¿Pero entonces por qué atacaron el barco? ¡¿Y por qué los pájaros le comieron la lengua?!

—Tanto la ballena como los otros dos animales portadores del mapa saben que en caso de que alguien con malas intenciones intente poseerlos, deben dejar que los escoltas, en este caso las aves, destruyan el mapa...

—Su lengua.

—Así es.

—No puedo creerlo —Marion no podía salir de su estupor—. Pero... ¿quién quiso apoderarse del mapa? ¿Quién estaba al tanto de lo que sucedía?

—Lamentablemente, fue un hecho casual y desafortunado.

—¿Cómo?

—El capitán Milos no pudo resistir la tentación de querer cazar a la ballena.

—Pero eso es simplemente ridículo...

—Usted lo conoce a Milos bastante bien.

—Sí... —Marion pensó unos instantes—, es verdad que por dinero es capaz de cualquier cosa... —la capitana se enfadó—. ¡Con razón estaba así de extraño! En algún punto entendió que tuvo que ver con la tragedia en la que perdió su barco... ¡Y pensar que yo arriesgué mi pellejo por salvar a ese miserable!

—Un gesto demasiado noble para alguien que, con su conducta, ha demostrado no ser merecedor de la piedad del otro.

Marion se quedó pensativa. Al rato, preguntó:

—Aún no entiendo cómo la casualidad ha obrado en todo esto... ¿Usted viajó a Balbos solamente para ofrecerme este trabajo?

—Verá... De alguna manera yo hice que usted se embarcara en el *Esmeralda*... Necesitaba que fuera camino a Balbos conmigo. Yo me encargué de que aquel marinero le informara de la desaparición de Petro, sabiendo que no iba a tardar en ir al encuentro de su hermana en Balbos.

—¿No me había dicho que desconocía que Petro tuviera una hermana?

—Fue lo único en lo que le he mentido. Y le pido disculpas. Entenderá que, si en aquel momento le decía que la había inducido a todo esto, usted no habría accedido a aceptar el trabajo.

—¿O sea que fui manipulada como una marioneta? Debe estar contento... su plan funcionó a la perfección... No bien me dijeron que Petro había desaparecido, averigüé cuál era el primer barco en zarpar a Balbos y no dudé en embarcarme en él...

—Tuve suerte en anticipar sus acciones, es cierto. Pero volviendo sobre lo que le estaba contando, me preocupa que alguien haya estado informando sobre nuestros movimientos a la Papisa. Me consta que Taro ha estado investigando sobre la leyenda y sobre lo que puede haber en la isla. Los mueve el miedo a que haya algo allí que amenace con quitarlos del poder. No me sorprendería que en cualquier momento se lanzaran a la búsqueda de alguno de los mapas para intentar llegar a Aletheia antes que nosotros.

—Pero eso es casi imposible.

—Usted lo ha dicho: casi.

—¿No me diga que guarda esperanzas de encontrar a alguno de los otros animales portadores de los mapas?

—Hace años que trato de entablar conexiones con aves de todas las regiones en su búsqueda —Augur pareció entristecerse—, no se olvide de que así fue como atraje a la ballena.... Ese mapa, lamentablemente, ya no está disponible... Pero me han llegado informes que hablan de que el cóndor habita actualmente en las Altas Montañas de Cradetur. En caso de querer ir por él, deberíamos contar con el tiempo para prepararnos y el equipo necesario para el ascenso, pues se trata de un lugar en donde las bajas temperaturas matarían, en cuestión de horas, a cualquier hombre sin entrenamiento.

—No suena alentador.

—No. Entonces nos queda solo una posibilidad: ir en busca del malmut.

—No puedo esperar a escuchar dónde habita el simpático animalito.

—En las selvas de Albor.

—Debe estar bromeando.

—No. Ayer mismo llegó una bandada de camilos, los debe haber visto desde su balcón, son unos hermosos pájaros celestes...

—Augur, me importa un cuerno cómo luce un camilo.

—Ah, perdón. Sí. Resulta que estos camilos prometen llevarnos al punto exacto donde habita el malmut: en medio de la región selvática de Albor.

—Si no estoy equivocada, esa selva está plagada de nativos peligrosos.

—Sí, es arriesgado. Pero estaremos a salvo si nos aseguramos de ir con gente que conozca la región.

Marion se frotó la frente y pensó en lo insólito del relato que acababa de escuchar. "Lo único que faltaba, ir tras la huella de un malmut en medio de las selvas de Albor".

—Augur... —balbuceó, y sintió que la información excedía su capacidad de entendimiento—, mejor me cuenta el resto mañana, ¿está bien?

—Mañana partimos temprano en la mañana.

—¿Qué?

—El tiempo no está de nuestro lado, capitana, lo siento.

—Le informo que la cuenta de mis honorarios asciende minuto a minuto.

—No se haga problema, tendrá su recompensa. Más de lo que usted imagina.

—Así lo espero —gruñó, y se levantó de la silla.

—Hablaremos más sobre lo que nos espera en la selva durante el trayecto. El viaje debería durar un día y medio si no estoy equivocado.

—Déjeme hacer esos cálculos a mí, si no le molesta —"Sabelotodo", murmuró por lo bajo—. ¿Tiene un mapa?

—Sí, aguárdeme un segundo.

Augur se levantó y salió del salón. Eran los únicos que quedaban; afuera comenzaba a oscurecer. Al rato entraron Cecil y June, que, parloteando como de costumbre, encendieron varias lámparas y se dispusieron a levantar las sobras de las mesas. A Marion le zumbaban los oídos.

Pasados unos minutos el hombre retornó con un mapa y se lo entregó.

—Lo estudiaré en mi cuarto, ahora necesito airearme un poco —dijo, y se despidió del hombre.

Cuando salió, dobló y guardó el mapa en el bolsillo de su pantalón, y se encaminó a su cuarto. Era increíble el olor a flores y frutas que se había despertado con el caer de la tarde. Al llegar al balcón, la sorprendió la maravilla del espectáculo: sobre el horizonte, delgadas líneas de nubes encendidas de naranja pincelaban el cielo en tránsito a la noche. En el aire bailaban un par de grandes mariposas que, a contraluz, parecían hojas negras movidas por el viento. Olía a jazmines, a polen, a madreselva. El borboteo del río acompañaba los cantos de los insectos que despedían al sol. El recuerdo de la muerte de su madre saltó como una fiera agazapada desde el fondo de su mente para teñir aquel instante con un sabor amargo. Una vez más, luchó para que las compuertas de su espíritu contuvieran el caudal enfurecido. En eso estaba cuando unas manos le apresaron la cintura.

—¡¿Pero qué...?!

Antes de que pudiera hacer o decir nada, se halló con Xavier besándola en los labios. No se resistió, pero tampoco devolvió aquel beso. Al separarse tan solo atinó a esquivarle la mirada. Balbuceando, intentó buscar algo que decir que la ayudara a salir del paso.

—¡Ah, Marion! —Augur se acercaba por el pasillo—. ¡Lo olvidaba!

Xavier se apartó de ella. La capitana pensó que nunca se había sentido más feliz de ver llegar al hombre que, inmerso en sus preocupaciones, no registró la extraña situación que flotaba en el aire.

—Verá, necesitaría que intentara elegir una ruta que no sea la habitual, para evitar imprevistos...

—Lo tendré en cuenta, claro. Despreocúpese —respondió—. Ahora, si me disculpan, voy a descansar un rato.

Marion saludó a Augur con un gesto y luego, dándole la espalda, enfrentó a Xavier.

—Lo siento —fue lo único que dijo, para luego escabullirse dentro de su habitación.

Tratando de evitar cualquier pensamiento que involucrara al piloto, Marion se dedicó a estudiar el mapa que había recibido. Augur regresó a su recámara, entusiasmado por la travesía que les esperaba al día siguiente. Xavier permaneció durante un buen rato en el balcón, con la mirada perdida en el horizonte. Después de varias horas, aún se preguntaba si su jugada había sido acertada o no.

Petro Landas

Cuando abrió los ojos, todavía estaba bañada por las lágrimas que había derramado la noche anterior. A juzgar por la luz que se colaba a través de las rendijas del cajón, estaba amaneciendo. Sentía que la cara estaba a punto de estallarle y que tenía los ojos pequeños e inflamados. Le dolía todo el cuerpo, pero más le dolían las imágenes que se habían grabado en su mente y en su corazón horas atrás en su casa en Lethos.

El estómago le rugió de hambre. Por fortuna, estaba rodeada de manzanas y algunas otras frutas que se dispuso a comer sin prisa. Afuera no se oía ningún movimiento. Tan solo llegaba a sus oídos el delicado golpetear del mar contra la nave. No sabía qué iba a hacer de ahora en adelante: toda su vida pasada, presente y futura había sido devastada. Intentaría quedarse en el cajón, entrando y saliendo solo lo necesario, cuando nadie la viera… Corría el riesgo de que la descubrieran y no quería siquiera pensar en la posibilidad de que la arrojaran al mar, como había escuchado que hacían con los polizones. Guardaba la esperanza de que fuera al menos un viaje corto y que, una vez que tomaran puerto, pudiera hallar la manera de escapar sin haber sido encontrada. Una vez a salvo, buscaría un trabajo con el que ganarse el pan, un lugar donde quedarse... En fin, ya bastante aterrada estaba como para pensar en el futuro. Primero debía concentrarse en lograr pasar inadvertida.

De un momento a otro la cubierta se llenó de gente. Algunos marineros comenzaron a limpiar el piso, otros a atar cabos, izar velas, montar guardia o, simplemente, ir de un lado a otro cantando canciones un tanto groseras. El corazón de Marion latía de miedo y ansiedad. Al poco tiempo mudaron los cajones a sus respectivos lugares; tuvo que hacer un gran esfuerzo para no delatarse cuando dos hombres la levantaron y la llevaron a un cuarto donde se almacenaban víveres.

Se quedó en silencio hasta que las voces y los movimientos cesaron y decidió que era buen momento para intentar salir. La tapa no ofreció resistencia, solo un par de golpes bastaron para que se encontrara al fin de pie, en medio de lo que parecía una despensa. Olía a comida, a alcohol, a trapos húmedos y conservas. La poca luz que se colaba por la claraboya la ayudó a encontrar un barril con agua, del cual bebió hasta cansarse. Sorprendentemente, logró sobrevivir así una semana en la que comió lo que quitó a hurtadillas y bebió del agua en la bodega y, ocasionalmente, deambuló por los pasillos, cuidando de no ser vista, para inspeccionar el barco y tratar de enterarse de si llegarían a tierra pronto.

En el *Ketterpilar* ya habían comenzado los rumores. Las cosas desaparecían o se oían pisadas por los pasillos que no pertenecían a ninguno de los hombres. Los marinos habían empezado a sospechar que fuerzas sobrenaturales habían tomado posesión de la nave. La sola idea de que el barco estuviera embrujado asustaba tanto a los supersticiosos marineros que el capitán, conocedor del espíritu voluble de la tripulación, comenzó a temer por la seguridad del viaje.

Al cabo de unos días, inversamente a lo que ocurría con los marineros, Marion se había relajado. Había comenzado a fiarse de que quizás sí podría pasar las semanas que restaran hasta desembarcar a salvo, puesto que parecía ser hábil para ocultarse y sobrevivir. Había ganado confianza y ya conocía casi todos los recovecos de la embarcación. Quizás fue justamente eso lo que hizo que la suerte, que la había acompañado desde que habían partido de Knur, la abandonara aquella noche.

Atraída por el olor de lo que parecía un guiso suculento, se dirigió a la cocina. Primero, se escondió detrás de un gran aparador para asegurarse de que los hombres ya se hubieran retirado y se escabulló debajo de la mesa.

—Así que así lucen las ánimas en pena —canturreó la voz grave de un hombre, al observar la mano que tanteaba la superficie de madera en busca de las sobras.

A Marion se le congeló la sangre. Sintió los pasos que se aproximaban como si alguien estuviera martillando en su cabeza. Vio cómo quitaban el mantel que la ocultaba y un par de ojos la convertían, de un segundo a otro, en comida para tiburones. El marino de aspecto amenazante la tomó por el cuello y la llevó a rastras por las escaleras hacia cubierta.

La noche estaba oscura y fría. El aire nocturno le generó una contradictoria sensación de júbilo. Hacía semanas que no abandonaba el interior del barco. La agradable sensación le duró poco: se detuvieron frente al castillo de popa y el hombre golpeó a la puerta. Sin mirar a la muchacha, esperó a que le fuera permitido el paso para empujarla dentro.

Marion se encontró en una confortable habitación repleta de libros y aparatejos. Gruesas cortinas tapaban las ventanas y varias lámparas irradiaban una cálida luz amarillenta. En el centro, sobre un viejo escritorio de madera, había mapas y compases. Detrás del escritorio, por sobre el respaldo de un gran sillón de cuero verde, podía verse la coronilla del capitán.

—*Bel, captan, tse trui lav pramise du tei* —dijo el oficial.

La silla giró sobre su eje. Un hombre que rodeaba los cuarenta, de cabello entrecano, frente amplia y piel curtida, miró con desconcierto a la muchacha que el contramaestre sujetaba con firmeza.

Petro Landas se alegró de comprobar que sus sospechas no eran infundadas: en efecto, alguien había abordado en Lethos. Sin lugar a dudas, frente a sus ojos se encontraba el motivo del caos generado en la tripulación. Por más de que se sintió aliviado al vislumbrar que al fin sus hombres continuarían el viaje en paz, optó por mostrarse duro: haberse colado en *su* barco no era un hecho que estaba dispuesto a dejar pasar así como así. Le hizo una pregunta al contramaestre en aquel idioma que Marion no entendía. El hombre respondió con un gesto afirmativo. El capitán entonces clavó los ojos en ella y, muy serio, le preguntó algo que sonó a ¿*Lav crade nalta?* No comprendía una sola palabra y tenía miedo de abrir la boca. De pronto, algo en la expresión del capitán la tranquilizó. Tenía los ojos más azules que jamás hubiera visto y, aunque su semblante estaba serio, su mirada tenía una curiosa autonomía, como si a su manera le estuviera diciendo que nada malo habría de pasarle.

—No-no entiendo... —tartamudeó intentando controlarse para no echarse a llorar ahí mismo.

—¿Adónde vas? —preguntó, esta vez en lengua de Knur, el capitán.

Marion se sintió aliviada de que el capitán pudiera hablar su idioma. Se asombró: de todas las preguntas que podría haberle formulado, no era esa la que hubiera esperado en primer término. Supuso que su inquietud no era inocente, por lo que respondió lo que pareció más acertado.

—Creo que ahora adonde vaya usted...

El capitán rio con mesura y miró a su contramaestre con un gesto cómplice. Estaba claro que la muchacha no la estaba pasando bien y que había tomado la decisión de subirse a bordo en un acto desesperado. El vestido que llevaba puesto, aunque maltratado por los días, dejaba en evidencia que venía de una familia de buena posición y, por su expresión de pánico, podía deducirse que no tenía intenciones de robar o de perjudicar a nadie.

—Pues bien —continuó el capitán, retomando su tono severo—, aquellos que van donde yo voy no tienen más remedio que trabajar para mí. No hago caridad con extraños y menos con extraños que han ocupado un lugar en mi barco sin mi consentimiento.

—No... Yo no... —comenzó a excusarse, pero el capitán la interrumpió al instante.

—¿Cómo te llamas?

Pensó un momento.

—Marion.

—¿Qué sabes hacer, Marion?

Bastaron esas pocas palabras para que se sintiera una completa idiota. De pronto se percató de que no sabía hacer nada que le sirviera para ganarse el pan. Sí había leído sobre aritmética, literatura, geografía y astronomía, sabía bordar y tocar el piano... Pero en aquellos momentos hubiera preferido saber coser, limpiar o cocinar para poder decirle a aquel hombre que era capaz de hacer algo que le resultara útil. Allí, parada en aquel cuarto, sintió cómo el último vestigio de su infancia se desvanecía y que era momento de enfrentarse a un forzoso y urgente crecimiento.

—Capitán, puedo aprender a hacer lo que se necesite —afirmó con determinación.

—Muy bien. Ayudarás a Rudi en la cocina y limpiarás junto con los mozos de cubierta. Estas semanas en las que has vivido de nuestra gentileza se descontarán de tu paga. Si trabajas duro, ganarás lo mismo que los marineros.

Marion no podía creer lo que escuchaba. El capitán continuó hablando:

—Cailo —le dijo al contramaestre—, encárguese de encontrar algún armario lo suficientemente amplio como para que se instale, y de comunicarle a los marineros que el que se meta con ella deberá vérselas conmigo.

—¿Está seguro, capitán? —vaciló el hombre, en evidente disconformidad con la decisión que se estaba tomando.

—Si digo algo, es porque estoy seguro de ello —retrucó tajante—. Quedan dos meses de viaje, no me parece lógico actuar como bárbaros y arrojar a la muchacha al mar. Mantenerla prisionera sería también una pérdida de tiempo. Si va a estar entre nosotros, que al menos sea de utilidad.

—Tiene toda la razón, mi capitán —aseguró Cailo, sin ninguna intención de seguir contradiciendo a su superior.

—Ahora, señorita Marion —volvió a decir Petro—, es mi deber informarle que tan pronto como pisemos tierra firme me encargaré de encontrarle un lugar donde quedarse. No pretenderá que hagamos de su estadía una condición permanente...

—No... no... —balbuceó ella, sin poder salir de su asombro.

—... y póngase de inmediato ropa de trabajo.

—Gracias... señor…

—Capitán Landas, de ahora en adelante —la corrigió y, bajando la vista nuevamente a sus papeles, hizo un gesto que les indicó que debían retirarse.

Gracias al capitán Landas, en poco tiempo Marion se encontró limpiando la cubierta, pelando vegetales, lavando ropa o peleando con Rudi en la cocina, quien, en sus ratos libres, se divertía enseñándole las técnicas de lucha para los poco vigorosos. A pesar de que al principio le fue difícil, con el correr de los días fue ganando un lugar de respeto entre los hombres, que cumplían las órdenes del capitán al pie de la letra y preferían no molestarla antes que vérselas con él. Llegó el punto en el que cantaba canciones sucias a la par de ellos y hasta bebía al ritmo de los más robustos. Se había hecho fuerte y valerosa y, aunque al comienzo la trataban casi como a una mascota, a medida que pasaron las semanas logró convertirse en un marinero más.

Quizás el único momento en el que hacían la diferencia era cuando, por las noches, le pedían que cantara alguna de las canciones que solía cantar en las reuniones de Lethos,

románticas y tristes. Ella lo hacía, gustosa de poder regalarles aquel canto, y se sorprendía de ver cómo a los rudos
marineros se les llenaban los ojos de lágrimas evocando
amores y puertos del pasado.

El capitán Landas nunca participaba de aquellos momentos de distensión. Por el contrario, casi no tuvo contacto con la joven durante el transcurso del viaje. Sin embargo, a diario le preguntaba a Cailo por ella. El contramaestre se divertía reportándole las novedades y las más
curiosas anécdotas de Marion y la tripulación y de cómo, al
contrario de lo que hubieran imaginado, su presencia había
influido de manera favorable en los marineros.

Tres noches antes de llegar a Tertor —ciudad en donde
habrían de desembarcar—, Marion estaba sola sobre cubierta, tomando una taza de té y disfrutando del aire vera-
niego, cuando el capitán salió de su recámara y se acercó a
hablarle.

—Sabes que en un par de días llegaremos a Tertor,
¿verdad? —preguntó, con la distancia que ponía siempre
al dirigirse a ella.

—Sí… —respondió Marion intentando no sentirse incómoda.

—Y sabes que allí te quedarás, ¿no es cierto?

—Sí, sí —confirmó apenada.

—Tengo algunas conexiones en la ciudad que pueden
ser de ayuda, así que por lo menos puedes estar tranquila
de que no quedarás a merced de tu suerte.

—Gracias, en verdad se lo agradezco… —la voz de Marion salía entrecortada, en parte por los nervios que le generaba aquel encuentro y en parte por la tristeza de pensar
en la partida.

—Espero que tu estadía en el *Ketterpilar* no haya sido del todo desagradable —bromeó el capitán, sin cambiar el tono serio de su voz.

—En absoluto... —se apresuró a contestar Marion.

Tenía ganas de contarle lo buena que había sido su experiencia en el barco, lo feliz que estaba de haber conocido a gente tan valiosa e interesante como Rudi; cómo había aprendido a hacer nudos marineros, a pronosticar tormentas, a conocer hasta el más mínimo cambio en la marea y el lenguaje de los marineros, quería también contarle todas las anécdotas que acudían a su memoria, pero parecía que las palabras no encontraban el camino al exterior.

—Me alegro. Será entonces hasta mañana, que descanses —se despidió el capitán, y regresó con paso firme al interior del alcázar.

Marion se quedó mirando el hilo de luna que colgaba de la noche. No sabía que el capitán conocía todas esas historias en detalle. Que había estado al tanto de todo lo que había hecho y aprendido desde que llegara al *Ketterpilar*. Horas más tarde decidió que era momento de regresar a su armario-camarote. Antes de perderse por la escalerilla de popa, se dio cuenta de que la luz del capitán estaba todavía encendida. Con extrañeza, se preguntó cuándo descansaba aquel hombre solitario.

Después de dos largos meses de travesía, anclaron finalmente en el puerto de Tertor. Los últimos días habían sido de duelo para Marion, pues no deseaba despedirse de la tripulación y menos de aquel barco en donde había descubierto un mundo nuevo, un mundo donde ella era otra, más fuerte, más sincera, más útil.

Había descubierto que tenía las cualidades necesarias para sobrevivir por sus propios medios y que el arte del mar era algo fascinante y complejo que había ganado su interés y su curiosidad. Mientras el *Ketterpilar* era llevado al puerto, intentaba guardar en su memoria cada momento que había vivido desde aquella noche en la que, en un giro inesperado, la vida la había depositado en un cajón de fruta.

Le parecía que había pasado más tiempo en el mar que en tierra y ya no pensaba en su casa en Lethos, ni en sus padres, ni en la cruda realidad que había tenido que enfrentar. No tenía anhelos de volver ni extrañaba nada de lo que había sido suyo. Como si de aquel cajón hubiera salido al mundo por primera vez, Marion empezó a escribir su destino desde que puso un pie en el *Ketterpilar*, y así contó su historia a quien quiso escucharla, sin revelar jamás su pasado de lujos y privilegios.

Pocas cosas quedaban por desembarcar. Parada sobre el muelle, se dio cuenta de que una vez más debería renunciar a todo lo que había construido para empezar de nuevo. Debería enfrentarse a una nueva realidad, junto a otra gente, en otro oficio.

—Vamos a hospedarnos en el Hostal de Limas, Marion. ¿Has bajado ya tus cosas? —preguntó Cailo, que a sus espaldas cargaba un pesado costal de arpillera.

—No tengo nada —le respondió con simpatía, mostrándole las palmas vacías de sus manos.

—Ah, sí, claro —rio Cailo—, olvidé que te gusta viajar liviana de equipaje.

Los dos rieron. Luego Cailo continuó:

—Aguarda, hablando de olvidos... —el hombre hurgó en sus bolsillos y extrajo una bolsa de cuero pequeña—.

Aquí está tu paga de estos meses. Como te había adelantado el capitán, las primeras semanas te han sido descontadas por...

—Descuida, Cailo, esto es incluso más de lo que esperaba...

—Ah, y también me dijo que convendría que compraras algo de ropa nueva, ya que no es prudente que vayas, adonde piensa llevarte, vestida como marinero.

Marion asintió con la cabeza. Caminó al lado de Cailo por la ciudad, con un grupo grande de marineros siguiéndolos de cerca. Entre ellos estaba Rudi, apenado de tener que despedirse de Marion. Consideraba que la joven había sido de gran ayuda durante todo ese tiempo y que se habían convertido en buenos amigos. A medida que recorrían las calles, Cailo se detenía de cuando en cuando a pegar carteles en los postes de la calle principal.

SE NECESITA AYUDANTE DE COCINA PARA
IMPORTANTE EMBARCACIÓN CON RUMBO A INELDA.
ASPIRANTES PRESENTARSE EL LUNES AL ANOCHECER
EN EL PUERTO.
ZARPAREMOS ESE MISMO DÍA.

"Parece que van a reemplazarme fácilmente", pensó ella con tristeza. Cada cartel que pegaba Cailo le dolía como si se lo estuvieran clavando en el corazón. Llegaron hasta un gran edificio construido en madera, que Marion reconoció como el Hostal de Limas. Allí les fueron asignadas las habitaciones. Tan pronto como fueron registrados, los recién llegados huyeron con rumbo desconocido. "Supongo que no volveré a verlos", imaginó, advirtiendo que ninguno de ellos debía ser amante de las despedidas. "Mejor así". No había visto al capitán desde el desembarco y no había señales de que estuviera cerca. "En fin, de un momento a otro vendrá a buscarme", confió, y se sentó en la escalinata a la entrada del hostal. Después de media hora sin rastros de él, se decidió a ir en busca de la ropa que le había sugerido comprar.

El capitán Landas se encaminaba hacia el otro extremo de la ciudad. Con paso lento recorrió las callejuelas que iban hacia el oeste mientras observaba cómo había cambiado el aspecto de Tertor desde la última vez que había estado allí. Su objetivo era llegar al Corral de la Galería, donde hallaría a Olga, una vieja conocida. Confiaba en que ella podría ayudarlo a hospedar a Marion y encontrarle un trabajo decente. Olga era una mujer alegre y bonita que llevaba con elegancia sus sesenta años de edad. Veinte años atrás había sabido regentear una afamada taberna en la ciudad. Fue allí donde conoció al, por entonces, joven marinero Landas. Con él tuvo un fugaz amorío, que terminó poco después de haber empezado, debido a la gran diferencia de edad y a sus antagónicos estilos de vida. Pero los años pasaron y el cariño que ambos se tenían se transformó en una profunda y valiosa amistad. Era tradición que cada vez que Petro estuviera en Tertor la visitase. Durante estos encuentros compartían charlas interminables y excelentes tragos que ella preparaba con mano experta. Olga era una de las pocas personas en quien Petro confiaba, lo que la convertía en alguien singular, dado que no era hombre de muchos afectos.

Era pleno mediodía. Estaba caluroso y húmedo, el sol bañaba cada rincón y elevaba la temperatura minuto a minuto. La gente se había resguardado en su casa. No corría una gota de viento. Petro encontró la entrada al edificio tal y como la había dejado. La construcción era de barro, pintada de un amarillo muy suave. Los encendidos rosales a los costados del portal contrastaban con la claridad de las paredes. Llamó utilizando la aldaba de hierro y esperó, hasta que finalmente se oyeron pasos al otro lado. La puerta se entreabrió para dejar aparecer la cabeza de una anciana, que, examinándolo de pies a cabeza, preguntó:

—¿Qué desea?

—He venido a ver a Olga —dijo, y se secó el sudor que le corría por la frente.

—¿Olga? —se extrañó la mujer—. Aguarde un momento, por favor.

Cerró la puerta con parsimonia y dejó a Petro bajo el impiadoso rayo del sol durante veinte minutos. No había olvidado que la gente en Tertor se movía al ritmo de su propia lentitud. No se molestó, al fin y al cabo el tiempo estaba de su lado. Las puertas volvieron a abrirse y esta vez se asomó una cabellera corta y de un rojo furioso sobre un rostro sonriente y asombrado.

—¡Pero si no es otro que el capitán Landas!

Se abrazaron un rato largo y luego lo invitó a pasar. Se sentaron en el patio, rodeados de bellas plantas en flor, para beber una jarra helada de jugo de farfaz.

—¿Hemos abandonado el alcohol? —bromeó Petro mientras agitaba el contenido del vaso con el movimiento de su muñeca.

—Tan solo lo estoy dejando para más tarde —contestó ella con picardía—. Me imagino que no estarás apurado...

—En absoluto. He venido con intenciones de quedarme un buen rato charlando contigo.

—Me parece fantástico —se alegró, y observó a su visita con detenimiento.

—¿Qué pasa?

—Nada... ¿Cuándo fue la última vez que estuviste aquí?

—Hará cinco años... ¿Por qué?

—Es la primera vez que te veo viejo.

Los dos rieron.

—¿En serio? —se asombró—. Por el contrario, yo me siento cada vez más joven...

—Ah, ustedes, los hombres... —comentó divertida—. De cualquier manera los años te sientan de manera espléndida. No tienes de qué preocuparte. En cambio a mí... ya me ves... parezco una vieja loca.

—Olga...

—¡Es verdad! No se puede hacer nada contra el paso del tiempo.

Los dos se quedaron unos segundos mirando a la nada y Petro se puso pensativo.

—Bueno, no era mi intención amargarte...

—No, Olga, es que tienes razón...

—¿En serio te has puesto mal? ¡Era solo una broma! ¿Desde cuándo te preocupa tu edad? Cuando eras tan solo un muchacho, actuabas ya como un adulto... Recuerdo haberme preguntado en más de una ocasión cómo era que me atraía alguien tan joven... La verdad es que toda tu vida has sido un hombre serio y responsable...

—¿Lo que quieres decir es que toda mi vida he sido un viejo amargo?

—Exacto.

Los dos rieron divertidos. Sobre el patio aparecieron unas nubes enormes y esponjosas.

—Ya ves, el tiempo en Tertor nunca cambia —aseguró Olga—, de un momento a otro va a venirse el cielo abajo.

Al otro lado de la ciudad, Marion había conseguido comprar una falda rústica y una camisa gris de trabajo, que no eran nada bonitas, pero se veían fuertes y resistentes. Las había dejado en su habitación y había salido a caminar con rumbo al puerto. Durante el trayecto desde el hostal hasta el mar el cielo se había nublado muy rápido.

Se sentó en un pilar de madera donde se amarraban los botes y observó cómo las gaviotas devoraban los restos de un cangrejo sobre el muelle. Había olor a pesca y a madera. El mar se arremolinaba en la orilla y, antes de que las olas rompieran, el viento les arrancaba pequeñas gotas que se elevaban en el aire. En el horizonte estallaban los primeros relámpagos de lo que parecía el preludio de una gran tormenta. No lejos de allí, el *Ketterpilar* era mecido por el oleaje. Parecía estar dormido, como descansando de la larga travesía.

Era uno de los primeros momentos de soledad que Marion tenía desde hacía dos meses. Se sentía extraño ser libre de ir donde quisiera, lejos de sus compañeros, sin ninguna tarea por hacer, sin la mirada del capitán. Se preguntaba qué planes tendría para ella Petro Landas y, cada tanto, entre pensamiento y pensamiento, miraba la ciudad y trataba de imaginarse que aquel sería su hogar de allí en adelante.

—¿Qué has venido a hacer a Tertor, Petro? —preguntó Olga mientras servía un poco de agua de eftal en las copas vacías.

—Hemos traído un cargamento de alimentos desde Lethos —explicó él, sin dejar de mirar el cielo con desconfianza.

—Hay algo que no me estás diciendo, ¿qué es? —inquirió la mujer cuando ya no pudo dejar de disimular.

—¡Cómo me conoces, querida amiga! ¡Cómo me conoces!

Petro disfrutó del acierto y se dispuso a hablar, pero cuando estaba a punto de introducir el tema de Marion, la primera gota, grande y redonda, se estrelló contra la baldosa caliente del patio. A esta le siguieron cientos de idénticas caídas que los forzaron a levantar las cosas y correr a resguardarse en el interior de la casona.

—Me decías... —retomó Olga, minutos más tarde, ya instalados en la sala.

—Olga, tengo que pedirte un favor.

—A ver...

—Verás... Cuando partimos de Lethos, un par de meses atrás, sin darnos cuenta se coló a bordo del barco una jovencita...

—¿Una jovencita?

—Sí, así como lo escuchas... Parece que minutos antes de zarpar, esta joven logró esconderse en uno de los cajones que los hombres estaban cargando y permaneció a bordo sin ser descubierta durante algunos días.

—¿En serio?

—Sí, increíble, ¿verdad? Lo gracioso es que los marineros empezaron a sospechar que el *Ketterpilar* estaba embrujado...

—¡Como no podía ser de otra manera! —rio divertida—. ¿Pero por qué querría una joven de Lethos echarse a la mar en esas condiciones?

—Nadie se lo ha preguntado, y creo que ya no hemos de hacerlo.

—Han sido por demás imprudentes... ¿Y si es una forajida y la busca la justicia?

—Sospechamos que hay algo así detrás de todo esto... Un par de mis hombres vieron a Taro y a su guardia real merodeando la zona antes de zarpar. Estaban preguntando por una mujer a caballo...

—Entonces no cabe duda... Fue una decisión arriesgada dejarla permanecer a bordo... —señaló Olga con severidad, y Petro sintió que lo estaba regañando.

—¿Qué pretendías que hiciera? ¿Que la arrojara al mar? Olga estalló en una carcajada.

—No te creo capaz, querido... No me refería a eso... Lo lógico hubiera sido regresarla a Lethos o ir hasta la ciudad más cercana y dejarla allí a su suerte.

—Sí, quizás tengas razón...

Olga advirtió una sombra extraña en los ojos de su amigo. Sonriendo, agregó:

—Algo te movió a apiadarte de ella, ¿verdad?

—Es extraño, Olga, muy extraño. Tú sabes que yo no siento pena ni vergüenza por nada en este mundo —el capitán se puso serio—, y no es que haya sentido lástima, tampoco... Simplemente, creí que debía dejarla quedarse con nosotros.

—Quizás sentiste que debías protegerla y que, mientras estuviera a bordo, podías asegurarte de que estaría a salvo.

—Puede ser... La verdad es que no lo he pensado mucho —era evidente que no quería ahondar en lo que lo había llevado a aceptar que Marion se quedara—, a lo que quiero llegar es a que la muchacha ha llegado hasta aquí, y aquí se queda. El mar no es hogar para una joven. Además, como podrás imaginarte, la presencia femenina en el barco no es lo más recomendable... Por las noches les canta a los muchachos... —se sonrió—. Es increíble la personalidad que tiene, a pesar de sus pocos años ha logrado desenvolverse a la par de esos sabandijas —el capitán pareció perderse un rato en sus pensamientos—. En fin, la verdad es que tiene que quedarse en Tertor. Le he prometido que no bien pisáramos tierra, habría de conseguirle un lugar donde quedarse... Y es allí donde entras en juego, querida amiga.

—Ah, ya veo —entendió Olga—. ¿Y quieres que le halle lugar aquí, en el Corral?

—Si no es mucha molestia, estoy seguro de que terminarás por quererla.

—No pareces muy contento de deshacerte de ella... —comentó Olga con pícara malicia.

—¿Qué estás insinuando? —inquirió él fingiendo enojo.

—Digo... Mientras hablas, no solo intentas convencerme de cuán correcto es que se quede en Tertor, sino que también intentas convencerte a ti mismo... Lo gracioso es que no estás teniendo mucho éxito.

Olga echó a reír. Después de unos momentos, cuando halló imposible sostener su enojo, Petro se le unió.

—Puede ser —admitió, y se puso de pie—. Aun así, la traeré mañana.

Olga decidió no hacer más preguntas. Saltaba a la vista que su amigo no tenía intenciones de compartir nada más al respecto. Al cabo de unas horas los sorprendió la noche recordando viejos tiempos y hablando de los tiempos por venir, hasta que, abatidos por el sueño y el mareo provocado por el alcohol, Petro decidió que era momento de partir.

—Te veré mañana en la mañana —se despidió besándola en la frente—. Y como siempre, gracias.

LAS SELVAS DE ALBOR

A medida que avanzaba por la plataforma rumbo al *Ket-terpilar*, Marion podía sentir cómo su enojo iba en aumento. Había amanecido de pésimo humor, en parte por la idea de tener que ir hasta un lugar recóndito y peligroso como lo eran las selvas de Albor, y en parte por la estupidez de su piloto, quien al besarla la noche anterior había generado una situación tensa e innecesaria. Caminaba sin molestarse en ocultar su estado de ánimo mientras la tripulación la seguía de cerca. Derain, Vlaminck y Henri no se habían percatado de la situación y se hacían bromas entre sí, golpeándose unos a otros como adolescentes, lo que atentaba, sin que lo supieran, contra la inestable tolerancia de su capitana.

Augur caminaba con la mirada perdida en el final del túnel. Sumido en sus pensamientos, movía los labios como si estuviera ensayando diálogos en su cabeza. Los demás se veían sinceramente fastidiados por tener que abandonar la hermosa residencia en Chor. Molinari, el más rezagado, caminaba con paso decidido pero sin apresurarse. Hasta el momento, no había habido rastros de Xavier. Cansada ya de oír los molestos chistes de los tres jóvenes, Marion decidió apurar la marcha. Su caminata se convirtió en una carrera hacia el barco, y ganó una buena ventaja con respecto al resto de los hombres.

Al abordar se encontró con que Xavier ya estaba allí acomodando algunas cosas sobre cubierta.

—Buenos días, capitana —la saludó.

—Buenos días, Cornelis —respondió ella fría y casi amenazante.

Xavier se acercó con timidez.

—Con respecto a lo de anoche... —comenzó a excusarse.

—No hay nada que decir, Cornelis. Nada ocurrió anoche. Y le agradecería que, de ahora en más, se dedicara a ocupar el lugar que le corresponde en esta embarcación.

Dichas estas palabras, Derain cayó con torpeza dentro del barco, empujado por Vlaminck.

—¡A sus puestos! —ordenó Marion con un bramido que obligó a los jóvenes a correr a sus lugares como niños que han sido regañados.

No se escucharon más que indicaciones durante el tiempo que duraron las maniobras de partida. Desde sus balcones, parecía que las focas bajaban la cabeza ante la mujer que, con actitud desafiante, jalaba los hilos de la invisible maquinaria, parada un poco por delante del palo mayor.

Augur seguía en su mundo. Tan pronto como dejaron la cueva, se dedicó a observar el cielo con atención. Parecía preocupado, como a la espera de noticias importantes. Habían transcurrido unos pocos minutos cuando Marion vio llegar a Rey desde el continente, seguido de una bandada de camilos. El rostro de Augur se transfiguró.

—Ellos nos llevarán al malmut una vez que hayamos llegado a Albor —le susurró a la capitana, fascinado.

Se perdió luego en el interior del barco mientras los camilos y Rey se posaban en los palos con despreocupación.

Marion suspiró y comenzó a reírse por lo bajo. "Esto sí que es algo de no creer", reflexionó mientras admiraba la curiosa fauna que habitaba su amado *Ketterpilar*. Sintió que los músculos de la cara se le aflojaban, síntoma de que su humor estaba mejorando. "¿Qué puedo hacer? Al fin y al cabo nadie me está apuntando con un arma para que me quede", se dijo, y tomó con ímpetu el timón, decidida a no luchar más contra la situación y entregarse a lo que la aventura tuviera preparado para ella.

Al cabo de dos días en los que permaneció abocada a sus tareas, distante de los demás tripulantes, Marion anunció que pronto llegarían a destino. Augur indicó el lugar exacto en donde quería desembarcar y juntos evaluaron las corrientes y las profundidades de la costa para evitar inconvenientes. A medida que se acercaban, las olas mecían la embarcación a gusto y capricho. Necesitaron una serie de hábiles y difíciles maniobras para mantener el barco bajo control, hasta que por fin se echaron anclas y el *Ketterpilar* se detuvo.

Se encontraban frente a una playa de arena fina y casi blanca, no muy extensa, que culminaba abruptamente en una pared de árboles y vegetación que parecía impenetrable. Sobre el barco, los marineros se dedicaron por unos minutos a observar lo que tenían por delante. Fijaron la vista en la selva y se preguntaron cómo harían para sobrevivir hasta encontrar el malmut, deseando que no estuviera demasiado selva adentro.

—Muy bien —comenzó a hablar Augur una vez que estuvieron en la playa—. De ahora en adelante nuestro piloto, Xavier Cornelis, quedará a cargo de la expedición.

—¿Qué? —soltó Marion.

—Debido a su experiencia previa en las selvas de Albor —continuó el hombre—, hará las veces de guía y desempeñará un papel indispensable para nuestra supervivencia en estas tierras hostiles. Es muy importante que nos mantengamos unidos para prevenir eventos desafortunados. De ahora en más confiaremos en el buen criterio de Cornelis, y acataremos sus órdenes sin cuestionamientos. ¿Está claro?

Todos los integrantes del grupo asintieron verbalmente o con la cabeza, excepto Marion, que odiaba la idea de seguir las órdenes de nadie y menos, en aquel momento, de Cornelis.

Sobre la arena habían dejado algunos bultos con agua y provisiones. Tan pronto como Augur pronunció sus últimas palabras, Xavier comenzó a organizar y distribuir la carga. Todo el equipaje había sido recogido cuando Marion se dio cuenta de que no le había tocado nada en la repartija.

—¡Aguarden un momento! —gritó—. ¿Acaso yo no voy a llevar nada?

El grupo de hombres, que ya se encaminaba a la selva, se detuvo. Xavier la miró con calma.

—No.

—¿Por qué?

—Porque hay diez hombres para hacerlo.

—¿Me está queriendo decir que no llevo nada porque soy mujer? —preguntó, roja de furia, ante la mirada atónita de la tripulación.

—Algo así.

—¿O sea que piensa que soy débil?

—No pienso que sea débil...

—Eso es lo que me demuestra al no darme nada para que lleve.

—Es que simplemente no es necesario...

—¡Demando que se me dé carga como al resto de la tripulación! —ordenó.

—De acuerdo, capitana. Si así lo desea.

Xavier se acercó a Molinari, que llevaba dos mochilas por ser el más fornido. Le quitó una y se la dio a Marion. El inesperado peso jaló con tal fuerza su mano que no tuvo más remedio que dejarla caer sobre la arena. Sin decir una sola palabra, tomó nuevamente la mochila, la cargó a sus espaldas y comenzó a caminar, intentando ocultar su dificultad para mantenerse en pie.

—¿Mejor así? —le preguntó Xavier.

—Perfecto —respondió ella tragándose su orgullo.

De alguna manera, la fuerza que hacía para soportar el peso la ayudaba a canalizar su enojo. Tenía que empezar a preguntarse qué la estaba llevando a comportarse de manera tan estúpida. Se fueron internando en la selva, liderados por Xavier, cada uno con su machete para abrirse paso entre las plantas y lianas. El sonido de los insectos y los pájaros era casi ensordecedor. Por arriba de sus cabezas tenían un techo de ramas y hojas que dejaba pequeñas porciones de cielo al descubierto. De vez en cuando podían verse en esos claros a los camilos, que sobrevolaban el terreno. A pesar de que detestaba los insectos, el suelo inestable y el clima caluroso, trató de mostrarse segura ante la mirada del resto. Los tres muchachos más jóvenes, Derain, Vlaminck y Henri, eran los que peor la estaban pasando. No habían hecho una sola broma desde que se adentraron en la jungla y se movían con los ojos enormes y un rictus preocupado. Augur se había puesto unas botas altas y un turbante alrededor de la cabeza, que le sentaba horrible. Se movía aparatosamente y, en menos de media hora, se había resbalado cinco veces a causa de la humedad del suelo.

Caminaron durante dos horas. Los camilos comenzaron a volar en círculos y Augur sugirió que sería bueno descansar un poco.

—Los pájaros están inquietos —observó—. Será mejor que nos tomemos unos minutos.

Así lo hicieron. Llegaron a un pequeño arroyo que les sirvió para beber y refrescarse. Derain estaba más relajado y se mostraba feliz de, al fin, poder quitarse la mochila. El muchacho estaba inclinado sobre el agua limpiándose la cara cuando Marion vio que por su hombro caminaba un enorme y rojo espécimen de mañimba.

—No te muevas —susurró.

Derain quedó petrificado. En un ligero y peligroso movimiento, Marion golpeó a la araña con su machete y la arrojó lejos.

—¡Nadie se mueva! —gritó Molinari.

Lentamente levantaron sus cabezas para encontrarse con la visión más espantosa: de los árboles, colgando de gruesas telarañas, bajaban a gran velocidad decenas de mañimbas, del tamaño de manzanas.

—¡Corran! —aulló Xavier.

En cuestión de segundos se encontraron corriendo como niños por entre la maleza, cubriendo sus cabezas con la ropa o sus mochilas. Marion sintió que algo le había rozado el hombro. Giró la cabeza para ver a Molinari que decía:

—Le acabo de quitar una grande del hombro.

—¡Gracias! —soltó sin dejar de correr.

Se detuvieron a varios kilómetros de allí cuando vieron que estaban fuera de peligro.

—Le dije que en zonas selváticas crecían en proporciones desmedidas —le recordó Augur, como si fuera un dato curioso.

—Descuide, lo recordaré para siempre —aseguró la capitana mientras inspeccionaba frenéticamente su cuerpo en busca de alguna otra mañimba deseosa de atacarla—. ¿No tengo otra, verdad? —le preguntó a Molinari, que se apresuró a revisarle la espalda.

—No, capitana. ¿Y yo? —preguntó él volteándose.

—No se mueva... —murmuró Marion aterrada.

Molinari se quedó quieto. Lucía como si estuviera a punto de sufrir un ataque cardíaco.

—¿Te-te-tengo una? —preguntó con el último aliento.

—¡Estaba bromeando!

Marion soltó una carcajada. Molinari pareció no encontrar el chiste muy gracioso. Echándole una mirada de resentimiento, se alejó sin decir palabra.

—Qué poco sentido del humor... —masculló la capitana mientras ataba los cordones de sus botas.

Fue entonces cuando Augur les dio la mala noticia.

—No puedo creerlo... —dijo con la mirada en las alturas—. Hemos perdido a los camilos.

177

Efectivamente, los camilos no habían podido seguirles el paso durante la huida a través del espeso follaje.

—¿Y Rey? —preguntó Xavier.

—Debe estar con ellos, no debe querer perderlos de vista. Estoy seguro de que nos encontrarán en breve.

—¿Y ahora qué? —preguntó Henri, dominado por los nervios.

—Caminamos hacia el este —dijo el piloto con naturalidad—, era el camino que estaban tomando los camilos.

Siguieron en esa dirección una hora más en la que no hubo rastro de los pájaros. Marion estaba comenzando a fastidiarse. No dejaba de mirar en todas direcciones en busca de otro nido de mañimbas que gustaran de hacerse un festín con su carne apetitosa. Había quedado un poco rezagada, la carga le pesaba cada vez más y se sentía cansada y dolorida. Molinari en varias ocasiones se había ofrecido a llevar su peso por un rato, pero ella, fiel a su naturaleza, se había rehusado.

"Quizás si la pongo hacia adelante", se preguntó, e intentó colocarse la mochila al revés. Durante la maniobra uno de los bolsillos se abrió y varias latas se desparramaron por el suelo.

—Fantástico —gruñó mientras buscaba a sus compañeros con la mirada para avisarles del percance.

El grupo estaba ya demasiado lejos como para poder escucharla. De ninguna manera iba a ponerse a gritar, así que decidió no decir nada. Aún podía ver hacia dónde se dirigían y contaba con una brújula para ubicarse en caso de que fuera necesario. Decidió tomárselo con calma. "De paso me recupero un poco", pensó mientras ponía, una a una, las latas en su sitio.

Al cabo de unos momentos un extraño ruido la sobresaltó. En medio de la selva se oyeron varias ramas al partirse y el aleteo asustado de unos pájaros. "Qué extraño", pensó. Casi de inmediato las voces alarmadas de sus compañeros confirmaron que algo estaba fuera de lugar. Dejó las cosas como estaban y echó a correr en dirección a ellos. De pronto la selva se había convertido en un laberinto en el que todo se veía igual y donde los gritos parecían provenir de todas partes. Sentía que estaba cerca, podía distinguir a los que pedían auxilio, pero no había rastro alguno de su paradero. Su instinto le indicó que no debía avanzar. Un sonido incluso más extraño se aproximaba desde la distancia, gutural, como si se tratara de personas imitando pájaros. Se escondió detrás de un tronco seco, grande y ahuecado. Sin dejar de buscar a sus compañeros a través de un hoyo en la corteza, aguardó. Después de unos momentos comprobó que sus temores no eran infundados: varias figuras perfectamente camufladas se deslizaban a pocos metros de donde se encontraba. Lo único que le quedaba era esperar. Lo más probable era que la descubrieran sin importar lo bien que se hubiera escondido. Los nativos tenían el olfato y el oído muy desarrollados y no tardarían en hallarla.

—¡¿Marion?! —gritó alguien.

La capitana reconoció la voz de Xavier. "¿Dónde demonios están?", se preguntó, y comenzó a desesperarse. Los nativos, no menos de quince, se dejaron ver en un claro entre los árboles. Miraban hacia arriba y parecían estar debatiendo algo importante. Sus compañeros se callaron. Tuvo que inclinarse para intentar ver qué era lo que observaban por encima de sus cabezas. No pudo creerlo: colgando de los árboles altísimos, cual animales cazados, se encontraban sus compañeros, sostenidos por redes que seguramente habían estado ocultas y que, al pisarlas, habían accionado el mecanismo de la trampa. Todo empeoró cuando los salvajes extrajeron de sus forjas unas pequeñas cerbatanas y atacaron a los cautivos con una lluvia de dardos. "No puede estar pasando esto —se dijo—, no puede estar pasando esto".

Tuvo que controlarse mientras observaba cómo bajaban de las alturas a sus hombres inconscientes y los ataban, uno a uno, a unos palos para transportarlos como corderos. Deseó que lo que sea que hubieran tenido esos dardos no fuera mortal. "No se me ocurre nada, absolutamente nada", reconoció afligida después de unos minutos y concluyó en que lo único que podía hacer por el momento era seguirlos. Un poco alejada de la extraña procesión, Marion se quitó las botas. La idea de andar descalza por el suelo selvático no le atraía en absoluto, pero no debía hacer ruido y, a decir verdad, ya nada le importaba demasiado. Después de haber pisado unos cuantos insectos y haberse lastimado con numerosas plantas, llegó hasta una misteriosa pared de cañas. La construcción se extendía por un largo trecho y parecía tener forma circular. Allí los nativos volvieron a emitir los sonidos guturales que había escuchado antes. Las puertas se abrieron. "¿Y ahora qué?", se preguntó, una vez que el grupo se internó y se dio cuenta de que le sería imposible entrar con ellos.

Comenzó a caer el sol y, gracias a la tupida vegetación, pronto se vería envuelta en la penumbra. Tenía que encontrar la manera de entrar, y rápido. Dejó pasar un rato antes de acercarse a la muralla. Después de evaluar las posibilidades, supuso que la única manera de pasar sería ha-

ciendo un agujero en la pared de cañas. El problema estaba
en cómo habría de hacerlo, considerando que había abandonado el machete junto a la mochila. Caminó bordeando
el muro en busca de alguna imperfección que la ayudara a
concretar su plan. Tanteó la superficie, hasta que algo le
dio una excelente idea: a pocos metros, un pequeño guttur
surgió desde la selva y desapareció por debajo de la construcción. "¡Eso es!", celebró. Llegó hasta donde había visto
desaparecer al animal y comprobó que había un pozo por
debajo de las cañas. El hoyo era lo suficientemente grande
como para que pasara el guttur, pero no para que pasara ella. "Tendré que agrandarlo", pensó, y fue en busca de
algo que pudiera usar como herramienta. Ya estaba casi
totalmente a oscuras cuando tropezó con una rama seca
y ahuecada, perfecta para la tarea. Decidida a ir al rescate de su tripulación, comenzó a cavar. Así la encontró la
noche, cubierta de tierra, esforzándose hasta lo imposible.
"Veamos si es lo suficientemente ancho...". Se zambulló de
cabeza para saber qué la esperaba al otro lado. A pesar de
la oscuridad y de la tierra en sus ojos, pudo ver que frente a
ella se alzaba una choza que le serviría para ocultarse. "Es
ahora o nunca", se dijo mientras luchaba para pasar el resto
del cuerpo, con la amenaza pendiente de quedarse atascada
a mitad de camino. "Increíble", se asombró al quitarse el barro: aunque dolorida y sucia, al fin estaba dentro. "Ahora, a
encontrar a los muchachos". Echó un vistazo alrededor. Ni
un alma deambulaba por allí, lo que le pareció extraño. A la
distancia podían escucharse ecos de tambores. Caminó en
dirección a la música. Luego de recorrer un corto trayecto
pudo ver un llano donde se estaba llevando a cabo una gran
celebración. Alumbrados por una magnífica hoguera, dece-

nas de nativos pintados y vestidos para la ocasión bailaban, cantaban y reían con entusiasmo.

"Al menos alguien se está divirtiendo", pensó mientras observaba el espectáculo en busca de sus compañeros. Fue entonces cuando la multitud se acalló, unánime, para recibir a un hombre distinguido con prendas llamativas y un fastuoso tocado de plumas y amuletos. Marion pensó que debía tratarse del rey brujo de la tribu. Había escuchado muchas historias sobre estos hechiceros y sus maleficios, que podían ponerle los pelos de punta a más de un marinero. Con aires ceremoniosos, el severo personaje entró en escena. Después de pronunciar una serie de palabras ininteligibles, varios de los hombres que participaban de la celebración se retiraron, para regresar con los prisioneros, que seguían atados de pies y manos e inconscientes. Mientras los demás retomaban los bailes y los cánticos, los guerreros se ocuparon de depositar a la tripulación del *Ketterpilar* sobre el suelo, desatarlos y volverlos a atar a una gran columna tallada con la forma estilizada de una cabeza. Marion descubrió que, si trazaba una línea imaginaria que cruzara la fogata y la columna, terminaba en una extraña construcción, muy diferente a las chozas que conformaban la aldea. Se asemejaba a los templos que había visto alguna vez en Liciafons.

El edificio tenía una arcada de grandes dimensiones, decorada con finos arabescos en los tonos del violeta. Cuatro torres con forma de hongo coronaban los extremos. Las paredes, sucias y maltratadas por el tiempo, estaban cubiertas casi en su totalidad por el tupido follaje. Estaba tratando de dilucidar cómo era que en medio de la selva podía hallarse semejante monumento cuando algo hizo que volviera la atención a sus compañeros: Derain, que era el que se encontraba más a la vista, había movido la pierna con un tic involuntario. Marion suspiró aliviada: no estaban muertos, tan solo bajo los efectos de algún sedante poderoso.

Paulatinamente, la fiesta se fue extinguiendo junto con el fuego. Después de varias horas de canto y baile, el campamento quedó en silencio. No habían hecho nada con los miembros del *Ketterpilar*. Marion no se alegró. Presentía que su suerte no sería la misma al día siguiente. Estaba exhausta. Había tenido que ocultarse detrás de unos árboles cuando el éxodo había comenzado. Mientras los rezagados se recluían en sus chozas, pensó en la posibilidad de ir hacia donde habían dejado a sus compañeros y desatarlos, pero se dio cuenta de que sería inútil, ya que ninguno daba signos de estar consciente y no podría cargar con sus cuerpos a ninguna parte. Debería esperar a que estuvieran despiertos. Después de darle varias vueltas al asunto, terminó por admitir que no podía hacer un plan mientras desconociera cuánto duraría el efecto de lo que les habían inyectado. Cinco grandes árboles que crecían muy cercanos uno del otro le sirvieron de escondite. Recostada contra uno de los troncos, intentó durante varios desesperados minutos no abandonarse al sueño. La noche estaba fresca y el sonido de los insectos llegaba como un arrullo a sus oídos. Desde la selva provenían los más variados aromas y el viento, suave y delicado, le revolvía los cabellos. Nada parecía querer ayudarla a mantener su guardia. Finalmente, impotente y agotada, se quedó dormida.

Despertó cuando sintió algo moverse sobre su cabeza. Con horror se preparó para enfrentar a los nativos: con un salto se puso de pie y se quitó el pelo de la cara. Miró a un lado y a otro. Nada. No pudo más que reír cuando comprobó que tan solo se trataba de un simpático camilo.

—Vete de aquí —le susurró mientras agitaba los brazos para espantar al ave, que desde el suelo la miraba con expresión graciosa.

El pájaro parecía haberla despertado a propósito porque, imperturbable, se quedó quieto, como a la espera.

—¿Qué quieres? —le reclamó con fastidio mientras chequeaba que no hubiera nadie cerca—. ¿Qué pasa, amigo? —preguntó después, un poco más tranquila cuando vio que no había nadie—. ¿Quieres decirme algo? —el pájaro gorjeó—. Lamento no ser Augur, no sé qué cuernos tratas de decirme...

El camilo comenzó a dar ágiles saltitos en círculo sobre la tierra. Sin dejar de brincar, se dirigió hacia donde había estado la fogata la noche anterior.

—¡Ey! ¡Aguarda! No puedo salir así...

Haciendo caso omiso, el pájaro continuó su grácil recorrido por el asentamiento, desoyendo las súplicas de la capitana, que no tuvo más opciones que seguirlo hasta que llegó al lugar desde donde había presenciado la fiesta la noche anterior. Comprobó que sus compañeros estaban en la misma posición en que los había dejado, atados e inconscientes. El camilo se acercó a ellos, pero siguió de largo en dirección a la antigua construcción. A la luz del día su aspecto era imponente: por su belleza y estilo tenía que tratarse de un templo milenario, construido por ingeniosos arquitectos. Aun después de lo que le habían hecho el tiempo y la voracidad de la jungla, se veía solemne y majestuoso. El ave se detuvo antes de cruzar la gran arcada para mirar a Marion y luego internarse en el interior del edificio.

Sin darle muchas vueltas al asunto, tomó aire y echó a correr con los dedos cruzados. No se detuvo hasta que atravesó la entrada. Se refugió tras la pared y se cercioró de que nadie la hubiera descubierto. Luego le echó un vistazo a la tripulación, que continuaba sumergida en su sueño imperturbable, y recién después giró su vista para enfrentarse a la más increíble revelación: en medio de la sala, digna del palacio del más rico de los reyes, atestada de adornos invaluables, materiales lujosos y ofrendas, sobre el suelo de mármol, iluminado por la mágica luz que se colaba a través de los vitrales coloridos, se encontraba, echado, un ejemplar de malmut. El camilo la miraba con satisfacción desde el lomo del animal dormido. "No puedo creerlo", balbuceó ella.

Una vez que logró salir de su asombro, se dedicó a inspeccionar el lugar. Las escenas narradas en los vitrales le llamaron la atención. En ellas, el malmut cobraba un importante protagonismo, coronado de flores, rodeado de pájaros, gustando de banquetes y de fiestas... Era fácil imaginar a los lugareños adorando a aquel animal inmortal durante siglos. Sin dudas, le habían atribuido propiedades milagrosas, ya que le habían construido un palacio digno de la deidad más importante y ahora los nativos le llevaban ofrendas de flores, artesanías y, a juzgar por los huesos que había esparcidos por el suelo, animales. "Un momento... ¿Sacrificios?... Debo llevarme a los muchachos cuanto antes...". En ese momento, sus ojos se detuvieron en el gran vitral que estaba detrás del animal gigante. Era el único que no lo tenía como protagonista. Parecía tratarse de una gran figura abstracta rodeada de rayos luminosos. "Qué extraño", pensó, y se quedó observando la ventana durante algunos segundos. De pronto, la forma se fue haciendo cada vez más y más clara ante sus ojos. "¡Claro! —entendió—. Cómo no lo vi antes... Se trata de una... lengua". Un escalofrío le trepó por la espalda. No sabía por cuánto tiempo permanecería dormido ni cuánto tardarían los nativos en despertarse y tampoco sabía con cuánto tiempo contaba para intentar develar si realmente la lengua del malmut tenía un mapa o, lo peor del caso, cómo haría para conseguirlo.

Comenzó a desesperarse. No solo tenía que resolver cómo demonios habría de rescatar a los diez hombres de su tripulación, sino que ahora también debía resolver el problema que planteaba la aparición del animal que estaban buscando. Se apoyó en la pared para tratar de tranquilizarse. Así fue como descubrió los dibujos. A diferencia de la construcción del palacio, que claramente había sido obra de una civilización antigua con una arquitectura refinada, había en las paredes pinturas de producción más tardía, de seguro realizadas por los primeros habitantes de la tribu que ahora ocupaba la región. En ellas se representaba la historia de quien, al parecer, era una muchacha importante para la comunidad. La primera mostraba al malmut inclinándose y a la joven acariciándole la cabeza. En la segunda, el animal abría la boca y mostraba su lengua. Ya en la última, ella levantaba el brazo a los cielos y montaba al malmut, con una corona de flores y hermosas vestiduras, rodeada de una multitud que la saludaba con ramos y ofrendas. Marion pensó que podía tratarse de una reina... Estaba tan inmersa en lo que narraban las imágenes, que se sobresaltó al oír movimiento. Recordó que todavía estaba en peligro y también sus compañeros. Corrió entonces a ocultarse en un pequeño hueco en la pared y desde allí oyó las voces de los nativos que comenzaban a reunirse afuera.

El suelo pareció hundirse debajo de sus pies cuando, en la oscuridad del recoveco en el que se había ocultado, sintió que algo le rozaba el hombro. Marion tuvo que taparse la boca para no gritar. Con espanto giró lentamente la cabeza. El hallazgo fue terrible: alguien detrás de ella la miraba con ojos enormes e inflamados, como los de un muerto. Quiso gritar, correr, salir lo más rápido de allí, pero no fue necesario. Le tomó unos segundos reconocer que se trataba de una figura de barro del tamaño de una persona, que había sido hecha con demasiado realismo. En la soledad del escondite, soltó un quejido mezcla de terror y alivio. Pensó unos instantes. Sin dudas la escultura que tenía enfrente representaba a la reina nativa que había visto momentos atrás en las pinturas. Llevaba puesto el mismo tocado de flores y las mismas vestiduras.

De pronto la voz del rey brujo resonó dentro del palacio invocando a los espíritus. Aún oculta, vio cómo el pelaje del malmut comenzaba a cobrar vida. Pronto la bestia estuvo sobre sus cuatro patas y, luego de aspirar una gran bocanada de aire, emitió el bramido más fuerte y ensordecedor que Marion había escuchado nunca. De inmediato comenzaron los cánticos y los bailes fuera del templo. Creyó distinguir, entre las pausas de la música, las voces alteradas de sus compañeros. Al parecer habían vuelto en sí e intentaban con desesperación comunicarse con los nativos. Podía imaginar su desconcierto al haber despertado en medio de aquella situación. Cuando el hechicero advirtió que los cautivos estaban conscientes, guio al animal en su dirección. Marion sabía que no le quedaba mucho tiempo. Se volvió hacia la escultura y se detuvo en sus ojos sin vida. "Un momento", pensó. "No, no, es demasiado arriesgado", se reprimió enseguida e intentó borrar la extravagante idea que había cruzado por su cabeza. Aquello que aparecía ahora como una posibilidad era prueba de que los acontecimientos transcurridos durante las últimas semanas habían cambiado, de manera irreversible, la lógica de sus pensamientos. De ninguna manera hubiera considerado, unas semanas atrás, la solución que se le presentaba entonces como algo posible. Finalmente se decidió a intentarlo: había llegado el momento de arriesgarlo todo.

Augur había vuelto en sí hacía solo unos instantes y aún no podía salir de su estupor. A su alrededor se desplegaba el más absurdo de los escenarios: decenas de nativos bailaban y cantaban en torno a ellos, que se encontraban atados a una gran columna tallada en forma de cabeza. A su derecha estaba Molinari, aún inconsciente, y a su izquierda Derain, paralizado por el miedo, como si de un momento a otro fuese a romper en llanto. Desde el lugar en donde estaba, podía ver una hilera de chozas y, si giraba un poco la cabeza hacia la izquierda, una lujosa y fina construcción, que pronto reconoció como de estilo almendrano, estilo que habían llevado a su máxima expresión los sacerdotes ornitómanos muchos siglos atrás. Estaba intentando encontrar la relación entre los nativos y aquel monumento cuando lo sorprendieron los gemidos del malmut. Creyó que estaba soñando cuando vio salir del edificio a quien debía ser el médico brujo de la tribu, seguido de lo que parecía el malmut más grande de la tierra. Mientras se preguntaba si era posible que fuera el que estaban buscando, unos diez hombres vestidos con ropas ceremoniales se enfrentaron a cada uno de los prisioneros y cortaron las cuerdas que los sujetaban. Aún tenían las manos atadas a una soga que también les ataba la cintura, por lo que no pudieron intentar ningún tipo de resistencia, tan solo podían limitarse a observar la ceremonia de la cual eran protagonistas. "¿Qué harán con nosotros?", se preguntó, y con espanto reparó en las hachas filosas que portaban los nativos.

Los pusieron en fila, y Augur aprovechó para contar a sus compañeros. De inmediato lo desconcertó la ausencia de la capitana. No recordaba cómo habían caído prisioneros, ni si Marion había o no estado con ellos. El hechicero condujo al malmut al lugar donde había ardido la hoguera la noche anterior. Detrás de él, los soldados arrearon a los diez prisioneros en una procesión coreografiada, que les dio la idea de que estaban siendo parte de un ritual complejo y significativo. A su paso la gente les arrojaba pétalos de flores y agua con perfume.

"Por todos los mares", se repetía Augur mientras miraba al cielo en busca de...

—¡Rey! —gritó al fin, al ver al ave que descendía desde las alturas.

Al mismo tiempo que Augur se preparaba para reencontrarse con su amigo, el dardo de una cerbatana silbó en el aire y lo detuvo a mitad de vuelo. Augur sintió que el corazón le daba un vuelco al ver que el pájaro caía, pesado como piedra.

—¡No! —aulló desconsolado.

El nativo que escoltaba a Augur lo acalló de un golpe. Enseguida las lágrimas poblaron sus mejillas, no de dolor, sino de tristeza.

El hechicero comenzó a rezar frente al silencio expectante de la multitud mientras que el malmut se sentaba a su lado como lo hubiera hecho un perro junto a su amo. Los hombres del *Ketterpilar* se miraron entre sí, superados por la situación. Xavier tenía el semblante serio, parecía estar luchando contra la desesperación para encontrar la manera de salir de allí. Todo empeoró cuando el sacerdote cambió el tono místico de sus palabras y, dirigiéndose a los hombres que estaban ubicados detrás de cada prisionero, ordenó, de tal forma que fue claro para todos, que se prepararan para la ejecución. Los verdugos tomaron con una mano el pelo de los cautivos y con la otra las hachas, que posaron en sus sienes. La tripulación cerró los ojos conteniendo la respiración y se preparó para lo que sería una muerte lenta y horrorosa. El brujo había abierto ya la boca para dar la orden final cuando un clamor ahogado cortó súbitamente el clima de la ceremonia. Desde el público comenzaron a brotar gritos de júbilo y sorpresa. Uno a uno, los nativos se fueron dando vuelta dándole la espalda a la escena del sacrificio para ver qué ocurría en la entrada principal del templo. Enfurecido, el hechicero estiró el cuello para espiar cuál era la causa de tamaña interrupción. La multitud se fue apartando hasta dejar un camino despejado entre el malmut y el palacio, en cuya fachada acontecía la más extraña de las apariciones: Yendrá, la reina virgen, había regresado de la muerte.

Marion trató de interpretar el papel lo mejor que pudo. Caminó con etérea lentitud, intentando que las holgadas vestiduras que le había robado a la escultura no se le caeran. A su paso, los nativos se arrojaban al suelo y se llevaban la mano al corazón. Algunas mujeres hasta derramaban lágrimas y abrazaban a sus niños. El brujo lucía desconcertado. Si para algo no estaba preparado, era para aquel suceso sobrenatural.

Augur y el resto de los muchachos no entendían qué hacía su capitana con un taparrabos y una corona de flores, caminando en medio de una multitud que caía de rodillas a su paso. No importaba; al menos había evitado que los poco hospitalarios lugareños estuvieran ahora sosteniendo sus cabelleras en alto.

Marion continuó avanzando. En el trayecto, que pareció interminable, se preguntó qué demonios haría el sacerdote, que aún no reaccionaba, con respecto a su presencia. Al cabo de unos instantes se detuvo. No podía seguir caminando a causa del temblor en sus rodillas. Entonces el malmut se puso de pie y, con una agilidad no acorde con su tamaño, apartó suavemente al hechicero con su trompa y se dirigió a ella. Se detuvo a pocos centímetros y se dedicó a inspeccionarla. Marion sentía su respiración caliente y rogaba que no encontrara nada que revelara el fraude que estaba montando. Finalmente, la bestia se apartó un poco y ante la mirada atenta de los espectadores se paró sobre sus patas traseras, levantó su trompa y soltó un bramido ensordecedor. La tribu estalló en festejos. Después de poner sus patas en el suelo, el animal la miró con una mueca curiosa, que pareció de afecto. Ella recordó las pinturas y decidió que debía, al menos, intentar seguir sus pasos. Si había llegado hasta ahí, no veía por qué no habría de jugarse el todo por el todo. Elevó su brazo a los cielos, exactamente como lo hacía la reina en el dibujo, y esperó. El malmut se puso de rodillas y agachó la cabeza. Marion no podía creer lo que estaba sucediendo. "Genial —pensó—, ahora soy domadora de malmuts". Antes de subirse al animal, se dirigió hacia donde estaban sus compañeros. Con actitud amable, se acercó a los verdugos que estaban de rodillas, puso un pie sobre una de las hachas que habían arrojado al suelo y les indicó con un gesto su desaprobación. Los hombres hicieron reverencias y pidieron disculpas en su idioma. En respuesta, Marion les tocó la cabeza con un gesto conciliador. Por último, se acercó a sus hombres, que no atinaron a decir ni hacer más que seguirle la corriente, y desató a Feder y Lanor para que desataran a los otros. Ya estaban todos libres cuando Marion los alentó a que la siguieran y montaran el malmut.

Augur buscaba desesperado el rastro de su pájaro. Cruzó una mirada con Marion, que entendió enseguida que algo estaba mal, y se dirigió adonde lo había visto caer. Una mujer salió de entre la gente con Rey en brazos. Temerosa, se lo entregó a Augur, que lo tomó con amor de padre y lo arropó en su pecho. Luego montó el inmenso animal junto con el resto de su gente.

Los nativos cantaban y gritaban; Marion aprovechó la alegría general para emprender la retirada. Saludando desde las alturas como lo había hecho la muchacha en las pinturas, le dio unos golpecitos a su nuevo amigo y esperó que entendiera que quería largarse cuanto antes de allí. El malmut se puso en movimiento. Llegaron a los límites de la pared de cañas y, luego de un segundo de expectativa en el que temieron que fueran a impedirles el paso, abrieron las compuertas. Lo que Marion no tuvo en cuenta fue lo que sucedió a continuación: los nativos comenzaron a seguirlos. Marion intentó indicarle el camino al malmut de la misma manera que lo hacía con Cobra. Al cabo de unos metros, se dio cuenta de que el animal entendía perfectamente el código. Por fortuna, después de varias horas, pudieron oler el aire salobre del mar, nunca antes tan parecido al de la salvación. Llegaron a la playa y el bote estaba allí esperándolos, ajeno a todos los insólitos acontecimientos. No bien tocó la arena, la bestia se inclinó para que sus pasajeros pudieran descender. Antes de bajar, Marion le susurró a Xavier:

—Vayan hacia el bote. Yo intentaré distraerlos.

—De acuerdo —antes de bajar, el joven agregó—: ¿y el mapa?

Marion lo miró con odio. No conforme con el increíble rescate, ahora pretendía que obtuviera el mapa.

—Veré qué puedo hacer —siseó entre dientes.

Casi todos los muchachos habían embarcado cuando Marion enfrentó a la multitud y se quedó completamente en blanco. La aldea entera estaba en silencio, aguardando que Yendrá, la reina virgen, revelara lo que fuese había venido a revelarles.

Marion no podía hablar. Dejaría en evidencia que era una más del grupo de extranjeros. Entonces, invadida por un extraño presentimiento, comenzó a cantar. Tarareó una melodía vieja que solían cantarle para que durmiera. Se trataba de una canción apacible que hizo que los nativos fueran cerrando los ojos, embelesados por el canto, a su entender divino. Cuando terminó, el malmut, que había estado escuchando atento, la miró a los ojos y acercó sus fauces al rostro de la capitana. "¡Qué demonios!", pensó y, al igual que había visto hacer a la joven en las pinturas, le acarició la frente con la mano. Como respondiendo a un reflejo, el animal abrió la boca y sacó la lengua: cuatro figuras grabadas a fuego quedaron expuestas en su aterciopelada superficie. Una vez que la cerró, Marion caminó con tranquilidad hacia sus compañeros. Detrás de ella, las miradas desprotegidas de sus seguidores se clavaban en su espalda mientras blandían ramas y saludaban al viento, despidiendo a la mujer que había regresado del tiempo de los tiempos para regalarles la experiencia más inolvidable de sus vidas.

El enigma de la lengua

—Pero entonces no era un mapa lo que había grabado en su len...

—Le he dicho que no, Augur —respondió por tercera vez—. Eran cuatro figuras en cruz. En el norte había un pájaro; en el sur, una mariposa; en el este, un cuajo, y en el oeste, una ballena.

—¿Y me dijo que en el centro…?

—En el centro había una estrella de ocho puntas.

—¿Está segura?

—Me niego a responderle eso una vez más —se indignó, y se fue hasta la alacena en busca de comida.

Augur se había puesto a hacer garabatos en un papel sobre la mesa. Xavier y Molinari se encontraban sobre cubierta al mando de la nave, camino a Lituin, una pequeña ciudad en la frontera entre Albor y Liciafons.

—A ver, capitana… ¿Podría decir que se veía en algo parecido a esto?

Augur le mostró el boceto.

—Sí, era algo así. Los animales tenían un aspecto más refinado, pero me parece que lo importante es su significado, así que no veo por qué debería de importar la calidad de su dibujo.

Augur no se inmutó. Tenía los codos apoyados sobre la mesa y sostenía su cabeza con las manos, con la mirada fija en los símbolos que intentaba descifrar.

—Voy a ver cómo andan las cosas arriba —le anunció, deseosa de dejarlo solo con sus pensamientos.

—¿No va a cambiarse? —preguntó resaltando el hecho de que aún llevaba puesto el atuendo de la reina Yendrá.

—No, creo que así me veo fantástica —respondió ella.

—Ah... Muy bien... —balbuceó Augur desorientado.

—Pero si a usted le incomoda...

—No, no, por mí... —se apresuró a decir.

—¡Por supuesto que voy a cambiarme, hombre! —estalló—. ¡¿Cómo se le ocurre que podría quedarme así?!

Fastidiada, abandonó la cocina. A Augur no pareció afectarle en lo más mínimo. Tan solo había lugar para él y su acertijo.

—¡Capitana! —la saludó Molinari unos minutos más tarde, al verla subir a cubierta, ya ataviada nuevamente con sus pantalones y su sobretodo gris—. Debo decirle que ha tenido una salida increíblemente astuta con lo de la reina allá en la selva... Nos ha salvado el pellejo a todos.

—La verdad es que no se me ocurrió nada mejor...

—Fue excelente. Vamos a estar agradecidos con usted por siempre.

—¡Viva la capitana Marion! —gritó Derain a unos pasos de allí.

—¡Viva! —corearon los demás tripulantes.

En las Altas Montañas de Cradetur, un grupo bien entrenado de montañistas escalaba con dificultad, inmersos en una colérica tormenta de nieve.

—¡Demonios! ¡Ya hemos perdido seis hombres! ¡Y no faltará mucho para que la muerte nos alcance a los que aún sobrevivimos! ¡Emprendamos el regreso, por el amor de Golfan! —suplicó uno de ellos a su acompañante, entornando los ojos para que la nieve y el viento no le dañaran la vista.

—¡He dicho que no volveremos hasta no obtener lo que buscamos! —respondió este terminante—. Si quieres volver, vuelve; pero te aseguro que cuando regrese, te buscaré y seré yo mismo quien te rompa el cuello.

El soldado sabía que su superior no estaba bromeando. Sin decir más y con la esperanza de permanecer con vida, continuó el ascenso durante unas cuantas y terribles horas más.

Al llegar al pico más alto de la Montaña de Liz, donde supuestamente encontrarían lo que buscaban, tan solo quedaban tres de los nueve hombres que habían partido días atrás de Rivamodo. El resto había sucumbido debido a las bajas temperaturas y la hostilidad del camino. Los tres que aún quedaban con vida agradecieron haber llegado a la cima a salvo y que al fin hubiese dejado de nevar.

—¡Miren! —señaló de pronto el hombre que había querido regresar.

—¡Vaya nido!

—Perfecto —susurró el tercero, con voz rasposa—. Vayamos a saludar al pajarito.

En medio de la desolada quietud de la montaña, se oyó el aletear desesperado de las aves tomadas por sorpresa, seguido de varios disparos de armas de fuego. Luego del silencio que precedió a la muerte, el sonido de la cuchilla de Taro erizó los pelos de los hombres, que, con tristeza, miraron el río rojo que se abrió camino por entre la nieve.

—La Papisa va a estar más que complacida —canturreó Taro con sádica alegría mientras guardaba en un morral la lengua de cóndor que acababa de cortar—. Andando, muchachos, ahora hay que encontrar a alguien que nos descifre esta porquería.

—¿Cómo está Rey? —preguntó la capitana de regreso en la cocina, un par de horas más tarde.

—Igual. Al menos conserva el aliento, temía que lo que había sido un somnífero para nosotros le resultara mortal, pero al parecer tan solo dormirá durante varios días.

—Esperemos que así sea.

Marion se sentó al lado del hombre, que estaba rodeado de mapas y extrañas anotaciones.

—Parece que no es tan complicado como imaginaba —dijo él—. Pentare ha elegido puntos para trazar las coordenadas de la isla. Mire, aquí está la mariposa: claramente, uno de los puntos es Chor. Luego, el cuajo: podría tratarse de Bahía de los Cuajos... Luego, en el Mar de Amberre hay un sitio llamado Cabo Heill, en el que se congrega una gran cantidad de ballenas rosas... Por último, el del norte, bien, creo que es el pico de Liz, en las Altas Montañas de Cradetur, donde teóricamente habita el cóndor...

—¿Y con todo eso qué hacemos?

—Mire... He marcado los puntos en este mapa...

Marion vio las cruces rojas en los lugares que acababa de nombrar y luego cómo el hombre unía la del norte con

Los viajes de Marion

la del sur y la del este con la del oeste, para obtener un punto de intersección justo en medio del océano. Augur levantó la vista para encontrarse con la mirada de la capitana.

—No sería extraño pensar que... —aventuró.

—La intersección de las dos líneas nos indique dónde
está la isla —dedujo ella.

—Podría ser...

—A ver, déjeme revisarlo.

La capitana estudió el mapa con detenimiento. En efecto, el cruce coincidía con una formación de islas en medio
del Mar de Amberre, bastante alejada de las rutas comerciales y a gran distancia de cualquiera de los continentes.
Además, las islas eran conocidas como "Inhóspitas". Sabía
que habían sido suprimidas de las rutas de navegación debido a numerosos relatos de accidentes y catástrofes. Se
decía que en aquel punto confluían las corrientes de tres
mares y que era muy peligroso navegar sus cercanías.

—Es probable que esté en lo cierto, Augur…

—Entonces... —se le iluminó la cara—, ¿vamos a Aletheia?

Marion sonrió.

—Vamos a Aletheia.

—Pensé que íbamos a Lituin... —comentó Xavier, que
había ingresado a la cocina sin que lo advirtieran.

—¡Cambio de planes! —canturreó Augur, y se fue alegremente a controlar la evolución de Rey.

—¿Han resuelto el enigma de la lengua? —quiso saber
el piloto.

—Así parece —respondió ella mientras pensaba con
qué excusa dejar la habitación.

Ya se estaba acercando a la puerta cuando él la tomó del brazo.

—Aguarda un minuto... —le pidió.

Marion se enfrentó a los grandes ojos grises del muchacho, cosa que había estado evitando desde la conversación sobre el libro aquella noche en ese mismo lugar. Presa del súbito deseo de acallar su mente, e impulsada por un mecanismo inesperado, lo besó sin culpa y sin remordimientos.

Luego de unos segundos se alejó con tranquilidad y dijo:

—Creo que estamos a mano. Has recibido el beso que buscabas y yo he descubierto que es el beso que no busco. Disculpa, Xavier, pero prefiero que de ahora en más nos comportemos solo como buenos compañeros. Agradeceré que respetes mi decisión.

Dio media vuelta y se alejó por el pasillo. Mientras caminaba hacia su camarote, tuvo la extraña sensación de haberse sacado un gran peso de encima. Hacía días que temía estar sintiendo algo por el piloto. Al besarlo había comprobado que no le había significado nada. Respiró con alivio. Minutos más tarde, en la soledad de su cama, murmuró entre sueños: "No puede compararse con uno de tus besos".

El adiós en Tertor

Marion estaba tendida sobre la cama mirando el juego de la luz sobre el techo de madera. La llama de la vela bailaba y parecía ahuyentar las sombras. Su habitación en el Hostal de Limas era pequeña y las sábanas olían a humedad. De vez en cuando le echaba un vistazo a la silla donde estaba tendida la ropa que se había comprado aquella tarde y se preguntaba qué le tocaría enfrentar al día siguiente.

Era de noche y el capitán Landas no le había dejado ninguna indicación respecto a la hora en la que debía estar lista. Cansada de esperarlo, había regresado a su cuarto y, por más de que intentaba dormir, no podía detener sus pensamientos. Pensaba en el mar y sus sonidos, en el vaivén que había mecido sus sueños durante los últimos meses. Debía dormir. No quería parecer cansada cuando Petro fuera a buscarla.

Era muy temprano cuando golpearon a su puerta.

—¿Marion? —preguntó la voz conocida—. ¿Estás lista?

Se puso de pie de un salto. Había dormido muy poco.

—En un minuto —prometió mientras se quitaba la camisa de dormir.

—Estaré esperando afuera.

Se vistió con rapidez, lavó su cara y bajó las escaleras casi sin pisar los escalones.

—Buenos días —la saludó Petro—. ¿Preparada?

—Sí, mi capitán —aseguró, y se arregló el mechón de pelo que le caía sobre la frente.

—Muy bien. En marcha.

Caminaba unos pasos por detrás de él. El capitán le imponía respeto y sabía que no había sido poco el riesgo que había corrido al dejarla permanecer entre su gente. Además, ahora se encargaba de conseguirle un lugar donde quedarse. Aunque no estaba feliz con la idea de dejar el barco, le estaría eternamente agradecida. Avanzaban en silencio, bajo el sol de la mañana, por las mismas calles que Petro había recorrido el día anterior. Como de costumbre, le pareció que él lucía imperturbable.

Petro miró de reojo a la muchacha que caminaba un poco por detrás de él y sonrió. Advirtió que ella había seguido su consejo: llevaba puesta ropa de mujer. Le divirtió la idea de que se veía más bonita con su uniforme de marinero. "Es una verdadera lástima que tengamos que dejarla aquí", pensó. No solo porque los marineros le habían tomado afecto, sino también porque había resultado de gran utilidad en el barco. Era increíble cómo aquella jovencita que había sido llevada a su recámara dos meses atrás se había convertido en un engranaje más de la maquinaria del *Ketterpilar*. Gozaba de algo que el resto de sus hombres no: una inteligencia vivaz, capaz de resolver problemas con creatividad y rapidez. Quizás se debía a que había sido instruida de pequeña o, simplemente, a que la naturaleza la había dotado de una mente despierta y singular. El caso es que estaba seguro de que, de pasar más tiempo bajo su tutela, llegaría a hacer carrera en las artes del mar. "Pensamientos inútiles", se dijo al detenerse, finalmente, frente al Corral de la Galería.

Minutos más tarde Olga les mostraba las variadas dependencias.

—Aquí se hacen los quesos. Aquí el pan y por allí se va hacia los establos...

Marion no decía una sola palabra. Tenía fruncido el entrecejo y apretaba con fuerza la mandíbula. Petro acompañaba la visita un poco rezagado, inspeccionando hasta el último rincón, prestando especial atención a la gente y al movimiento de lugar. En su mayoría eran mujeres de la edad de Olga, o incluso mayores, que con lentitud se disponían a iniciar el trabajo matutino.

Olga comenzó a enumerarle a Marion las tareas de las que tendría que encargarse de allí en adelante. Entre ellas: ordeñar las cabras, trabajar la huerta, limpiar las máquinas una vez terminada la jornada y, cada dos días, preparar la cena.

En el Corral vivían veintitrés mujeres y, según les dijo Olga: "Todo funciona a la perfección porque cada una sabe el lugar que ocupa".

—Llegarás a sentirte como en casa, ya verás —le aseguró con afecto a Marion mientras entraban al área destinada a los dormitorios—. Este será tu cuarto —dijo alegremente, abriendo una de las puertas que circundaban el patio.

Había allí tres camas pequeñas, muy cerca una de la otra. El techo era alto y la pintura que cubría las paredes estaba vieja y resquebrajada. Al final de la habitación había un ventanal que daba a otro patio, con arbustos en flor.

—Aquí duermen Romilda y Dientra. Ambas son muy amables y estarán felices de tener compañía joven.

Marion se mordió los labios. Por primera vez caía en la cuenta de que haberse escapado de su casa no sería siempre una aventura emocionante. La sola idea de compartir aquel cuarto que olía a rancio con dos viejas desconocidas la enfermaba de los nervios. Allí parada advirtió por primera vez que, en tierra, todo estaba demasiado quieto. Que aquel cuarto no la conduciría a ningún lado y que todo lo que estaba en derredor gritaba solo hastío. Se quedaría allí ordeñando cabras, limpiando máquinas y preparando cenas durante los años por venir, hasta ser una Romilda o una Dientra, recluida en la misma habitación con la misma vista por los siglos de los siglos.

—¿No quieres traer tus cosas, querida? —le preguntó Olga, apartándola de sus pensamientos.

—No tengo nada —respondió ella un poco descortés.

De pronto sintió que algo le oprimía el pecho y que necesitaba desesperadamente estar sola. Con determinación enfrentó a Petro y, extendiéndole la mano, dijo:

—Gracias por todo, capitán. Le estoy sumamente agradecida. Algún día saldaré mi deuda. Se lo prometo.

Después de decir esto, se introdujo en el cuarto y cerró la puerta.

—Ya se irá acostumbrando... —aseguró Olga mientras acompañaba a su amigo a la salida—. Se ve que la pobre está un poco alterada. En un par de días se habrá adaptado a la vida en el Corral...

—Confío en que habrás de cuidarla bien —respondió él en un tono que sonó más a una amenaza que a una petición.

—Despreocúpate, querido. Yo he aprendido a ser feliz aquí.

Se despidieron afectuosamente y el capitán se encaminó al hostal con el ánimo sombrío. Un nudo le cerraba la garganta. Se convenció de que no era nada. Debía intentar descansar un poco. Al día siguiente comenzarían a cargar el barco temprano en la mañana.

Caía la tarde y los marineros subían los últimos costales a bordo. Petro controlaba los movimientos desde cubierta con rigurosidad. Estaba molesto. En parte porque no había dormido bien y en parte porque se había dado cuenta de que, de manera involuntaria, miraba hacia la ciudad cada diez o quince minutos en busca de no sabía qué. Fastidiado, regresaba su vista a la carga, intentando concentrarse en su tarea, cosa que no le había resultado nunca tan difícil.

—¿Dónde demonios está Cailo? —le preguntó al piloto Lucio Beli.

—Allí, capitán, en el puerto. Está eligiendo al nuevo ayudante de cocina.

Lucio señaló uno de los muelles. Efectivamente, Cailo estaba allí, rodeado de mozos que blandían en sus manos el aviso que ellos se habían ocupado de pegar por toda la ciudad.

—Dile que se apure. Zarparemos en minutos.

—Pero capitán... —observó el piloto—, no se supone que zarpemos hasta dentro de dos horas...

—He dicho que lo haremos en cuanto vuelva Cailo —reiteró el capitán.

Lucio bajó hasta donde se hallaba el contramaestre para informarle las nuevas instrucciones. Al cabo de unos minutos, regresaron con un muchacho que llevaba un amplio abrigo negro y un sombrero de alas anchas, que fue llevado directo a la cocina para que Rudi le indicara sus tareas.

El capitán dio la orden de levar anclas y el *Ketterpilar* comenzó su viaje.

—¡Cailo! —llamó, pasado un rato.

—Sí, mi capitán.

—¿Ha conseguido a alguien?

—Sí, mi capitán. ¿Quiere que se lo presente?

—Confío en su buen juicio. Una vez que estemos con rumbo estable, bajaré a conocerlo.

—Perfecto, mi capitán. ¿Algo más?

—No. Vuelva a su puesto.

Una hora más tarde, la ciudad se perdía en la lejanía. Por delante los esperaba el vasto océano, ya casi completamente a oscuras. Petro miraba las luces titilantes desde el timón de mando. Algo le pesaba, como si tuviera una molestia en algún lugar del cuerpo que no podía distinguir. Sabía que había hecho lo correcto, que la joven terminaría por agradecerle haberla librado de su destino de mar.

Las maderas de la escalerilla de proa crujieron al soportar el peso de las botas del capitán, que tuvo que agacharse un poco para ingresar a la cocina.

Al traspasar la puerta se encontró con Rudi, que tarareaba alegremente una canción de puerto mientras rellenaba un pavo.

—¿Qué novedades, Rudi?

—Aquí, mi capitán. Ya me ve.

—¿Hay algo que pueda comer antes de la cena?

—Sí, déjeme ver... Quizás *el nuevo* pueda prepararle algo...

—Ah, sí. ¿Dónde está el muchacho? —quiso saber.

—Aquí abajo, se le ha caído una cebolla.

Desde abajo de la mesa apareció, cebolla en mano, el ayudante de cocina.

—¿Qué tenía en mente, capitán Landas?

El corazón de Petro dio un salto. Delante de sus ojos la cara sonriente de Marion brillaba como las últimas luces de Tertor. Un sinfín de sentimientos lo embargaron. No sabía cómo sería prudente reaccionar. Estaba claro que la muchacha había desobedecido sus propósitos de dejarla en tierra, por lo que de ninguna manera podía demostrar lo complacido que estaba de tenerla con ellos nuevamente. La realidad era que se odiaba por haberla dejado en aquel lugar gris y aburrido y sabía que la muchacha, por malo que pudiera parecer a simple vista, estaba hecha para la vida en alta mar y parecía feliz entre aquel grupo de marineros borrachos.

—Un poco de vino y queso —respondió, el semblante serio y la voz firme—. Tráigamelo al castillo de proa, Marion. Allí hablaremos de esto.

Petro sonó enojado y convincente. Dejó la cocina, y Rudi y Marion se miraron con culpa preguntándose si habían hecho lo correcto.

"¡Cailo!", se lo oyó gritar sobre cubierta.

—¿Crees que va a castigarlo? —se preocupó Marion, sin poder evitar sentirse responsable—. Es mi culpa...

—La culpa es de todos, cariño —la calmó Rudi—. Nadie nos obligó a ir a buscarte y montar toda esta farsa, lo hicimos porque de veras queríamos que volvieras con nosotros.

—Pero...

—Al fin y al cabo, Cailo no ha hecho nada malo. El capitán le encargó conseguir un ayudante y lo ha hecho, nunca especificó que no debías ser tú. Además, nadie está mejor calificado para el puesto —bromeó, y le dio un golpecito en el hombro.

Preparó lo pedido con mucho cuidado en una bandeja de plata y subió las escaleras a cubierta. Llegó a la puerta del alcázar en el preciso instante en el que Cailo lo dejaba, con el aspecto de alguien que acababa de recibir una fuerte reprimenda.

—Lo siento... —alcanzó a susurrarle Marion.

—Bien lo vales —respondió el contramaestre, y le guiñó el ojo.

Por primera vez sintió lo que significaba estar en casa. Golpeó a la puerta con miedo pero decidida.

—Adelante —indicó el capitán—. Deja la bandeja sobre el escritorio y siéntate un minuto.

Ella se acomodó en la silla, preparada para el merecido sermón.

—Mira, Marion, sé que no has sido tú la que ha planeado todo esto...

—En realidad...

—Tampoco quiero explicaciones —Petro se acercó a la ventana—. Lo que más me disgusta es que hayan obrado a mis espaldas y en contra de mi voluntad.

—Tiene razón, capitán, yo...

—Déjame terminar —pidió mirándola a los ojos—. Si quería que te quedaras en Tertor, era porque me parecía lo mejor para ti —Marion quiso acotar algo, pero el capitán la detuvo con un gesto—, aunque veo que tal vez lo que a mi juicio es mejor para ti va en contra de tu voluntad.

Marion se sintió aliviada y comprendida. Esperaba que su penitencia no fuera tan terrible como imaginaba.

—No voy a luchar para cambiar tu decisión y tampoco voy a mentir diciendo que no eres de utilidad en este barco —con estas palabras se quedó mirando la oscuridad al otro lado del vidrio—, por eso es que ya no podrás quedarte en la cocina.

Marion se entristeció. Imaginó que la destinarían a fregar los pisos por el resto de sus días, que le quitarían la posibilidad de pasar buenos ratos con Rudi... De cualquier manera, fregar los pisos del *Ketterpilar* era mil veces mejor que ordeñar las cabras en el Corral de la Galería.

—De ahora en más —continuó el capitán—, estarás bajo mi tutela y te desempeñarás como asistente de piloto.

—¡¿Qué?! —la joven no pudo evitar demostrar su desconcierto.

Le llevó unos cuantos segundos asimilar las palabras. Su incredulidad fue tal que Petro, que estaba disfrutando de poder llevar a cabo sus deseos para ella, se apresuró a explicar:

—No tienes destino de marinero, Marion. No hace falta ser muy astuto para darse cuenta de que tu formación está muy por encima de la del marinero más culto de la tripulación. Por eso me parece que, si esto es lo que eliges, debes hacerte responsable de tu capacidad y alcanzar el punto más alto adonde puedas llegar en las artes del mar. Te daré

lecciones de navegación todos los martes al caer la noche.
Mientras tanto, serás la sombra en vida de Lucio Beli, a
quien le daré precisas instrucciones de que te adiestre en
las cuestiones del oficio. ¿Está claro?

No reaccionaba. Con la boca ligeramente abierta, miraba la figura del capitán y escuchaba sus palabras, pero no
podía terminar de comprenderlas.

—¿Está claro? —volvió a preguntarle.

—Sí. Sí, capitán —balbuceó al fin y, levantándose con
las piernas temblorosas, salió de la habitación en donde, sin
saberlo aún, un hombre le había dado la llave que abriría las
puertas de su propio destino.

MARION, CORAZÓN DE PIEDRA

Cuatro años después de comenzar su entrenamiento, Marion se había convertido en la piloto más astuta y capaz que jamás hubiera pisado el *Ketterpilar*. Por razones de salud, Cailo había tenido que abandonar la nave dos años atrás y Lucio Beli lo había reemplazado. Después de esto, ella fue nombrada la nueva piloto, lugar en el que se encontraba verdaderamente a gusto. Los hombres a su cargo, al contrario de lo que se hubiera esperado, admiraban su valor y su prestancia y reconocían el empeño que había puesto para llegar hasta allí.

El capitán Landas, por su parte, no podía estar más orgulloso. Así como lo había dictaminado, la joven había concurrido a sus clases durante todos esos años y había aprendido todo lo que necesitaba saber del oficio. La realidad era que si seguía yendo los martes a su encuentro era porque se habían convertido en buenos amigos y disfrutaban pasar el tiempo uno en compañía del otro.

A veces jugaban largas partidas de ajedrez, otras leían en silencio un libro, otras comentaban los sucesos de la jornada mientras compartían una taza de té. De vez en cuando, Marion se preguntaba si las ganas que tenían de encontrarse tenían algo que ver con el amor. De inmediato se convencía de que aquellos pensamientos no eran más que una locura. Pensaba que él todavía la veía como a la niña malcriada que se había colado tiempo atrás en Lethos, a pesar de que con el correr de los años se hubiera convertido en una mujer de carácter fuerte y más bien huraño, que nada tenía que ver con la que había sido entonces.

Antes de encontrarse con el capitán, era costumbre que pasara por la cocina para charlar un rato con Rudi y preparar las cosas para el té.

—¿Cómo van tus clases, Marion? —preguntaba su amigo, un poco malintencionado.

—Muy bien —respondía ella seria, para luego dirigirle una mirada cómplice y encaminarse hacia su hora preferida de la semana.

—Gracias por el té —decía Petro sin levantar la vista de su lectura cuando dejaba las tazas sobre el escritorio.

—De nada, capitán —replicaba ella, y con esa frase se daban por comenzadas las excusas que habían encontrado aquella tarde para pasar el rato.

Una noche se había hecho verdaderamente tarde. La partida de ajedrez se había extendido hasta la medianoche.

—Jaque mate —dijo Marion.

El capitán estaba molesto. Hacía semanas que enfrentaba una derrota tras otra. Afuera apenas se oían ruidos y ella sentía cansados los ojos. Revisó la hora.

—¡Bueno! —se asombró—. Creo es momento de partir...

Petro observó el reloj que extrajo de su bolsillo. Tampoco él había notado lo rápido que había pasado el tiempo.

—Es realmente tarde —coincidió.

La situación los hizo sentirse repentinamente incómodos. En un intento de disimular, el capitán se dispuso a guardar el juego. A su vez Marion, que también había percibido la tensión en el aire, quiso hacer lo mismo, con la mala suerte de que apuntó a la misma exacta pieza que en ese momento tomaba él. Sus manos se rozaron, y ella sintió aquel temblor en las rodillas que había sentido el día que Petro se había ofrecido a darle clases de navegación. Sin poder evitarlo, se sonrojó y sufrió un fuerte mareo que le anunció que debía dejar la habitación cuanto antes. Sin siquiera levantar la vista, se apresuró a ganar la puerta y, saludando con la mano, echó a correr hacia su camarote.

Se arrojó sobre la cama y enterró la cabeza debajo de la almohada. No podía creer lo estúpida que había sido. ¿Cómo iba a volver a mirar al capitán después de semejante escena? Se sentía impotente y no alcanzaba a comprender cómo no le era posible controlar sus sentimientos. No podía arruinar la confianza que Petro había depositado en ella. Temía convertirse en una niña tonta ante sus ojos. Y eso era lo último que deseaba en este mundo. En un intento de calmar su angustia, Marion tomó su navaja y talló una pequeña estrella junto a la cabecera de su cama.

Mientras tanto, el capitán Landas guardó las piezas, una a una, con extrema meticulosidad, en su caja forrada en terciopelo. A medida que las ponía en su sitio, intentaba también ordenar sus pensamientos. Se entristeció al darse cuenta de que algo tenía que terminar por el bien de ambos. Y que debía ser él el responsable de poner fin a lo que, con su insensatez, había fomentado. Estaba enojado consigo mismo. ¡Cómo había podido llevar las cosas hasta ese extremo! Sabía que no podía darse el lujo de involucrar a Marion en su vida y pensaba haber encontrado una manera inocente de pasar tiempo con ella. Pero ahora se daba cuenta de que nada tenían de inocentes sus encuentros. Al día siguiente se encargaría de remediar la situación.

Amaneció nublado y fresco. El suelo del barco estaba resbaladizo por la llovizna que no había dejado de caer durante la noche. Lucio Beli estaba hablando con tres marineros cerca de los cañones y el capitán miraba las olas romper contra la quilla, inclinado sobre la amura. Cuando Marion subió a cubierta, Petro sintió que se le detenía el pulso. No había caído en la cuenta de cuánto había crecido su afecto hacia ella y tampoco había pensado que aquel momento le resultaría tan difícil.

Marion subió la escalerilla deseando que Petro no estuviera allí. Pero allí estaba y se veía más serio que de costumbre. Nunca le había visto los ojos tan celestes. En contraste con las nubes, parecían tener luz detrás de las pupilas. Había un atisbo de tristeza en su mirada. Sabía que algo iba a decirle y, mientras caminaba hacia él, intentó prepararse para lo que fuera.

—Buenos días, Marion —la saludó, con la voz menos firme que de costumbre.

—Buenos días, capitán.

Las palabras se negaban a salir de su garganta. Se quedaron unos segundos en silencio hasta que Petro se decidió a hablar.

—Creo que has llegado al punto en el que has aprendido todo lo que necesitas e incluso más...

Ella sabía lo que vendría a continuación y tuvo que morderse los labios para contener las lágrimas que empezaban a crecer desde el calor de sus mejillas.

—... y estoy muy orgulloso del progreso que has hecho.

—Gracias, capitán.

—Creo que ya no necesitarás visitarme durante la semana.

Ella sintió que la madera debajo de sus pies se partía en mil pedazos.

—De acuerdo, capitán. Se lo agradezco —balbuceó.

—Estoy muy conforme con tu desempeño, y espero incluso más de ti de ahora en adelante —él hizo una pausa. Miró hacia el horizonte, donde el colchón de nubes se hacía uno con el mar—. Se podría decir que te has graduado...

Los dos rieron de la manera más triste y melancólica que se puede reír, conscientes de que habían podido interpretar a la perfección el papel de indiferencia que tuvieron que mantener mientras duró la conversación. Se despidieron sabiendo que había mucho más oculto detrás de las palabras que habían escuchado y dicho. Así fue como Marion ya no volvió por las tardes al estudio del capitán. Además, desde ese día, fue escasa la comunicación que mantuvieron que no involucrara cuestiones del barco, la tripulación o el curso de la navegación.

—¿Nos vemos por la noche, entonces?

—Claro. A las once en la taberna.

Marion se cruzó con Lucio Beli cuando salía de la posada en la que se estaban hospedando, llamada Amarina.

Hacía dos días que habían arribado a Balbos, y la tripulación entera se reunía esa noche para festejar el cumpleaños
número veinticinco de Marion. Parecía mentira que hacía
ya ocho años que formaba parte de esa gran familia de viejos lobos de mar.

Estaba entusiasmada, desde que había comenzado su
nueva vida no había vuelto a celebrar ningún cumpleaños. Era la primera vez que estaba en Balbos y le parecía
una ciudad hermosa. Las luces en las fachadas de las casas
creaban una atmósfera de ensueño. La alegró saber que se
quedarían allí al menos una semana, a la espera de los car-
gamentos de arroz y café que debían trasportar a Chor.
Aunque estaba feliz, la noticia de que su amigo Rudi no
partiría con ellos la había amargado notablemente durante los últimos días. Rudi le había confesado que su plan
era comprar una vieja casona en la ciudad y asentarse allí
junto con su mujer, que estaba ya cansada de esperarlo. A
pesar de que le dolía el solo hecho de pensar en no tenerlo
cerca, sabía que el hombre había ahorrado y esperado ese
momento desde hacía mucho, y ella se alegraba de ver sus
sueños hechos realidad.

Al caer la noche, Marion estaba en su cuarto lavando
algo de ropa cuando cruzó por su mente que quizás Petro no fuera a su cumpleaños. El capitán Landas había desaparecido tan pronto como pusieron un pie en la ciudad
y nadie pudo decirle con exactitud adónde había ido, por
lo que tampoco nadie había podido avisarle del festejo. Le
preguntó a Lucio si sabía algo de él, pero tan solo le dijo
que el cuarto del capitán —que estaba justo al lado del de
Marion— había estado vacío desde que llegaron. "Siempre

desaparece cuando estamos en Balbos", había agregado el contramaestre.

"Qué pena —se lamentó—. Me hubiera gustado que viniera".

Llegada la hora, se vistió con sus pantalones menos percudidos y una camisa blanca. Se puso la faja a rayas que usaba siempre a la cintura y se ató el pelo en una larga trenza hacia el costado. "¡A celebrar!", determinó.

Cuando entró a la taberna, ya toda la tripulación la aguardaba allí. Le cantaron un par de canciones en su honor y después le rogaron que, por ser aquella una ocasión especial, les cantara ella una de las canciones que solía cantarles cuando recién había llegado al barco.

—No, no... Por favor, muchachos —se resistió—. Tengo una reputación que mantener...

Habían pasado las horas y las copas, y los hombres continuaron insistiendo hasta que Marion terminó por acceder a sus pedidos.

—De acuerdo. Solo una.

A pesar del barullo que reinaba en el lugar, Marion comenzó a cantar, y los hombres se contentaron con escuchar lo poco que podían. Cuando estaba a punto de terminar la última estrofa, la puerta de la taberna se abrió para dejar entrar a un hombre y a una mujer tomada de su brazo, que reían animadamente. Marion tuvo que mirar dos veces para reconocer que se trataba del capitán Landas y de una total desconocida.

—¡Ey! ¡Vamos! ¡No nos vas a dejar sin escuchar nuestra parte favorita!

—¡Marion!

La muchacha se había quedado con la boca abierta en medio de la melodía y nada salía de su garganta.

—¡Marion! ¿Estás bien?

—¿Eh? Ah, sí... —volvió a la realidad—. Ya está, muchachos, eso ha sido todo.

—¡No es justo! —se quejó uno de los marineros—. ¡Queremos que termines la canción!

Entonces Rudi, que se había percatado de lo que sucedía, gritó:

—¡Otra ronda para todos! ¡Yo invito! ¡Al fin y al cabo es también mi despedida!

—¡Viva Rudi! —corearon todos y volvieron a beber con gusto, olvidándose de la canción inacabada.

Ella vio cómo Petro se sentaba en una de las mesas a tomar unas copas con la mujer, que no dejaba de prodigarle todo tipo de caricias, sonrisas y miradas. Él no las rechazaba, por el contrario, a Marion le parecía que respondía calurosamente. No pudo soportarlo. Por momentos pensaba que había superado su atracción hacia el capitán, pero a partir de lo que estaba sucediendo se dio cuenta de que no. No tenía resuelto nada en absoluto.

Dejó pasar un par de minutos actuando como si la situación no la afectara; luego, cuando todos estuvieron demasiado borrachos como para notar su ausencia, huyó a su habitación.

Cerró la puerta con furia. Se sentó en la cama y trató de tranquilizar su corazón. Las imágenes de esa mujer y Petro parecían no querer dejar de dispararse en su cabeza. Se dejó caer hacia atrás; con las manos entrelazadas sobre el estómago, fijó la vista en el techo y trató de encontrar algo mejor en qué pensar.

Pasaban los minutos y seguía en la misma situación. No pudo evitar que todo tipo de pensamientos que involucraban al capitán y a su enigmática acompañante invadiera su imaginario. Cansada de sí misma, decidió que le vendría bien un poco de aire. Abrió los ventanales de par en par y salió al pequeño balcón que tenían todas las habitaciones de su piso.

La ciudad era realmente bella. En la noche flotaban los reflejos de las luces y desde el intrincado laberinto de calles llegaban las voces de los hombres que salían de la taberna entonando canciones y gritando groserías.

—¿No puedes dormir?

La voz del capitán la sorprendió desde el balcón contiguo. Marion cerró los ojos y respiró hondo.

—No —respondió con frialdad haciendo un gran esfuerzo por ocultar que había sido sorprendida.

Hubo una pausa.

—¿Pasa algo? —preguntó él al percibir la tensión en el aire.

—No. ¿Por qué? ¿Tendría que pasarme algo?

—No... —el trato que estaba recibiendo pareció tomarlo por sorpresa—. Mira, lamento no haber sabido que era tu cumpleaños, yo... —comenzó a excusarse.

—¿Qué, no estuvo allí?

—No...

—No me había dado cuenta —retrucó ella con sarcasmo.

—Ah... —el capitán sonó divertido—, parece que no soy tan importante...

—Parece.

Pasaron unos cuantos minutos en los que Marion, de brazos cruzados, pretendió fijar la vista en un punto lejano de la ciudad; y Petro, turbado al no entender lo que ocurría, se entretuvo observando las estrellas con una mueca de simpática extrañeza. El descontento de Marion creció a medida que pasaron los minutos, hasta que no pudo más y estalló:

—No tiene por qué sentirse mal por no haber ido a mi cumpleaños. Estoy bien, ya puede irse. Me imagino que lo estarán esperando.

—¿Que me están esperando? —se asombró.

—Sí. No tiene por qué hacerse el desentendido.

El capitán pensó durante unos instantes. Después, cayendo en la cuenta de lo que estaba sucediendo, soltó una sonora carcajada.

—¿De qué se ríe? —preguntó ella, ya sin poder ejercer control sobre su cólera, que le teñía sin pudor las mejillas de un rojo furioso.

En un ágil movimiento, Petro saltó la barandilla que separaba un balcón del otro y la enfrentó.

—La mujer con la que me has visto es mi hermana —explicó con dulzura esbozando la media sonrisa que Marion hallaba irresistible.

Se quiso morir ahí mismo. Deseó con todo el corazón que las columnas se quebraran en mil pedazos, que el balcón cayera y ella pudiera, así, perderse entre los escombros. Ahora sí lo había arruinado todo, se había convertido en la mujer más estúpida sobre la tierra.

—Yo... este... lo...

Pero mientras buscaba las palabras que nunca habría de encontrar, el capitán Landas le tomó el rostro con las manos y le dio el más dulce y maravilloso beso que recibió en su vida. Aquella imagen de Balbos, sus calles y sus luces quedarían en su recuerdo como el momento más feliz de toda su existencia. Desde aquella noche, Petro y Marion fueron inseparables.

Una semana más tarde, llegó el cargamento de arroz y café y el *Ketterpilar* fue cargado una vez más y puesto en marcha con destino a Chor. El día anterior a que zarparan, Petro se había ausentado temprano en la mañana y no había vuelto hasta entrada la noche. Marion aprovechó para pasar el día junto a Rudi, lo que se transformó en una larga y dolorosa despedida. El capitán volvió exhausto y malherido de su excursión secreta. Cuando ella quiso saber qué había sucedido, tan solo le dijo que un cuajo se había cruzado en su camino y que su caballo, asustado, lo había tirado al suelo. Aunque le resultó extraño e insistió en saber más, él se negó a seguir hablando sobre el tema.

Al cabo de seis horas de viaje, Marion se encontraba en la cocina contándole a Petro cuánto extrañaba ya al cocinero cuando el clima dio un giro peligroso. Lucio Beli bajó con la mirada preocupada y sugirió que ambos debían presentarse cuanto antes sobre cubierta.

Las nubes sobre sus cabezas se arremolinaban y amenazaban con estallar en una tormenta descomunal. La tripulación fue avisada y, bajo las órdenes del capitán, se preparó para combatirla. El tiempo pareció detenerse unos segundos antes de que el temporal rompiera. Desde el extremo del palo mayor, podían verse los rostros de los marineros, que miraban hacia el firmamento preguntándose si el guardián del mar se apiadaría esta vez de sus almas. Muchas habían sido las tormentas que habían atravesado, pero nunca sabían cuál sería la última. Después de un silencio aterrador, las nubes rugieron en un estrépito furioso, y el mar comenzó a jugar con el *Ketterpilar* como un niño juega con los hilos de sus marionetas. En un abrir y cerrar de ojos, todos se hallaron empapados de lluvia y de mar, luchando para mantener el barco a flote.

Petro iba de un lado a otro, trabajando tanto o más que el mozo que limpiaba la cubierta. Marion se encontraba sosteniendo uno de los cabos cuando las órdenes del capitán dejaron de escucharse.

—¡Petro! —llamó, con el agua ahogándole la garganta—. ¡Petro!

Llegaron a ella los gritos de los marineros, aunque no pudo distinguir lo que decían.

—¡Petro! —volvió a llamar, pero nadie respondió.

Marion vio cómo dos de los hombres llevaban al capitán en andas y lo introducían por la escalerilla de popa hacia el interior del barco. Al parecer el botalón se había soltado y lo había golpeado por la espalda. Su primer instinto fue correr para auxiliarlo, pero se detuvo. Tenía una responsabilidad más grande. Haciendo un esfuerzo sobrehumano, se obligó a no pensar en su corazón y comenzó a dar las órdenes necesarias para librar la batalla contra el temporal.

La tormenta los maltrató durante dos terribles y angustiosas horas. Al darse cuenta de que el mar comenzaba a calmarse, los marineros respiraron con alivio y descansaron los exigidos músculos. Más de uno dejó caer unas cuantas lágrimas, pensando en la vida que se había propuesto no perder y que ahora parecía volver a sus pulmones.

No bien estuvieron fuera de peligro, Marion corrió a ver a Petro. No podía creer lo que ocurría. A su lado, el cuerpo de su querido capitán yacía inconsciente.

—¡Lucio! —llamó.

El contramaestre acudió de inmediato.

—¿Qué ciudad está más cerca?

—Bramos.

—Debemos ir hacia allí de inmediato. Está muy débil, algo debe estar muy mal...

—Sí, Marion. Por supuesto.

De ese modo, junto con el contramaestre, condujeron la nave hasta Bramos, en donde tan pronto hicieron puerto buscaron un médico. El botalón había fracturado las costillas del capitán y una de ellas había perforado uno de sus pulmones. De no haber sido porque recibió atención a tiempo, habría encontrado la muerte en alta mar. Por fortuna, aunque le esperaba una lenta mejoría, llegaría a recuperarse. Permaneció tendido en la cama de la posada de Bramos durante dos días. Al tercero abrió los ojos para encontrar que Marion velaba su descanso. Intentó hablar, pero antes de que pudiera decir nada, ella se ocupó de explicarle lo que le había sucedido y dónde se encontraban.

—Marion... —murmuró.

—No hables... Es mejor que...

—Tienes que escucharme atentamente.

Se quedó en silencio.

—Necesito que me hagas un favor... muy importante.

—Lo que sea.

Mientras Petro hablaba, las lágrimas le nublaban la mirada. Marion pensó que debía estar muy dolorido. No eran de dolor.

El día anterior a que zarparan, Petro se había encaminado a un pequeño pueblo a cuatro horas de Balbos. Allí se había encontrado con Raimos, un valioso miembro de la Cofradía, para que le diera la lista con los nombres de quienes estaban dispuestos a embarcarse con ellos a Aletheia. Estaban en su casa, discutiendo las últimas novedades, cuando el comandante Taro y cuatro de sus hombres irrumpieron por sorpresa. El capitán Landas estaba bien entrenado, pudo ofrecerles resistencia. Raimos no corrió la misma suerte. En medio de la lucha un proyectil atravesó su pecho. Fueron varios minutos de combate. Finalmente Petro logró imponerse y escapar a salvo. Sin embargo, las palabras que Taro pronunció antes de que se fuera habían quedado grabadas en su memoria: "Nos volveremos a ver, *capitán*". Sabía que no pasaría mucho tiempo hasta que el comandante lo encontrara de nuevo. Durante el viaje de regreso a Balbos, pensó en Marion y en cuánto la amaba. Entonces recordó la noche en la que partieron de Lethos y reparó en que cuando Taro lo encontrara, también la encontraría a ella. Se había convertido en una carnada. Mientras permaneciera a su lado, no haría otra cosa que ponerla en peligro. Fue durante aquella cabalgata larga y dolorosa que Petro decidió que, tan pronto pudiera, vería la manera de alejarse.

De acuerdo con lo que le había dicho Petro, Marion debía llevar unos papeles a Chor. Lo que no sabía era que en ellos se detallaban nombres y datos relevantes para la Cofradía. En caso de que los documentos cayeran en manos equivocadas, las personas involucradas terminarían muertas. La información tenía que llegar rápida y segura ya que el encargado de recibirla partiría con destino a Knur en el transcurso del día siguiente. Aceptó la tarea sin cuestionamientos. Confiaba ciegamente en el hombre que amaba.

Partió a caballo al atardecer y llegó a Chor cerca de las cuatro de la madrugada. Se dirigió al lugar que Petro había descrito y llamó a la puerta. Una figura en tinieblas extendió la mano al otro lado y, una vez que tomó el paquete, cerró la puerta sin decir palabra. Marion emprendió el regreso y, medio día más tarde, se encontró de nuevo al lado de su capitán.

Lo acompañó durante tres días. Al cuarto, Petro estuvo lo suficientemente recuperado como para poder sostenerse en pie. Caía la noche cuando dijo que iría por un poco de agua. Aunque ella se ofreció a hacerlo, él se negó rotundamente. "Querrá salir un poco de la habitación", pensó.

Pasado un rato Petro regresó con una jarra y dos vasos. Tomaron y comieron algo y, mientras Marion conversaba, el capitán no hacía más que mirarla. Estaba serio, abstraído.

—¿Pasa algo? —le preguntó ella en varias ocasiones, a lo que Petro tan solo respondió que se sentía molesto a causa de la herida.

Se durmieron abrazados. Pero cuando Marion despertó, estaba sola. La habitación estaba en penumbras y una nota la aguardaba sobre la mesa.

Sabrás entender que soy una persona solitaria.
No hay en mí lugar para los dos.
Con el tiempo entenderás que ha sido lo mejor.

Si tan solo Marion hubiera podido ver las lágrimas con las que Petro acompañó cada trazo de la pluma en el papel… Escribió palabra por palabra atormentado, mirándola con ternura, sintiéndose infinitamente culpable por haberle puesto la droga en la bebida que la haría dormir casi dos días. Necesitaba tiempo para reclutar a su gente, preparar la nave y estar lejos para cuando ella despertara. "Debo ser lo más cruel posible. Necesito que crea que no quiero estar con ella. Necesito que me odie para que no me busque", se repetía, y cada dos o tres palabras que grababa en el papel, se levantaba para acariciarle el pelo y en su lengua le decía *Sdrago, sdrago*. Perdón, perdón.

Terminó la carta, le besó los labios por última vez y cerró la puerta con la debilidad de un hombre que ha perdido todo. A la tripulación le dijo que Marion había decidido ir en busca de nuevos horizontes. Aunque se entristecieron con la noticia inesperada, después de la destreza que había demostrado al conducir la nave durante la tormenta, sabían que estaba preparada para escribir su propia historia. Antes de abordar el *Ketterpilar*, Petro hizo una parada para encontrarse con un viejo conocido y encargarse de una última tarea. Después, abordó la nave y se alejó a toda prisa de la costa.

Marion sostuvo en sus manos la carta de Petro durante varias horas. Con ella recorrió el hostal sin creer lo que decía. Surcó las calles de la ciudad, tratando de entender las palabras que se clavaban en su mente, filosas como sables. No podía ser cierto. Petro la debía estar esperando en algún sitio para reiniciar el viaje. Se trataba solo de una broma pesada. Sí, no cabía otra posibilidad. Se enfadaría unos instantes, Petro le pediría disculpas y luego reirían abrazados. Llegó al puerto con el último aliento. Examinó el espacio con la desesperación de un niño que ha perdido a su madre y, al no encontrar el *Ketterpilar* donde debería haber estado, se dio cuenta de que no estaba soñando, de que realmente Petro la había abandonado de la manera más cobarde y cruel posible.

Pasó la tarde con la mirada fija en el vacío que había dejado el barco. Tragó saliva con amargura y no derramó una sola lágrima. Juró que ya nada le haría daño. Sintió que el corazón se le secaba irreparablemente y esperó.

Cayó la noche y todavía estaba allí, con la mente en blanco. Ni un solo pensamiento se animaba a cruzar por su cabeza. Nada. La absoluta y terrible nada.

—¿Capitana Marion?

La voz de un hombre a quien no había visto nunca la sorprendió a sus espaldas. Se dio vuelta para enfrentar a un sujeto bajo, con gafas y nariz puntiaguda, que la miraba con expectativa. Se preguntó quién demonios era, cómo la conocía y, sobre todo, por qué la estaba llamando "capitana".

—Petro Landas me dijo que habría de encontrarla aquí.

Enmudeció. Quien le hablaba era Dardo Orione, un acaudalado empresario de la ciudad de Bramos. El hombre explicó que hacía tiempo que estaba buscando un capitán para su barco, el *Dinah*. El capitán Landas había hablado con él un par de días atrás y le había indicado que fuera esa noche al puerto, que allí encontraría a la capitana Marion, quien estaba perfectamente calificada para el puesto.

—Lo haré —aceptó, incluso antes de que el hombre terminara de explicar los detalles del encargo.

Una semana después, el *Dinah*, con veintiséis hombres y Marion al timón, zarpaba de ese mismo puerto. La vida, una vez más, le había cambiado la marea.

Cuando el sol se desangró sobre la cuchilla del horizonte aquella tarde, Marion sintió que ya nada quedaba de la muchacha que se había embarcado en el *Ketterpilar* ocho años atrás. El último vestigio de inocencia había quedado prendido de aquella habitación en Bramos. Estrujó la nota que le había dejado Petro y la tiró al mar sin remordimiento. Había cambiado la piel, como las serpientes, y había dejado ir en la anterior una alegría que no recuperaría en mucho tiempo.

Así fue como el *Dinah* se transformó en el primer hogar de la nueva Marion: la capitana Marion. La que logró una increíble reputación en todos los mares como experta, valiente y temeraria. Capaz de hacerle frente a las peores tempestades, a los hombres más fornidos y a los más inteligentes. La capitana Marion, mujer de mares y de vientos, de carácter frío y autoritario, irónica y mordaz —decían los hombres—, y con el corazón de piedra.

ALETHEIA

Al mismo tiempo que Marion cambiaba el curso de navegación rumbo a Aletheia, un pájaro llegaba trayendo un cordis desde Rivamodo. Era de Rudi y decía que Taro y sus hombres habían desaparecido misteriosamente un par de días atrás, con un llamativo equipo de montaña. Tanto Augur como Marion confirmaron sus sospechas de que tarde o temprano irían en busca del cóndor a la Montaña de Liz.

Se arriaron las velas y se aceleró la marcha hacia las islas Inhóspitas, guardianas del secreto de Aletheia. Fueron tres días de mar benevolente. Los ánimos dentro del *Ketterpilar* estaban exaltados. Todos sabían que, de darse las cosas como habían planeado, habrían de escribir un nuevo capítulo en la historia. Augur estaba irreconocible. Su habitual calma había desaparecido para dar lugar a una ansiedad permanente. Marion intentó mantenerse fuera de su alcance. Si el Augur parsimonioso la irritaba, este nuevo la sacaba aún más de quicio.

Xavier había estado esquivo desde el incidente en la cocina. Se dirigía a Marion con amabilidad y respeto, y ponía siempre un manto de frialdad en su trato. La capitana estaba conforme. Prefería que las cosas se mantuvieran así. Rey ya revoloteaba entre los velámenes inflados por el viento, totalmente recuperado. A veces parecía como si él también estuviera ansioso de lo que les esperaba en la isla. Según las coordenadas, se acercaban más y más a destino. Curiosamente, a medida que avanzaban, el clima se iba tornando menos amistoso, lo que los puso en alerta. El mar dio los primeros indicios: al principio de un azul intenso y cristalino, se fue volviendo gris y turbio. Inexplicables olas que surgían de la nada se estrellaban contra el barco y el cielo, que en los días pasados había estado celeste y despejado, se mimetizó con el mar, forrado de nubes bajas y mullidas. De vez en cuando se oía un trueno o se veía el resplandor de un rayo, pero la promesa de tormenta no se cumplió. Hasta el viento, que había soplado convenientemente hacia el noreste durante la mayor parte del viaje, pareció soplar en todas direcciones. Marion nunca había visto cosa igual.

Así como cambió el ambiente, cambiaron los ánimos. El clima de exaltación y regocijo se tornó oscuro y melancólico. Los marineros casi no se dirigían la palabra y por dentro comenzaban a dudar si era una buena idea dirigirse hacia aquellos dominios misteriosos. El súbito cambio de escenario les erizaba la piel. Sabían de todas las leyendas tejidas alrededor de las islas y una señal tan evidente como aquella que les daba el clima lo único que hacía era acrecentar sus miedos. Para cuando divisaron las primeras formaciones de roca, ya casi todos habían internamente desistido de bajar. Tan solo Augur, a pesar de tener también sus reservas, y Marion, protegida por su escepticismo, estaban dispuestos a arriesgarlo todo en pos de desentrañar los secretos de la isla.

—¡Augur! —llamó ella—. ¿Cuál cree que sea la indicada? —dijo señalando las tres siluetas que comenzaban a delinearse entre la niebla.

Augur aguzó la vista y marcó la que estaba sobre la derecha.

—Aquella —contestó sin dudar—. Mire sobre los árboles.

La isla estaba cubierta por una gran nube que parecía moverse con extraña autonomía.

—Pero si son pájaros... —balbuceó Marion.

—Exacto.

—Veamos qué estrategias usaremos para el desembar...

Pero antes de que pudiera terminar la frase, el *Ketterpilar* crujió con un grito de madera y se detuvo sobre un mar calmo hasta la muerte.

—¡Pero qué diablos! —bramó Marion desde el suelo.

El resto de los tripulantes, que estaba en las mismas condiciones, se miró con espanto a la espera de que algo más pasara, pero nada más pasó. El *Ketterpilar* se había detenido y, a pesar de que lo intentaron todo, no parecía querer volver a navegar.

—Tendremos que utilizar los botes —anunció Augur.

Marion, de acuerdo con su acompañante, dio la orden de prepararlos. Tardaron media hora en cargar las provisiones y el equipo necesarios. Augur fue el primero en abordar, seguido de Xavier. Marion pensaba ser la última en hacerlo, pero nadie sucedió al piloto. Ni siquiera Rey, que estaba apostado sobre el palo mayor.

Los muchachos se miraron entre sí. Marion observaba la escena sin entender. Molinari, que iba a quedarse con Henri en el barco, se dirigió a los marineros:

—¿Es que no piensan abordar?

Los muchachos bajaron la cabeza con vergüenza.

—Muy bien —concluyó Marion, no sin antes intercambiar una mirada con Augur—. Será hasta la vuelta.

Varios minutos más tarde aún podían escucharse las encendidas palabras de Molinari hacia los acobardados marineros. En el fondo, los tres aventureros entendían sus razones. Ni siquiera ellos tenían en claro qué los empujaba a seguir adelante. A medida que se acortaba la distancia hacia la meta, la neblina crecía y el mar se transformaba en un estanque espeso. Augur extrajo de una de las bolsas una pesada lata con comida y la dejó caer al agua. La lata quedó flotando delante de sus ojos.

—Como lo supuse... —dijo—. El nivel de sal debe ser muy elevado...

Ni Marion ni Xavier hicieron comentarios al respecto. Prefirieron mantener los sentidos alertas a estudiar el nivel de salobridad del mar. A su alrededor reinaba un silencio sepulcral, magnificado por la visión espeluznante de la isla.

—Es curioso que no se escuche el canto de los pájaros —observó Marion, minutos antes de alcanzar la costa.

—Es verdad... —coincidió Augur, que había regresado a su actitud medida.

En efecto, era extraño que aquel grupo numeroso de pájaros que se advertía desde la distancia no emitiera sonido alguno. Divisaron una pequeña porción de playa y hacia allí se dirigieron. Amarraron el bote y descendieron, rodeados de una atmósfera muy peculiar. Estaba húmedo y hacía calor. Frente a ellos se erguía una pared de árboles añosos, cubiertos por lianas milenarias.

—Acogedor, ¿eh? —bromeó Marion, en un intento de romper el hielo.

Tanto Augur como Xavier respondieron con una risa nerviosa.

—¿Y ahora? —preguntó la capitana mientras tomaba una de las mochilas del interior del bote.

—Déjeme ver qué dice el códice de Noah...

Augur estaba pasando las hojas cuando comenzaron a oírse unos extraños sonidos que parecían acercarse desde la distancia.

—Parecen...

—Voces...

Entonces una extraordinaria bandada de pájaros llegó desde el interior de la isla, acompañada de un resplandor sobrenatural que teñía la atmósfera con un rosado magnetismo. Los animales brillaban en el aire con luminiscencias propias. De sus picos nacía el canto más hermoso que jamás hubieran escuchado. En nada se parecía al trino común de ningún ave, sino que se asemejaba a la voz de un niño entonando una canción triste y melancólica. Los tres se entregaron al hipnótico trance en el que se vieron envueltos. Los ojos se les cerraron y sus corazones sintieron la tranquilidad de los que ya no esperan. Después de unos minutos, el canto, que al principio había sido tan solo una serie de murmullos sin sentido, comenzó a transformarse en una profecía. Marion estaba tan embelesada que casi no se dio cuenta de que, de un momento a otro, fue capaz de entender lo que decían.

Son tres y dos los bienvenidos,
son tres y dos que pasarán.
Al árbol del Norte
han de ir primero,
al umbral de la muerte,
donde habrán de juzgar,
si al árbol del Oeste
podrán llegar con vida,
si el árbol del Sur
conocerán,
si en el árbol del Este
los espera el destino,
y si vuelve la muerte,
la vida encontrarán.

Cuando los pájaros partieron, ninguno de los tres estaba seguro de cuánto tiempo había pasado. No tuvieron que decirse nada, de alguna manera estaban preparados para que de allí en más las cosas sucedieran de manera inexplicable. Sabían lo que habían escuchado y debían tratar de averiguar lo que significaba.

—Debemos ir al árbol del Norte —explicó Augur, como si ya todos supieran de lo que estaba hablando—, Quercus Robur, donde habita la Hermana Negra. Aquí está todo, en el códice de Noah.

Augur mostró una de las páginas, en las que había un sencillo mapa de la isla, donde podían verse cuatro árboles gigantes en sus extremos Norte, Sur, Este y Oeste.

—Al parecer en cada punto de la isla hay un árbol magnífico, donde habitan las Hermanas del Alba —dijo—. El del Norte se llama Quercus Robur, y allí encontraremos a Charcal. Los pájaros han dicho que debemos ir a él primero.

—¿Y qué quisieron decir con eso de que solo dos son bienvenidos? —preguntó Marion preocupada.

—Pues sinceramente no lo sé —se lamentó Augur—. Pero estoy seguro de que no tardaremos en averiguarlo. En marcha. —Sacó la brújula que llevaba en su bolsillo y comenzó a caminar.

Se adentraron en la tupida vegetación. Bajo sus pies un extraño vapor surgía del suelo y les impedía ver dónde pisaban. Marion seguía pensando en los primeros versos de las aves: "Solo dos son bienvenidos". Estaba segura de que si alguien sobraba en aquel trío, era ella. Sus compañeros creían en el fin noble de aquella travesía, mientras que ella tan solo se había embarcado en busca de nuevas aventuras que le encendieran el alma y le redituaran un poco de dinero. Aunque, pensándolo mejor, quizás en algún rincón albergara la esperanza de que todo resultara cierto, y que el descubrimiento del legado de Ménides cambiara la situación en la que se encontraba Knur. No pudieron asociar los sonidos que escucharon durante el trayecto a nada conocido. Se preguntaron qué podría ser lo que engendraba semejantes gritos, pisadas y susurros. A veces tenían la sensación de que el suelo respiraba, latía o que hasta incluso se aclaraba la garganta. A su paso veían escabullirse todo tipo de animales con formas y pelajes fantásticos, de colores encendidos o negros como el azabache. De vez en cuando algunas aves de grandes dimensiones pasaban a su lado y los miraban, como si pudieran dirigirles la palabra.

Caminaron durante un buen rato. Suponían que habían pasado varias horas desde que dejaron la playa, pero no podían saberlo con exactitud porque la luz no había variado en absoluto. La isla estaba sumida en una resolana perenne, en un grisáceo devenir que parecía haber detenido el tiempo. No sentían hambre ni sed y, para su asombro, tampoco sentían el peso del cansancio.

De a poco la vegetación se hizo más escasa y pudieron ver, entre la niebla y el vapor, un montículo elevado de tierra sobre el que se erguía un inmenso árbol negro, cubierto por lianas y plantas aéreas. Sobre su copa revoloteaban enormes cuervos carroñeros que emitían gemidos parecidos al llanto.

—Quercus Robur... —susurró Augur emocionado.

Los aventureros se detuvieron a pocos metros del tronco.

—¿Y ahora? —preguntó Xavier mientras miraba en derredor con desconfianza—. Algo me huele...

En ese momento los cubrió la oscuridad, como si en cuestión de segundos se hubiera cernido sobre ellos la más cerrada de las noches. Casi de inmediato los cegó un extraño resplandor. Cuando la luz disminuyó, pudieron advertir que, del corazón mismo del árbol, surgía la silueta de una dama.

Marion, que estaba unos pasos por delante de Augur y de Xavier, alcanzó a ver su rostro, severo y amenazante. Estaba ataviada con una pesada malla de acero y sostenía en una de sus manos un cayado. El curioso bastón se ramificaba al llegar a su extremo en una miniatura exacta del árbol que tenía a sus espaldas.

El silencio conquistó hasta el último de los rincones y el aire se tornó helado, tanto que al respirar una columna de vapor salía de sus narices y gargantas.

La mujer miró a Marion como si pudiera escudriñar su alma, luego levantó la mano derecha y, para espanto de la capitana, con un movimiento de muñeca arrojó a Augur y a Xavier al suelo, que cayeron duros como piedra.

—¡¿Pero qué...?!

Quiso ir a socorrerlos, pero una extraña fuerza le impedía moverse.

—¡Déjeme! ¡¿Qué...?!

—No hay nada que hacer —anunció Charcal con su inquietante voz, que parecía salir del hueco sonoro de la madera—. Es a ti a quien quiero hablarle.

—¿Por qué? —preguntó desconcertada.

—¿Por qué no? —replicó Charcal con indiferencia.

Sin que Marion entendiera cómo, en un abrir y cerrar de ojos la mujer se halló a su lado.

—Marion, ¿qué buscas?

El mundo en derredor comenzó a girar. Cientos de respuestas se dispararon en su mente y ninguna parecía ser lo suficientemente buena. Más que una pregunta, aquello parecía un acertijo. Podía escuchar su corazón desbocado palpitándole en el pecho y la sien que, parecía, iba a explotarle en mil pedazos. Finalmente, presionada por la situación, escupió lo que pareció más acertado:

—A ti.

—Ya me has encontrado —replicó Charcal—, y aun así tu corazón no está satisfecho.

Marion no supo qué decir.

—Volveré cuando tengas la respuesta.

La mujer desapareció, llevándose la oscuridad consigo, y el ambiente volvió a la resolana atemporal y la humedad insoportable. La capitana parpadeó como despertando de un mal sueño e, inmediatamente, se volteó para buscar a sus compañeros. Pero ya no estaban allí. En el lugar donde los había visto caer se encontraba un mullido colchón de hojas muertas, hojas que el viento había arrancado al gran Quercus Robur, que, impasible, se dejaba acariciar por la brisa mortecina a su costado.

Habían pasado varias horas y Marion seguía dándole vueltas al asunto. Se había sentado sobre un tronco seco, a pocos metros del árbol. "¿Qué busco?", se repetía, y la invadían otro tipo de cuestiones, como qué sería de sus compañeros, si estarían muertos, o por qué habían sido ellos las víctimas del capricho de la misteriosa aparición. Iba y venía de un pensamiento a otro e intentaba encontrar las respuestas que la ayudaran a resolver el acertijo. Después de mucho tiempo, dejó de preguntarse. Tenía la mente exhausta. Se sentía sola, sentimiento que no había experimentado desde aquella tarde en Bramos cuando no encontró el *Ketterpilar* donde se suponía que tenía que estar. Había estado sola desde entonces, pero nunca más se había sentido sola. Quizás fuese que había llegado a acercarse a Augur y a sus ideas, y que admiraba su nobleza y buena voluntad, lo que la llevaba ahora a darse cuenta de lo mucho que valoraba su compañía.

Dejó la mente en blanco. Evidentemente volvería por donde había llegado y no sabía qué explicación habría de darles a los muchachos sobre lo acontecido en la isla. A su alrededor, los pájaros temibles revoloteaban en círculos y se dejaban mecer por los antojos del viento. Incontables hojas caían de las ramas del árbol milenario y se mecían, también, a contratiempo de las aves. Entonces, en medio del silencio, del fondo mismo de su mente, aparecieron una a una las palabras recitadas por la voz de la memoria... *Fi go trasveras ut mal amoras... Fi go trasveras ut mal amoras, ot ge thoslío...*

—¡*Fi go trasveras ut mal amoras, ot ge thoslío!* —gritó—. ¡Es la verdad lo que buscas, no el olvido!

En ese preciso instante volvieron la oscuridad y el frío y Charcal irrumpió desde la nada misma, apareciéndose al lado del tronco en donde se hallaba.

—¿Qué buscas? —volvió a preguntarle.

—La verdad —contestó Marion poniéndose de pie.

—No es poco. ¿Estás preparada para la verdad?

Con otro movimiento de muñeca, Charcal hizo aparecer los cuerpos de los dos hombres. Ambos flotaban en el aire viciado de la noche. El cielo crujió en un trueno amenazante y la hechicera volvió a hablar con aquella voz llena de armónicos y reverberos:

—He aquí tu dilema: solo uno podrá ir contigo en el camino a la verdad. Elige sabiamente y te daré la llave al próximo destino.

Allí estaban, Xavier, el muchacho valiente y arriesgado que había intentado ganar su corazón, y Augur, el hombre que daría su vida por llegar al final del laberinto. No había mucho que pensar y tampoco quería detenerse a preguntarse qué pasaría con aquel a quien no escogiera. Tenía que elegir y era doloroso, pero sabía muy bien qué era lo correcto.

—Augur.

Tan pronto pronunció su nombre, el cielo y el tiempo volvieron a ser los mismos. Su amigo se encontraba de pie a su lado. Charcal y Xavier habían desaparecido. Antes de que pudieran decirse nada, una de las hojas de Quercus Robur cayó planeando hasta posarse sobre la mano extendida de la capitana. En ella había grabada una leyenda:

Al Oeste, lo que es bello hiere y lo que no, redime.

Ambos se miraron.

—¿Al Oeste? —preguntó Augur, con la voz temblorosa.

—Al Oeste —confirmó Marion, y lo tomó del brazo.

El hombre le correspondió con una mirada de afecto. Sabían que de allí en más serían solo ellos en el camino a la verdad.

—Augur... —soltó Marion, después de un largo rato en el que caminaron en silencio—. ¿Cree que Xavier...?

—No lo sé —la interrumpió—, y será mejor que no saquemos conclusiones... Ya se habrá dado cuenta de que aquí las cosas no son lo que parecen...

—Quizás tenga razón —aceptó ella, y siguió caminando, un poco más animada.

Su compañero miraba con curiosidad la brújula. Al cabo de un rato se la pasó.

—Capitana, échele un vistazo a esto.

La aguja marcaba el camino hacia el Oeste.

—No sé por qué no me sorprende —confesó Marion—. Aquí las cosas se rigen por sus propias reglas.

Se detuvieron cuando la vegetación cambió. El suelo, cubierto de plantas, moho y vapor, se convirtió en una llanura de pasto tierno y cuidado, en donde incluso se animaban a crecer algunas flores. Al principio pisaron el nuevo paisaje con recelo, pero al cabo de unos momentos se sintieron más confiados y pudieron apreciar el cambio en el ambiente. Había insectos zumbando a su alrededor, pájaros hermosos y grandes mariposas. Después de caminar varios kilómetros, vieron la figura de un árbol altísimo. Al aproximarse pudieron admirar sus ramas perfectas y sus hojas de plata.

—No hay duda de que este es Kaer Quez —aseguró Augur mientras leía los apuntes en el códice de Noah—. Aquí habita Beala, la Hermana Blanca.

—¿Y qué se supone que...?

Pero antes de que Marion terminara su pregunta, una impactante aparición los dejó boquiabiertos: un pájaro monumental, de esbeltas formas y agraciado plumaje, descendió desde lo alto. Sobre su lomo, una mujer que brillaba como un ser celeste los saludaba con la mano. No bien tocaron el suelo, la hermosísima joven de largos y sedosos cabellos se acercó y los miró con dulzura.

—Bienvenidos —les dijo con su voz menuda—. Bienvenidos a mi hogar.

Entonces Beala extendió su brazo con la palma al cielo, indicándoles el camino hacia el interior del árbol.

KAER QUEZ, EL ÁRBOL BELLO

Al traspasar el arco tallado en la madera, Marion sintió que había abandonado un mundo por demás complejo para ingresar a otro más complejo todavía. En derredor todo era claro, amplio, infinito. Zumbaba en su pecho una extraña sensación de alegría, de placer, de calma. Se volteó para decirle algo a Augur, pero Augur no estaba allí. No se preocupó. Preocuparse era ahora algo imposible. Cuando volvió a mirar hacia adelante, el entorno se había transformado en lo último que esperaba encontrar en el interior del árbol.

Estaba en su casa. En la mansión de Lethos donde había crecido, la misma en donde había sido tan feliz al lado de sus padres. El salón estaba espléndido, como cuando lo preparaban para una gran fiesta. Los espejos en las paredes se devolvían, en un juego interminable, las imágenes del magnífico escenario y las repetían una y mil veces en su profundidad inventada. Seis arañas de cristal destellaban y soltaban tintineos que le recordaban las tardes de juegos con los niños en verano. Marion se sentía etérea, frágil, delicada. Al girar se enfrentó con su reflejo. Tuvo que acercarse para comprobar que era de ella la imagen que el espejo devolvía. Tanteó su ropa en un intento de probar que sus ojos no mentían. Estaba irreconocible. Tenía puesto un vestido de color marfil, de escote amplio y falda acampanada. También llevaba al cuello un colgante de zafiros y, en las manos —cuidadas como no creía habérselas visto jamás—, dos anillos de oro y esmeraldas. Su cabello estaba atado en una media cola y tenía maquillados los ojos y los labios. Nunca antes se había visto así. No supo cuánto tiempo se quedó de pie admirando su nueva imagen. La despertó el sonido de las notas en un piano que traían en el aire una vieja melodía. Se trataba de la misma que había tocado tantas veces en las tardes de su juventud. Caminó, los pies descalzos, hacia la sala de música y abrió las puertas para encontrarse con que, sentado al piano, estaba Jeremías Nolte, tal y como lo había visto la última vez. Tocaba la canción que estaba aprendiendo cuando escapó de allí doce años atrás.

Jeremías la invitó a sentarse junto a él. Tocaron a cuatro manos con destreza. Después de unos compases, Marion se equivocó y los dos rieron, para luego reanudar la canción desde el principio. La luz del mediodía entraba por los ventanales. Estaba cálido y en el aire flotaba el persistente aroma de las madreselvas que cubrían las paredes de la casa. Todo funcionaba como si su presencia allí fuera natural y cotidiana. Tuvo la extraña sensación de haber vuelto a su casa en el mismo momento en el que la había dejado. Quizás el árbol le daba ahora la posibilidad de retomar su vida en aquel punto en el tiempo.

—¿Hija? —llamó una voz dulce desde la otra sala—. ¿Estás ahí?

Marion se dejó llevar. Sintió cómo poco a poco en su mente se borraban los recuerdos y comenzaba a creer que su vida de mar había sido un sueño largo y nebuloso. Aquella realidad inventada era la única y verdadera que no había dejado nunca.

—¿Mamá?

A la habitación entró su madre, esbelta y elegante. Se abrazaron con afecto y se dirigieron a la sala tomadas del brazo. En su mente ya no estaba el recuerdo de que ella había muerto ni las circunstancias en las que lo había averiguado. No recordaba que estaba dentro de un árbol en la isla de Aletheia ni que había llegado allí junto con un hombre llamado Augur. Pasaron las horas. Tejió con su madre, paseó con Jeremías por la glorieta. Él le regaló una flor que luego se prendió en el pelo para perfumarse. La imagen de Cobra la asaltó de repente. "¡Cobra! ¿Dónde está mi yegua?", se preguntó.

Se despidió del joven y corrió hacia los establos. ¡Qué alegría mirarse en los ojos brillantes de su vieja amiga! La peinó con cariño, así como solía hacerlo por las tardes cuando el sol caía. Encontraba relajante pasar el cepillo por las crines y podía hacerlo durante mucho tiempo sin cansarse. Fue entonces cuando oyó las voces y vio las luces en el cuarto de las monturas. Aquel cuarto que la había conducido a la verdad la noche en la que se corrió el velo de ingenuidad que mantenía oculto el horror de su familia.

La invadió una extraña sensación. Una voz interior le decía: "Haz de cuenta que no has visto ni escuchado nada. Seguramente no hay de qué preocuparse".

Marion siguió acariciando al animal mientras tarareaba la canción que aquella tarde había tocado con Jeremías. Vio las sombras de las dos figuras a metros de donde se encontraba, sin darles importancia. "Quizás son amigos de mi padre", pensó, y tuvo la curiosa sensación de que estaba rejuveneciendo. Volvía de a poco a sus diecisiete años. Pronto se convertiría en quien había sido al dejar su casa y continuaría suspendida en ese falso mundo de comodidades, sin recordar nunca quién había sido, ni siquiera que lo que vivía era tan solo una ilusión para distraerla de su meta. Se trataba de una prueba difícil. Muchos fueron los que jamás salieron del árbol y quedaron suspendidos en sus mundos idílicos e irreales, atraídos por la eterna satisfacción de lo perfecto. Marion estaba camino a convertirse en un alma más de las perdidas cuando de pronto algo resonó en su cabeza.

—¡Marion! —una voz familiar la llamaba, pero no podía distinguir bien a quién pertenecía—. ¡Marion! —escuchó otra vez, aún más claro.

Era la voz de un hombre.

—Lo que es bello... —entendió, sorprendida de estar recibiendo mensajes en su mente—. ¡Lo que es bello hiere y lo que no, redime!

"¿Pero qué...? ¿Qué significa todo esto...? —se preguntó—. Lo que es bello hiere y lo que no, redime...".

Entonces llegó el momento en el que tuvo que elegir. Como si en su mente se hubieran trazado dos caminos, en un segundo de inexplicable angustia, Marion se debatió entre abrir su caja de dolores o mantenerla cerrada para siempre. Fiel a su naturaleza, se esforzó por recordar.

Detrás de sus pupilas se dispararon un sinfín de imágenes. Un hombre alto, el lomo de una ballena, un cuajo, dos niños comiendo fruta en la eternidad de un cuadro, la portada de un libro blanco con letras doradas, una señora de pelo rojo en una habitación en Tertor, una mariposa a contraluz, un mapa en una lengua, el balcón de Balbos, unos ojos más azules que el mar, un pájaro enorme bajando de la copa de un árbol de plata, una puerta que se abría y, finalmente, casi rozando su nariz, el rostro de su padre.

—¡No! —gritó la capitana regresando de su sueño.

Estaba bañada en sudor. Entonces, recobrando el sentido, repitió en su cabeza el acertijo: "Lo que es bello hiere y lo que no, redime". Consciente de lo que tenía que hacer, caminó hacia el cuarto contiguo a los establos. Corrió los fardos de alfalfa y encontró la trampilla. Bajó uno a uno los peldaños y buscó en sus entrañas la fuerza que necesitaba. Respiraba con dificultad, las gotas de transpiración le corrían por la cara. De camino se arrancó una a una las alhajas, se ató el pelo en una cola, y se quitó el vestido para quedarse tan solo con la camisa y la enagua. Sentía que todo aquello le pesaba como plomo: la había convertido en alguien que no era. Se encontró frente a la puerta a la que había regresado tantas veces en sus pesadillas. Del interior provenían los gritos que había escuchado aquella noche trágica y se le erizó la piel. "Tengo que enfrentarlo. De ninguna otra manera podré salir de aquí", pensó.

Rozó el picaporte con el dedo, y la puerta se abrió como impulsada por un mecanismo invisible. Los gritos cesaron. Para su asombro, la habitación estaba desierta y en penumbras. En una de las cuatro hogueras ardía una llama casi imperceptible. Dio unos pocos pasos con cautela. Estaba entrando en terreno desconocido. El súbito silencio le había dado al ambiente un tono tenebroso. Podía escuchar cómo el aire entraba y salía de su cuerpo. Fue entonces cuando la puerta se cerró de un golpe.

—Stella... —la voz de su padre resonó en la mazmorra.

Parado junto a la gran columna, la miraba con ojos suplicantes.

—Stella, hija...

Hacía tanto tiempo que nadie la llamaba por su nombre, que ya casi lo había olvidado por completo. Stella Marion, la hija del mercader, había muerto hacía ya tiempo y ahora aquel espectro la invocaba como en un conjuro, la devolvía del mundo del olvido para que dialogara con él una vez más.

Marion lo miraba con desprecio. Había logrado armarse de un manto de soberbia que la protegía.

—Hija, no me mires así... —le suplicó él, doblado de remordimiento.

A ella no le daba pena. Al contrario, verlo en aquel estado no hacía otra cosa que aumentar su enojo.

—Stella, tienes que entender... No era mi intención hacerle daño a nadie... Al contrario... Todo lo hice en el afán de proteger a la familia... Para darles las comodidades que tu madre y tú se merecían...

—Yo no necesitaba más que una familia honrada —retrucó Marion, con un nudo en la garganta—. No intente disfrazar con buenas intenciones la bajeza de sus actos.

—¿Cómo puedes hablarle así a tu padre?

—No encuentro otra manera.

—Hija, por favor... —el hombre cambió levemente su actitud—. No creo que lo que haya pasado sea tan grave como para que me trates de esta forma...

—¿Desde cuándo se preocupa por los tratos, padre? No parecían importarle cuando había cien personas atadas a esa misma columna...

—Pero, hija...

—No me llame hija.

—Stella...

—Ya no me llamo así.

El mercader quedó desorientado durante unos segundos. Luego continuó:

—No se trataba más que de esclavos, Stella... Morirían de hambre o de miseria tarde o temprano...

—No quiero escuchar los horrores que dice quien me ha dado la vida —lo interrumpió—. Me avergüenza. Lo he enfrentado, cosa a la que le temía, por miedo a que el afecto lograra convencerme de que usted no era tan malo como yo pensaba. Temía que temblaran las razones que me impulsaron a escapar, a rehacer mi vida y así, poner en duda mi presente. Y no. Ya no tengo dudas. Lo desprecio y desprecio esta casa y las horas que viví gracias al esfuerzo y la sangre de los esclavos.

A medida que Marion hablaba, la imagen de su padre se tornaba más y más borrosa. Hacia la mitad de su discurso se había vuelto transparente. Bastaron estas últimas palabras para que el espectro se desvaneciera por completo dejando en su lugar un agujero que emitía una luz potente y tentadora. Con el corazón acelerado, cerró los ojos y se sumergió en la profundidad del brillante vacío.

Estaba una vez más bajo la sombra de Kaer Quez. Augur la sostenía por los hombros con expresión desesperada.

—¡Al fin ha reaccionado! —se alivió el hombre.

—¿Me estaba hablando? —masculló Marion, aún confundida.

—Sí, ha estado en trance demasiado tiempo. Pensé que ya no volvería... Estaba comenzando a preocuparme.

—¿Usted ha sido quien gritaba el acertijo?

—Sí. ¿Pudo escucharme?

—Es lo que me ha devuelto de la fantasía.

Se quedaron en silencio. Marion intentó repasar en su mente los extraños acontecimientos vividos en el árbol. Al cabo de un momento, un pájaro parecido a un cisne bajó de la copa de Kaer Quez; una de sus hojas de plata colgaba de su pico. Con gracia la depositó en el suelo y, no sin antes echarles una mirada curiosa, regresó a su nido. Augur la tomó y leyó:

Al Sur, la naturaleza demanda una solución certera.

Se miraron con intriga. Estaban demasiado cansados como para hacer conjeturas. Comenzaron a caminar hacia el Sur, adonde la brújula apuntaba ahora con precisión. Luego, Marion preguntó:

—Augur, ¿dónde apareció? Digo... dentro del árbol.

—En la casa de la Cofradía, en Chor.

—¿No se vio tentado de quedarse?

—En un principio sí... Pero al leer la inscripción en la puerta volvieron a mí las imágenes de nuestra travesía y recordé con precisión el acertijo. Afortunadamente pude reaccionar a tiempo.

—¿Y a qué tuvo que enfrentarse?

—A la papisa Ultz.

CASSANOS Y ANOUK

—**D**efinitivamente, este tampoco se ve muy amigable... —reflexionó Marion frente al árbol que, según el códice, se llamaba Cassanos.

Allí habrían de encontrar a Anouk, la tercera de las hermanas. El árbol no tenía una sola hoja, su esqueleto muerto se erguía amenazante en medio de la tierra estéril.

—Esto está realmente feo... —murmuró Augur mientras inspeccionaba los alrededores en busca de la mujer.

—Hace horas que no vemos ningún signo de vida. En esta parte de la isla está todo muerto —observó ella poniendo la oreja contra la corteza de Cassanos—. Parece que está hueco...

—Y hueco está —confirmó una voz que pareció surgir de la nada.

Augur y Marion se miraron, luego se voltearon cada uno a su lado para inspeccionar el entorno. No había nadie hasta donde alcanzaba a verse. A unos pasos del árbol yacía un tronco hueco sobre la tierra parecida a la ceniza. De su interior, desperezándose, salió un perro gris y viejo que se les acercó caminando con dificultad. El animal le inspiró ternura. Lucía sucio y mal alimentado. Marion no pudo imaginar cómo se las arreglaba para sobrevivir en aquel ambiente hostil.

—Ey, amigo, ven aquí —lo llamó la capitana, y se arrodilló para hacerle caricias en la parte de atrás de las orejas.

Augur continuaba buscando a la mujer.

—Gracias, hacía tiempo que nadie me rascaba la cabeza.

Marion se petrificó. Augur giró sobre su eje y ambos se quedaron con la vista clavada en el perro. Tenían los ojos tan abiertos que parecía que iban a salirse de sus órbitas.

—Un poco más a la derecha, por favor... —pidió.

Marion rascó torpemente donde le habían indicado.

—Gracias —dijo el animal, y se alejó un poco para observar a los visitantes—. Veamos qué tenemos aquí... Hace mucho que nadie llega a estos lados de la isla...

—¿Anouk? —preguntó Augur incrédulo.

—¡Ah! ¡Cuánto hace que nadie me llama por mi nombre! Sí, querido, soy Anouk. ¿Y tú cómo te llamas?

—Augur —respondió el hombre.

—¿Y tú, querida?

—Stella.

Marion se sorprendió de su propia respuesta. Su compañero la miró, sin entender por qué la capitana había dicho aquel nombre.

—Augur y Stella. Muy bien —Anouk parecía estar pensando al repetir los nombres—. Por cierto... ¿Qué les ha dicho Beala al salir de Kaer Quez?

—"Al Sur, la naturaleza demanda una solución certera" —reprodujo el hombre con precisión.

—Ah, sí, claro... Por supuesto. Bien. Sabrán perdonarme, pero los años no vienen solos, y menos para una perra como yo... Deberán encontrar la manera de regresar a Cassanos lo que se ha ido hace ya tiempo. Lo que da vida y limpia lo pasado, lo que los conducirá finalmente a Drus, el árbol del Este.

—¿Y qué se supone qué...?

Pero antes de que Marion pudiera terminar la frase, Anouk tosió y comenzó a pronunciar una serie de palabras incoherentes. De pronto se sintieron extraños. Algo les corría por las venas quemándolos por dentro.

—¡¿Pero qué diablos?! —se quejó la capitana y, con horror, comprobó que se hacía cada vez más y más pequeña y que su cuerpo mutaba sin que pudiera hacer nada al respecto.

Augur, por su parte, experimentaba el mismo desconcierto. Sintió cómo cada uno de sus músculos se contraía, hasta que su cuerpo quedó reducido a unos pocos centímetros. Después le pareció que se le ensanchaba el pecho, los brazos se le entumecían y sus piernas se afinaban. Tuvo la sensación de que su cabeza era comprimida por dos tablas y que su boca se endurecía y alargaba. El espanto lo asaltó cuando vio que de sus brazos, mutilados y deformes, comenzaban a brotar pequeñas espinas, de las cuales surgía una especie de pelusa en abanico. La explicación era en verdad simple: le estaban creciendo alas. Increíble como era, Augur se había transformado en un ejemplar de ibis. En su nueva condición de pájaro, giró la cabeza para ver a Marion. En su lugar encontró a un pez que se retorcía agónico. Por fortuna reaccionó con rapidez y, aunque le costó unos minutos controlar su nueva anatomía, tomó con el pico a lo que había sido alguna vez su capitana y, maravillado, echó a volar.

No fue largo el trayecto hasta llegar al mar. El pez casi no se movía. No bien estuvo por encima de las olas, el ibis abrió su pico y la dejó caer.

Marion se sintió como si hubiera estado sumergida y, al entrar en contacto con el mar, hubiera alcanzado al fin la superficie. El extraño revés cobró sentido cuando se detuvo a analizar la situación. "Soy un pez, por todos los mares", comprendió, e intentó ver su cola haciendo un complicado movimiento. Una vez aclimatada al entorno, observó que a través de la superficie podía verse el aletear de un ave. "Augur", pensó, y se alegró de, al menos, conservar el intelecto y la memoria.

Asomó la cabeza por encima de las olas y deseó que aún pudieran comunicarse.

—¡Augur!

—¡Qué bueno! —se alegró él—. ¡Podemos hablar!

El pájaro aleteaba frenéticamente para mantenerse volando sobre Marion. Ella tuvo que sumergirse de nuevo para recobrar el aliento.

—Augur… —dijo al regresar—, ¿qué soy exactamente?

—Creo que una lubina, capitana —le informó el ibis, y ambos echaron a reír, presa de los nervios y la desesperación.

—Fantástico.

—Ahora, no sé qué se espera de nosotros en estas condiciones...

—Agua —contestó Marion.

—¿Qué? —preguntó el ave, pero Marion se había sumergido nuevamente a respirar.

—¡Agua! —repitió al volver.

—¡Ah, claro! ¡Eso dará vida otra vez! —comprendió Augur—. ¿Pero cómo se supone que nosotros...?

—No lo sé. Pero esto de bajar a respirar me está volviendo loca. Encontrémonos aquí en un rato; mientras tanto, pensemos cada cual por separado.

—De acuerdo.

No podía explicar cómo ni por qué, pero Marion sentía que no era del todo extraño encontrarse en aquella situación. Recordó el sueño que había tenido días atrás, en el que se enfrentaba a un pez enorme con la voz de Augur. "Así que soy un pez", se dijo, y comenzó a nadar para registrar cómo se movían sus aletas y su cola, que reaccionaban con naturalidad a los comandos de su mente.

"¿Qué pasará si me sumerjo un poco?", se preguntó y, alejándose de la superficie, decidió aprovechar los beneficios de poseer branquias y se zambulló rumbo a las profundidades del océano. A medida que descendía, el espacio se iba haciendo más y más oscuro. También comenzaban a aparecer todo tipo de criaturas, grupos de peces pequeños y brillantes, algas, erizos y estrellas de mar. Vio también un pulpo que se movía con pereza sobre el lecho marino, levantando la arena a su alrededor. "Esto es realmente extraordinario".

Continuó su reconocimiento durante algunos minutos hasta que, en medio de unas formaciones coralinas, descubrió lo que le pareció la entrada a una caverna. A ella ingresaban decenas de peces de distintos tamaños y colores. Marion se dirigió hacia allí y se dedicó a observar el tránsito de sus pares, hasta que uno pareció interesarse en su presencia. Un pequeño pez a rayas negras y amarillas se detuvo a su lado y, para su sorpresa, ya que no había tomado en cuenta que podía comunicarse con nadie más que con Augur, le preguntó:

—¿Qué hace una lubina por aquí?

Marion recordó que las lubinas no nadaban normalmente cerca de la costa.

—Eh... —a Marion le tomó unos minutos encontrar las palabras—, estoy intentando resolver un problema.

—¿Qué problema? —preguntó el pez interesado.

—Problemas... —Marion no supo cómo reaccionar. Dudó de si realmente sería de ayuda contarle su historia, o tan solo habría de perder el tiempo—. Problemas...

—Pareces una lubina bastante perturbada.

Marion se asombró de su desfachatez.

—En verdad que sí —acertó a contestar—, estoy atravesando una situación de lo más confusa...

Finalmente optó por darle una oportunidad y contarle lo que estaba sucediendo:

—Verás, no soy lo que parezco.

—Claro que no —señaló el pez burlón—. Todos los peces de escamas plateadas dicen lo mismo. "No soy una lubina —imitó con voz ridícula—, soy un pez tigre disfrazado".

Marion se ofendió. Estaba siendo el objeto de burla de un pececillo infame. Inconcebible. Comenzó a alejarse, arrepentida de haber siquiera comenzado una conversación con aquel payaso.

—¡Ey, aguarda! —la llamó—. ¡No era mi intención ahuyentarte!

El pez sonó apenado y Marion se detuvo.

—Perdona... —se disculpó—. En verdad me interesa tu problema.

—No es nada, no importa —Marion quiso seguir viaje.

—Yo sé que no eres una lubina —soltó con seriedad.

—¿Y cómo sabes eso?

—Porque acabas de decírmelo.

Sintió odio.

—Ah, ¿te crees astuto, verdad? —sonó tan molesta que logró asustarlo.

—¡No, perdona! —se disculpó el pez nuevamente y cambió su actitud—. En verdad lo siento.

La capitana se esforzó por controlar su carácter, lo miró con recelo y nadó en dirección opuesta.

—¿No vas a contarme tu problema? —escuchó que decía, al cabo de unos instantes, la irritante voz a sus espaldas.

Marion dejó de nadar. Estaba molesta. Sabía que no iba a librarse del animal hasta que no le dijera algo.

—Soy una mujer a la que Anouk ha convertido en lubina y debo encontrar la manera de que vuelva el agua a Cassanos, si no, me quedaré en este estado para siempre —escupió sin hacer pausas.

—¡Ah! ¡Me lo hubieras dicho antes! Eso es fácil…

—¡¿Qué?! —aulló.

—Ahora tengo tu atención, ¿verdad?

—Mira, si vas a seguir molestándome te aseguro que…

—No estoy molestándote. En verdad puedo ayudarte.

—¿Cómo?

—Contándote por qué no hay agua en Cassanos.

—¿Por qué?

—Es una larga historia.

—Tengo todo el tiempo del mundo.

—Lamento tener que contradecirte y ser yo el que te informe que las lubinas no tienen una expectativa de vida muy larga... quince, veinte años como mucho, y no luces muy joven que digamos...

Marion comenzó a nadar en dirección opuesta.

—¡Está bien! ¡Está bien! Te contaré... Verás, según me han dicho mis antepasados, hace muchos años, Passaravis se encariñó mucho con Anouk... Todos sabían que era su preferida, y que los dos se proferían afecto y protección...

—¿Quién es Passaravis?

—¡¿Cómo que no sabes quién es Passaravis?!

—No lo sé.

—¡¿Cómo es posible que no sepas quién es el gran Passaravis!?

—Ya te he dicho, no lo sé.

—¡Passaravis! ¡Passaravis! —el pez esperó unos segundos a que Marion reaccionara, pero al ver que su expresión no variaba, continuó—: ¡Passaravis es el gran Rey Pájaro! El heredero de Pentare...

—¿Y este hombre vive en la isla?

—¿Hombre? ¿Pero acaso no has escuchado lo que he dicho? ¡Passaravis es el gran Rey Pájaro! ¡El más grande de todos los pájaros sobre la tierra! ¡Es un ave!

—Pero...

—Además de aturdida, como lubina eres bastante lenta...

—¡Ey! No te permito...

—Por favor, continuemos. Passaravis fue el pájaro más hermoso e inteligente de Pentare. Y en él fue que el gran Mago depositó todos sus conocimientos y esfuerzos, hasta llegar a otorgarle cualidades humanas... Después de que Pentare acabara con su vida, Passaravis tomó posesión de su castillo. Se convirtió en un ser tan déspotico que terminó por disgustar a las hijas del soberano. Hartas de tener que lidiar con él, decidieron abandonarlo y habitar cada una un lugar diferente de la isla. La única que, a pesar de sus aires, mantuvo su cariño fue Anouk. Passaravis la visitaba con regularidad, le llevaba obsequios, y pasaban largas horas el uno en compañía del otro, hablando de magia, de filosofía, de los astros...

—¿Y qué pasó?

—Pasó que nada bueno puede salir de alterar la naturaleza como lo ha hecho Pentare... Con el tiempo Passaravis se dio cuenta de que estaba solo. No era pájaro, tampoco era humano, y se encontró viviendo en un mundo que no tenía lugar para él. Y si no tenía lugar para él, menos para su corazón. Porque no había en la isla, ni en el mundo, ser que pudiera corresponderle sus afectos. Entonces cometió el grave error de enamorarse de Anouk. Y confesárselo.

—Error.

—Grave. La muchacha rio, creyendo que era tan solo una broma de su viejo amigo, pero ya ves... No era broma y Passaravis, ciego de rabia y humillación, descargó su furia sobre Anouk y la convirtió en lo que es hoy día. Después maldijo el lugar en donde habita, lo que secó cielo y tierra, matando todo lo que hay kilómetros a la redonda.

—Verdaderamente feo.

—En verdad. Y también para ti, porque la única manera de que vuelva el agua a Cassanos es convenciendo a Passaravis de que retire su hechizo y eso, lamentablemente, es imposible.

—Pero...

—Así que vete acostumbrando a tus aletas, porque pasarás un buen tiempo...

—Aguarda —interrumpió Marion—. Gracias por tu relato, debo encontrarme con un amigo y pronto.

—¿Ya te has hecho amigos aquí? Pensé que recién habías llegado... Bueno, cuando quieras...

—¡Nos veremos luego! —se despidió Marion, y nadó rápidamente hacia la superficie.

Hacía tiempo que Augur estaba esperando sobre una roca a que Marion se decidiera a emerger.

—¡Allí está! —se alegró al verla—. ¡Ya estaba comenzando a preocuparme! No me gustaría que se convirtiera en la cena de algún depredador…

—¡Tengo novedades! —dijo mientras se acercaba.

—Mire... —la interrumpió—. Estuve dándole vueltas al asunto y no se me ocurre nada... Deberíamos encontrar la manera de hacer llover... O de desviar el curso del arroyo que atraviesa la isla, pero todo es demasiado complejo y...

—¡Espere! ¡Escuche lo que me han contado!

Marion contó la historia de Anouk y Passaravis.

—Es simplemente increíble —comentó el pájaro—. Debo ir en busca de este rey pájaro y tratar de averiguar si hay forma de que retire su hechizo de Cassanos.

—Muy bien, lo veré luego. Yo me quedaré nadando por aquí.

—De acuerdo. Deséeme suerte.

—¡Buena suerte! —le gritó y, luego de sumergirse, vio desaparecer la turbia silueta de su amigo a través de la película de agua.

Augur no tuvo más que preguntar a las aves dónde quedaba el castillo para averiguar su ubicación. Era de por sí excitante estar a punto de pisar un lugar tan especial como aquel. "El palacio de Pentare", se repetía mientras sobrevolaba la isla rumbo a su centro e intentaba divisar la construcción que los pájaros habían descrito. Desde las alturas podían verse claramente los cuatro gigantescos árboles de la isla, tan distintos entre sí que hacían de la vista aérea un espectáculo singular y hermoso.

A medida que se acercaba a destino, la vegetación pareció reverdecer y multiplicarse, lo que le impidió ver qué había debajo. "Bajaré un poco", decidió y, con un delicado planeo, se adentró en la profundidad del bosque. Siempre se había preguntado cómo se sentiría volar. Lo que le estaba sucediendo, por más de que la situación no fuera la ideal, era un sueño hecho realidad. Lo único que esperaba era que no se tornara permanente. Aunque delgado, alto y llamativo, todavía le agradaba su aspecto humano.

Después de un largo rato de dar vueltas, la encontró: casi asimilada a la naturaleza por completo, se erguía una construcción de mármol, pequeña pero ostentosa. De su interior provenía una luz naranja que iluminaba las plantas tropicales que crecían a su alrededor. El sonido de los grillos que habitaban los terrenos era casi ensordecedor.

—¡Rafae! —gritó una voz quebrando la paz que reinaba afuera—. ¡Rafae! —volvió a oírse—. ¡¿Dónde demonios te has metido?! ¡Rafae!

No tenía tiempo para evaluar opciones, así que se decidió a actuar de manera impulsiva por primera vez en su vida. Consciente de que no tenía ningún plan, irrumpió en la sala y decidió poner a prueba sus dotes para la improvisación. Aunque parecía que ya nada podía sorprenderlo, la imagen que lo aguardaba dentro lo dejó sin palabras: en el centro de la habitación, sobre un gran trono de madera, había un pájaro inmenso, del tamaño de un hombre, vestido con una toga. El pájaro se tapaba la cara con el ala y murmuraba, entre patéticos lamentos, el nombre que le había escuchado gritar antes.

Con la cabeza en alto, intentando que el curioso personaje no lo intimidara, Augur se dispuso a hablar:

—¿Se le ofrece algo, oh, gran Rey? —inquirió haciendo una reverencia.

Passaravis se asombró.

—Pero... ¿quién eres tú?

—Su más humilde servidor.

—¿Mi servidor, eh? —le cayó en gracia de inmediato—. Da la casualidad de que sí se me ofrece algo, servidor.

—Sus deseos son órdenes para mí —aseguró con encanto el ibis.

—Me agradas —sentenció el rey—. El inútil de Rafae ha ido en busca de comida y aún no ha regresado. Por eso, habré de complacerte y dejaré que me ayudes en lo que necesito.

—¡Qué honor, su majestad! ¡Nada me hará más feliz en este mundo!

Passaravis rio con entusiasmo y agregó:

—Tráeme un abrigo. Rápido.

—De inmediato, su majestad.

Augur voló por el interior del castillo. Encontró una manta en una de las habitaciones y se la alcanzó.

—Aquí está, su majestad. Espero que esto sea suficiente —Augur le colocó, haciendo malabares con el pico y las patas, la manta sobre los hombros—. ¿Hay alguna otra cosa que desee, oh, grandísimo?

—No, pequeño servidor. Puedes irte ahora.

Augur estaba inquieto. Su última frase le dio una idea.

—¿Está seguro, su majestad? ¿No hay ninguna otra cosa que desee profundamente?

—¿De qué estás hablando, pequeño servidor?

—Soy capaz de concederle todos sus deseos. He viajado por los mares y los días solo para servirlo. Mi misión en la vida es satisfacerlo.

En la expresión del enorme pájaro podía verse cómo la vanidad ganaba la batalla contra su desconfianza. Estaba disfrutando tanto del teatro que Augur montaba que los ojos le brillaban de gusto.

—¿Has venido a realizar todos mis deseos?

—Todos.

—Incluso los imposibles, ¿eh?

—He venido a conocer lo que su corazón anhela, majestad, y haré lo imposible para hacerlo realidad.

—Ya he dejado de soñar... —se lamentó el rey, abatido sobre el trono.

—¿Cómo es eso?

—Así como lo escuchas, pequeño. Ya no sueño con tenerla... Nunca será mía.

—¿De qué habla? —preguntó haciéndose el desentendido.

—De nada. Nada —farfulló Passaravis e intentó recomponerse. Luego, con mirada soñadora, agregó—: ¿Sabes qué me haría feliz, pequeño servidor?

—¿Qué, oh, magnífico?

—Recuperar el cetro de Pentare. He sido tan estúpido, tan descuidado, con algo tan valioso... —parecía en verdad afligido.

—¿Desea mucho recuperar ese cetro? —se interesó Augur creyendo vislumbrar una posibilidad.

—Con toda mi alma. Pentare me lo dio el día en el que decidió morir. Y yo prometí cuidarlo... Era un cetro hermoso, hermoso... Hecho por sus propias manos... —el rey sollozaba melancólico.

—¿Y dónde lo ha perdido?

—Un día, cegado por mi cólera, mientras sobrevolaba los riscos del extremo sur, sin notarlo se cayó de mis vestidos y se sumergió para siempre en la profundidad del mar.

Augur se alegró en sus adentros.

—He mandado a todos en su búsqueda... Pero nadie parece querer cumplir mis órdenes estos días... En la isla reina el caos. Y yo he quedado en el olvido, al igual que el cetro.

—No, su majestad, no hable así. Yo he venido especialmente para contentarlo.

—En verdad me traes fe, pequeño servidor.

—¿Cuán intensamente desea recuperar ese cetro?

—Ya os he dicho, con todo el corazón.

—¿Y estaría dispuesto a recompensar a quien se lo devuelva?

—¿Qué pregunta es esa? ¡Por supuesto! Siempre he sido un rey justo en lo que a tratos se refiere. Aquel que realice un acto de tamaña jerarquía será muy bien recompensado.

—¿Y qué me daría si yo recuperara el cetro?

—¿Tú? —preguntó con incredulidad, a pura carcajada.

—Yo —respondió Augur con entereza.

El rey se puso serio.

—Bueno, te concedería lo que tú quisieras.

—¿Cualquier cosa?

—Cualquier cosa.

—Tenemos un trato, entonces, su majestad. Si le devuelvo el cetro de Pentare, usted habrá de concederme lo que yo desee.

—Así es —respondió divertido.

—Me fío de su palabra. Estaré de vuelta antes de lo que imagina —diciendo esto, Augur voló rápidamente a encontrarse con Marion.

—¡Adiós, adiós! —lo saludó el rey, seguro de que no volvería a ver a su pequeño servidor.

"Podría estar en cualquier parte", se dijo Marion, un poco descorazonada, momentos más tarde. Augur le había relatado lo acontecido y ahora se disponía a cumplir con su tarea. "Sería bueno saber al menos por dónde comenzar". Eran tantos los lugares posibles y tan poca la probabilidad de encontrarlo que le tentaba la idea de darse por vencida de antemano. Tenía miedo. No imaginaba pasar el resto de su vida convertida en pez. Ante el pronóstico desfavorable, Marion no tuvo mejor idea que volver a la entrada de la caverna, donde había conocido a su irritante amigo.

—¡Hola! ¿Qué novedades? —escuchó después de unos minutos.

—Eres el pez que andaba buscando —se alegró ella—. ¿Cómo era tu nombre?

—Aún no te lo he dicho.

—Podrías decírmelo…

—Mi nombre es Léporin.

—Muy bien, Léporin. Necesito tu ayuda.

—Bueno, parece que alguien por fin se dio cuenta de que soy indispensable.

Aunque no pudo evitar imaginar qué gusto tendría frito y con batatas, Marion decidió comportarse de manera gentil.

—Has sido de mucha ayuda, gracias. Y aún hay mucho por hacer si estás dispuesto a darme una mano.

—¿Una qué?

—Una... —Marion dudó—. Una "aleta".

—¿Estás loca? ¿¡Cómo voy a darte una de mis...!?

—Olvídalo.

—Sí que estás chiflada...

—Necesito encontrar algo que al parecer lleva mucho tiempo sumergido. Un cetro que perteneció a Pentare.

—¿El cetro?

—Sí, el cetro. ¿Has oído hablar de él?

—Sí.

—¿Cuándo?

—Aquí, hace un segundo.

El pez era realmente inaguantable. Decidió que había sido una mala idea ir una vez más a su encuentro.

—¿Sabes qué? No necesito tu ayuda. Veré qué puedo hacer sola.

—Espera. Estaba bromeando. Sí sé dónde está el cetro.

—Mira, ya he tenido suficiente...

—De veras. Ven.

Léporin comenzó a nadar hacia el oeste. Marion dudó un instante, pero finalmente decidió seguirlo. No tenía mejor cosa que hacer por el momento. Recorrieron un largo trecho hasta llegar a una barrera de coral. La visión era imponente: allí crecían todo tipo de algas, esponjas y erizos de mar, entre los cuales jugaba la más vasta variedad de peces que Marion hubiera visto nunca.

—Esto es realmente bello —se admiró.

—¿Te parece? Ven, es por aquí.

Siguió a Léporin a través de un hueco dentro de la arquitectura coralina. El pez parecía conocer bien el camino. Recorrieron varios túneles, hasta llegar a un espacio abierto y circular. Allí una numerosa cantidad de peces iban y venían, se introducían en los canales o salían de ellos, como si se tratara de una ciudadela submarina. En el centro se erigía una columna, también de coral y, sobre esta brillaba, con destellos dorados, el cetro de Pentare.

—Creo que eso es lo que buscas —comentó Léporin—. Es uno de nuestros monumentos favoritos...

—¡Perfecto! —Marion no daba crédito a lo que veía—. ¡No sabes cuánto te lo agradezco! Ahora debemos encontrar la manera de sacarlo de aquí...

—Aguarda un momento —la detuvo el pez—. ¿Quieres robarte el cetro?

—Bueno... —de pronto la capitana se sintió en falta—. No exactamente robarlo... Sino más bien devolverlo a su dueño original.

—¿Acaso has perdido la cabeza? ¡Ese objeto es parte de nuestra historia! Hace siglos que ha estado en ese lugar. No puedo permitir que una lubina venga y pretenda llevárselo así como así...

—Primero, ya te dije que no soy una lubina —se enfadó—. Segundo, el cetro es lo único que va a regresarme a mi forma humana, así que entenderás que no tengo más remedio que llevármelo, aunque con ello rompa un par de reglas submarinas. Y créeme que lo único que me falta es tener pedido de captura también por estos pagos…

—Estás hablando tonterías —el pez negó con la cabeza—. De cualquier manera es imposible que levantes sola tamaño peso. Así que no voy a preocuparme. ¡Estás delirando! —Léporin terminó por alejarse, mascullando todo tipo de injurias—: ¡Loca! ¡La lubina está totalmente desquiciada!

—Tiene razón —coincidió Marion mientras observaba el cetro más de cerca—. De ninguna manera podré llevármelo de aquí yo sola.

Marion subió a la superficie para intentar resolver el dilema junto con Augur. Y así, él se encargó de buscar una liana en la isla y en su extremo atar, no sin dificultad, una rama que encontró con forma de gancho. Llevó la improvisada cuerda hasta donde le indicó Marion y la dejó caer. Varios peces huyeron aterrorizados ante lo que parecía un anzuelo. Marion, en cambio, lo tomó por la boca y comenzó el descenso. Augur quedó suspendido en el aire, aferrando la liana con el pico.

Nadó lo más rápido que pudo hasta la vara, y, tratando de que nadie advirtiera lo que se proponía, dio un par de vueltas a su alrededor. Después de envolverla, se cercioró de que quedara bien sujeta por la rama curva. Varios peces habían notado el extraño comportamiento de la lubina, pero antes de que pudieran hacer nada, Marion le dio un par de tirones a la cuerda, señal que habían acordado previamente con Augur, para que volara lejos. Camino a las alturas, el ibis vio que de las aguas surgía, al final de la soga, un resplandor dorado.

Depositó el cetro en la tierra y se apresuró a recogerlo. Estaba cubierto de algas y plancton, pero aún así se notaba que era una pieza única. "Esto lo ha hecho Pentare con sus propias manos", pensó embelesado. Después, tomó coraje y se dirigió hacia el palacio en busca de Passaravis.

—He regresado, su majestad —anunció despertando al soberano de su siesta.

—Ah, sí, sí —balbuceó el rey entre bostezos—. Has vuelto, pequeño servidor. ¿Qué deseas?

—Vengo a cumplir el pacto que acordamos.

—¿El pacto? —se asombró Passaravis—. ¿Acaso es una broma?

—Ninguna broma —respondió—. Tengo en mi poder el cetro que le pertenece y estoy dispuesto a dárselo si su majestad es fiel a su promesa y me concede lo que yo le pida.

—¿Realmente has recuperado el cetro? ¿Dónde está? —Passaravis parecía desbordado—. ¡Te ordeno que me lo entregues ahora mismo!

—No le daré nada si me lo pide de esa forma —replicó Augur con calma. Ya había previsto que el soberano intentaría obtenerlo sin cumplir con lo pactado—. Lo he escondido de manera que jamás pueda encontrarlo. Así que, si no jura que cumplirá mi deseo, puede ir olvidándose de recuperarlo para siempre —aseguró, y se dirigió rumbo a la puerta.

—¡No! ¡Aguarda! —el rey parecía fuera de sí—. ¡Te daré lo que sea! ¡Lo que sea!

—¿Lo que sea?

—¡Lo que sea, he dicho! Ahora, ¡¿dónde está mi cetro!?

—Me ha dado su palabra.

—¡En efecto! ¡Lo prometo!

—Muy bien.

Augur fue a buscarlo. Lo había escondido en un hueco entre los árboles.

—¡Dámelo! ¡Dámelo! —gritó el rey fuera de sí.

—¡Antej deberá concedejme mi dejeo! —masculló Augur cargando el cetro con el pico y tratando de eludir a Passaravis, que lo perseguía como loco por la sala.

—¿Y qué es lo que deseas? —preguntó lleno de odio cuando se dio cuenta de que no lograría apresar al ibis, mucho más ágil que él.

—Dejeo que jetigues el hechio que haj echado sobe casans.

—¿¡Qué!?

—¡Dejeo que jetigues el hechijo de Cassanos!

—¡No te entiendo!

—¡Que jetie elechio de Cassanos!

—¿Que retire el hechizo de Cassanos? ¡De ninguna manera! ¡Eso es imposible! ¡No lo haré! —Passaravis se le acercó peligrosamente.

En un rápido movimiento, atinó a salir de la habitación.

—¡No! —bramó el rey—. ¡Por favor, no te lo lleves! —y se echó a llorar desconsolado—. ¡Haré lo que quieras! ¡Lo que quieras! —imploró, y se lanzó a patalear sobre el suelo de mármol.

Augur se mantuvo a distancia.

—Mi cetro... mío... —lloriqueó Passaravis—. Lo haré... Lo haré... Quitaré el hechizo. De cualquier manera ya ha pasado mucho tiempo, y nada he conseguido…

—De ajuerdo —convino Augur—. Vamoj a Cassanos.

Emprendieron vuelo, Augur tomó la delantera y Passaravis quedó un poco rezagado. Al llegar a Cassanos, se posó sobre el tronco que habitaba Anouk. La perra salió entre bostezos y escuchó con rapidez el relato de lo acontecido antes de que llegara Passaravis. Saber que iban a encontrarse finalmente la puso muy nerviosa.

Cuando llegó el rey y la enfrentó, él pareció olvidar el cetro y solo tuvo ojos para ella. Durante un largo silencio, intercambiaron miradas que oscilaron entre la ternura y el odio.

—Está bien —dijo por fin Passaravis—. Terminemos con esto de una vez.

Cerró los ojos y extendió sus alas. Al mismo tiempo emitió un trino agudo y amenazador. Las nubes comenzaron a arremolinarse y a tornarse más y más oscuras hasta que estalló la tormenta. A medida que la lluvia tocaba la superficie de las cosas, el paisaje se iba modificando. En la tierra comenzaron a crecer todo tipo de pasturas. La corteza de Cassanos regresó a la vida y recobró, poco a poco, el aspecto de un árbol saludable. De sus ramas brotaron hojas y flores del color de las de los almendros. Así también comenzaron a llegar animales de distintos puntos de la isla hasta que el lugar estuvo fértil y poblado. El cauce seco del río comenzó a llenarse a borbotones y, en un abrir y cerrar de ojos, sus aguas fluyeron con enérgica bravura. Anouk, que había recibido la lluvia con lágrimas en los ojos, comenzó también su propia transformación. En el lugar de la perra vieja y gris, apareció una mujer de ancha contextura y ojos cálidos que, al concluir su metamorfosis, corrió a cubrir con hojas su desnudez.

Augur no tardó en volver a su cuerpo largo y desgarbado. Le fue gracioso encontrarse de pronto apretando el cetro con los dientes. Una vez que la tormenta cesó y todo regresó a un extraño orden en el nuevo paisaje, se ocupó de entregarle a Passaravis lo que tanto deseaba.

—He cumplido y has cumplido. Mi trabajo aquí está hecho —sentenció el rey. Antes de regresar a su palacio, miró de reojo a la mujer que se ocultaba detrás del inmenso Cassanos y agregó—: Serás bienvenida en el palacio cuando gustes.

Augur pudo vislumbrar que aún había afecto en los ojos de Anouk mientras veía al gran pájaro perderse en las alturas.

No muy lejos de allí, Marion luchaba por llegar a la orilla en medio de las aguas agitadas. Estaba complacida de estar nuevamente en su pellejo, pero a la vez sentía el cuerpo extraño y dolorido. Una transformación como la que había experimentado no pasaría desapercibida. Antes de llegar a la playa, comprobó que algo la seguía. Era Léporin, que la miraba con sus grandes ojos de pez y abría y cerraba la boca sin descanso.

—Lo siento mucho, amigo —dijo—. Espero que puedas comprender.

El pez tan solo la observó. Ya no podían entenderse. La capitana lo dejó atrás y se alegró de tocar tierra unos minutos más tarde. Después de cubrir su cuerpo con un par de hojas de palmera, se encaminó a Cassanos con rapidez.

—Esto los llevará a Drus —aseguró Anouk cuando, ayudada por ambos, depositó sobre el río el tronco hueco en el que había vivido todos esos años.

Augur y Marion ya estaban de regreso en sus atuendos, que habían quedado allí después de la extraordinaria transformación. Aunque desconfiando de la resistencia de la embarcación, la montaron y dejaron que las aguas los condujeran río abajo.

—¡Gracias! —alcanzó a decirles Anouk, antes de que desaparecieran de su vista, camino hacia la cuarta y última de las pruebas.

DRUS, FENIM Y LIMAS

El tronco se balanceaba sobre el flujo de agua embravecido. Ni Marion ni Augur dejaban de admirar los distintos paisajes que se sucedían a medida que avanzaban. Sabían que se dirigían al último de los cuatro árboles de Aletheia y, luego de haber sorteado las intrincadas pruebas en los anteriores, temían la dificultad que pudiera ofrecer esta al ser la última. Augur intentaba ver el dibujo en el códice de Noah, aferrado a una de las ramas salientes de la balsa improvisada.

—Nos dirigimos hacia Drus, el árbol del Este —informó.

—¿Por qué si son cinco hermanas hay solo cuatro árboles? —preguntó Marion, que recién entonces reparaba en aquel detalle.

—No lo sé —admitió Augur perplejo—. Supongo que por respetar los cuatro puntos cardinales... —aventuró, y señaló hacia adelante, en donde comenzaba a delinearse la copa del gran árbol.

Efectivamente, en el horizonte aparecía la silueta de Drus. No tardaron en advertir que no se trataba de un árbol, sino de dos. Cada árbol tenía raíz y copa y crecía oblicuo hasta encontrarse con el otro en la mitad, donde, por un corto trecho, compartía el tronco con el otro. Luego se bifurcaban y ramificaban con exacta simetría.

—Qué extraño... —comentó Augur.

Marion rio.

—¿Es que aún le extraña algo de este sitio? Le recuerdo que hace un rato usted tenía pico y plumas, y yo escamas y aletas.

Sonrió y le dio la razón a la capitana. Fue entonces cuando, como impulsado por un mecanismo invisible, el tronco se dirigió hacia un banco del río. Una vez que encalló, descendieron y, con el corazón cansado y la mente confusa, comenzaron a caminar. Ya no importaba lo que les deparara la isla, tan solo ansiaban terminar, y pronto. Marion se encontraba admirando la estética y perfecta disposición de Drus cuando una extraña voz los saludó desde la orilla.

—Hola.

—Bienvenidos.

Al darse vuelta comprobaron que eran dos las voces que los saludaban. Frente a ellos, las Hermanas del Alba que les restaba conocer les daban la bienvenida a su lugar en la isla y explicaban con solo verlas por qué lo compartían.

—Somos Fenim...

—... y Limas.

—Y este...

—... es Drus...

—... nuestro...

—... hogar.

Las mujeres de aspecto andrógino estaban unidas por el costado de la espalda, desde la cintura hasta el omóplato. Llevaban puesta una única toga rústica en la que ambas cabían. Hablaban con una coordinación perfecta, completando una la oración de la otra. Con parsimonia, se acercaron a los visitantes y comenzaron a enunciar el acertijo:

—Aquí probarán...

—... su verdadera...

—... naturaleza.

—Ego...

—... y espíritu...

—... luz...

—... y sombra...

—... enfrentados...

—... nos dirán...

—... si son dignos...

—... de encontrar...

—... lo que a buscar vinieron.

—El portal de Drus...

—... deberán cruzar...

—... en él se verán...

—... en el espejo...

—... que refleja...

—... más de lo visible.

—Encontrar...

—... sus verdades...

—... deberán...

—... antes de que el sol...

—... se ponga sobre Drus.

—De no lograr...

—... regresar a ustedes mismos...

—... la vida perderán —pronunciaron al unísono, lo que hizo que la profecía sonara aún más escalofriante.

Las siamesas caminaron hacia el portal de Drus, que no era otra cosa que el arco que se formaba por la conjunción de los dos árboles. Una vez allí, los invitaron con un gesto a traspasarlo. Marion y Augur se miraron con resignación.

—Yo iré primero —anunció el hombre.

—Déjeme a mí, por favor —pidió Marion—. Quiero terminar con esto cuanto antes.

Augur entendió su urgencia y le permitió tomar la delantera. Ella sintió que atravesaba una cortina invisible. A medida que cruzaba el arco, dejaba tras de sí la estela de otra Marion, una réplica exacta de ella misma. Con espanto, se volteó para ver a su espectro que la miraba con aires fantasmales. No copiaba sus movimientos, por el contrario, actuaba con independencia. Después de unos segundos, un haz de luz atravesó a la Marion incorpórea, dividiéndola verticalmente hasta que fue separada en dos mitades.

—Por todos los mares...

Ambas partes quedaron suspendidas en el aire y se fueron transformando cada una en una esfera. Mientras que la esfera derecha adoptó la forma de un sol, la izquierda se transformó en una luna. Marion sintió que lo que fuera que estaba sucediendo influía de manera directa sobre su ánimo. Pasados unos minutos, la esfera sol se convirtió en un niño, y la luna, en una niña. La capitana miraba la escena con fascinación. La emocionó ver a los dos pequeños suspendidos en el aire. Había algo familiar en sus facciones. El niño fue cambiando su aspecto hasta volverse un embrión oscuro, recubierto de un pelaje denso. La de la izquierda hizo lo mismo, salvo que se tornó clara y brillante. Ambos atravesaron una increíble mutación, que culminó en un lobo y un cordero.

"¿Qué pasará ahora?", se preguntó cuando los dos animales descendieron a la tierra y cobraron un aspecto sorprendentemente real.

La respuesta llegó casi de inmediato. El lobo le rugió al cordero y este echó a correr en dirección al bosque, donde desapareció. El lobo no tardó en seguirlo hasta que se perdieron de vista. Marion comenzó a sentirse extraña, como si le faltaran fuerzas. "¿Qué debo hacer?", se preguntó. Trató de recordar la profecía de las hermanas. "Sus verdades deberán encontrar antes de que el sol se ponga sobre Drus... Ego y espíritu, enfrentados... La vida perderán... ¡Por todos los mares! —se alarmó—. Hay algo de mí en esos animales, y si no los traigo de regreso antes de que el sol se ponga... Un momento. Pero si aquí no hay sol...". Estaba equivocada. Después de la lluvia caída sobre Cassanos, las nubes se habían dispersado, dejando aparecer un sol rosado que brillaba tenue sobre las frondosas copas de Drus. "De seguro no tengo mucho tiempo —concluyó—. ¿Cómo hago para regresarlos?". Mientras pensaba, Augur se disponía a cruzar el umbral. Detrás de él quedaba la réplica exacta de sí mismo. Cuando se decidió a ir en busca de los animales, la luz ya había atravesado al Augur fantasmal.

"¿Dónde busco? ¿Dónde busco?", se repitió una y otra vez. Se internó en el bosque e intentó rastrear el camino que habían elegido. "Ya no tolero todo esto —mascullaba—. No sé qué es lo que se espera que haga. ¿¡Y por qué me siento así!?". Cuanto más tiempo pasaba, menor era su entereza. "¿Y por qué un lobo y un cordero?", se preguntó mientras se abría camino entre los árboles, atenta a cualquier indicio que le indicara el paradero de las bestias. Después de doblar por senderos diferentes, divisó el resplandor que emanaban y la alivió ver que no se hallaban lejos. Detrás de unos arbustos había un arroyo pequeño y, al otro lado, una gran pared de piedra. Allí el lobo babeaba y exhalaba bocanadas de humo por el hocico inflamado mientras hacía guardia frente a una roca plana que se reclinaba contra la pared. Allí, asustado e indefenso, se había resguardado el corderito. Marion observó la escena con amargura. Los balidos de la presa llegaban a sus oídos como agujas. Todo le causaba una profunda tristeza. Tristeza y miedo. Un miedo descarnado, terrible, enardecido por la sensación que le latía en el cuerpo, como si los sentidos se le hubieran vuelto insoportablemente vulnerables. "No puedo", se dijo, y se sentó sobre la tierra. Los latidos de su corazón fueron disminuyendo, hasta que casi no pudo escuchar su propio pulso. Poco a poco se le adormecieron los músculos y ya no sintió nada. Se aferró a sus piernas con los brazos y ocultó la cabeza entre las rodillas. No quería moverse. No tenía fuerzas ni voluntad para hacerlo. El sol se movía en el cielo sin seguir un recorrido lógico. No podía decir con seguridad cuánto tiempo le quedaba. Podía escuchar los movimientos desesperados del cordero que, con sus pesuñas, rasguñaba la superficie de la piedra. Sabía que el cazador no tardaría mucho en conseguir su presa y algo le decía que nada bueno pasaría si el lobo llegaba a lastimarlo. De quedarse allí, superada por el miedo, la profecía cobraría su víctima de manera irreparable. No sabía qué le pasaba. En otro momento hubiera accionado, pero esta vez era diferente: sentía que ya no podía ni quería salir de aquel aprieto. "Petro", parecía ser lo único que resonaba en su cabeza. "Petro". Todo comenzó a darle vueltas. "Petro", escuchó una y otra vez, hasta enloquecer. Sintió que el corazón se le deshacía en mil pedazos. Cerró los ojos y su memoria disparó la imagen de aquella tarde en Bramos en la que, frente al vacío que había dejado el *Ketterpilar*, decidió que ya nada le haría daño. Parecía como si todo lo que había pasado desde entonces estuviera regresando a reclamarle los dolores que había decidido ahorrarse. Uno a uno, por turnos, aparecieron los miedos, los recuerdos, los anhelos, la soledad, el abandono a golpear las puertas de su temple, a hacerse carne y reclamar el merecido mérito, el lugar que les había sido negado y que ahora se disponían a ocupar con determinación. Así, sin previo aviso, las lágrimas comenzaron a caer, una tras otra, redondas, pesadas, triunfales, vencedoras, desde sus ojos abatidos, clavados sin esperanzas en el suelo. Las compuertas de su temple habían sido quebradas y ahora ya nada podía contener ese otro mar, ese vasto océano que manaba de un lugar oscuro donde ya no había peces sino heridas y fantasmas.

"Petro", repitió. Y lloró. Lloró como una niña. Lloró su infancia interrumpida, sus años en tierra, sus años de mar, lloró por la muerte de su madre, por la crueldad de su padre, pero sobre todo lloró el amor de Petro, ese amor que le dolía como miles de cuchillos clavados en el alma, el amor que la había convertido en quien era entonces y que ya no volvería a tener. No supo cuánto tiempo permaneció así. La devolvieron a la realidad los ojos de fuego que la miraban a tan solo unos centímetros. Permaneció expectante. El lobo se acercó hasta que quedaron enfrentados, hocico con nariz. Para asombro de la capitana, contrariamente a lo que hubiera esperado, el animal le lamió cada una de sus lágrimas como el más dócil de los perros. Marion estalló en un llanto feliz. El cordero no tardó en asomarse por entre la maleza y, con simpática cobardía, se acurrucó en el hueco que dejaban sus piernas enlazadas. Los acarició a los dos y disfrutó por un momento la paz que irradiaban sus espectros. "Es tiempo de volver", se dijo, y sintió que volver significaba mucho más que regresar a Drus.

Salió del bosque con los animales a sus costados. Caminó con paso decidido hacia la planicie donde se levantaban los dos árboles. Las hermanas Fenim y Limas le indicaron con un gesto que debía cruzar una vez más por el umbral. Y así lo hizo. Los animales volvieron a su forma esférica y, como un rayo de luz, se dispararon directo su pecho, donde desaparecieron. Augur ya se encontraba allí, esperando. Sus esferas se habían vuelto pájaros y no había tenido inconvenientes para atraerlos con destreza. Parecía como si, gracias a su temple, la prueba no le hubiera resultado tan difícil.

—Han regresado a Drus —dijo Fenim.

—Y a sus verdades —anunció Limas.

—Felicitaciones —pronunciaron al unísono.

Marion y Augur se miraron. Si estaban en lo correcto, habían pasado con éxito la última de las pruebas.

—¿Y ahora? —preguntó la capitana.

Un viento huracanado tiñó el cielo de negro y la noche cubrió la isla. Sin explicarse cómo, estaban de regreso en Quercus Robur.

—Viajeros, han probado su nobleza y sabiduría —anunció Charcal.

La Hermana del Alba surgió una vez más desde el corazón del árbol, luciendo tan temible y poderosa como la primera vez.

—Desde la tierra en donde todo es, Ménides ha dado su anuencia para que tomen su legado y restauren el poder de la justicia en Knur.

Con estas palabras, Charcal extrajo del interior de la corteza lo que pareció un objeto luminoso. A causa del intenso resplandor, ninguno de los dos pudo reconocer qué era en un principio, pero a medida que la mujer se fue acercando, el objeto fue perdiendo brillo y advirtieron que se trataba de una máscara labrada en oro.

—La Máscara de Elea... —murmuró Augur impresionado.

El hombre tomó el presente de manos de Charcal y, luego de quitarse la faja que llevaba a la cintura, se ocupó de envolverlo con extremo cuidado.

—Gracias —dijo—. Cumpliré con orgullo y responsabilidad mi tarea.

Ya nada quedaba por hacer. Tenían lo que habían ido a buscar y estaban en una sola pieza. Los aventureros se dispusieron a partir.

—Aguarda, Stella Marion —pidió Charcal.

La capitana se detuvo, extrañada por la inesperada interrupción.

—Has venido aquí con valentía y coraje y has pasado cada prueba con noble gallardía. El valor de tus hazañas se duplica a la luz de tu desinteresada entrega, ya que no es esta tu propia cruzada.

Marion enmudeció. Si para algo no estaba preparada, era para aquel reconocimiento.

—Es por eso que mereces tu propia recompensa. Dime algo que desees y veré si puedo hacerlo realidad.

Lo pensó un segundo. No más. Sabía perfectamente lo que deseaba más que nada.

—Tengo entendido que puede visitar el mundo de los muertos… —aventuró.

—Así es —confirmó Charcal—, pero debes saber que no puedo llevarte...

—No iba a pedirle eso —aclaró ella—. Quisiera que entregara un mensaje por mí, de ser posible...

—Es —afirmó la hechicera.

Tuvo que calmar su corazón. Tenía tantas cosas para decir que no sabía cómo decirlas ni qué sería lo apropiado.

—El mensaje... —comenzó— es para Petro. Petro Landas —las lágrimas comenzaron a rodar por sus mejillas—. Dígale que… que entiendo lo que hizo y que se lo agradezco... y que espero que volvamos a vernos, donde sea que eso pueda suceder.

Charcal la miró con el rostro inexpresivo, asintió con la cabeza y se introdujo en el árbol. Al cabo de unos momentos regresó, acompañada por el resplandor de un rayo. Se paró frente a la capitana y, clavándole los ojos negros, sentenció:

—Quien nombras no está muerto.

Marion sintió que el mundo, el aire, el alma, todo, le regresaba al cuerpo.

—Espero que esta haya sido tu mejor recompensa —le dijo, y depositó en sus manos un cristal redondo y plano, del tamaño de un monóculo, engarzado en oro y aferrado a una cadena—. Este es el Cristal de Vera. Llévalo siempre contigo.

Después de estas palabras, la hechicera saludó a los viajeros con un movimiento de muñeca y desapareció en el interior de Quercus Robur.

Augur miró la escena conmovido. Marion guardó el cristal en su morral y, con ánimos renovados, emprendió el camino de regreso a la playa.

—¡Le ha dado el Cristal de Vera! —se admiró Augur unos minutos más tarde—. Si supiera el valor que...

—Ahora no, Augur —pidió—. Tengo la mente demasiado abrumada como para oír más historias de objetos fantasiosos. Si no le molesta, me gustaría que me contara luego.

Sentía que habían transcurrido años desde que dejaran el *Ketterpilar*. Había pasado por demasiadas experiencias en la isla y todas habían dejado huella. Necesitaría tiempo para entender lo que había sucedido, en caso de que alguna vez lo hiciera por completo. Sin embargo, a pesar del cansancio, la tristeza que le generaba la incertidumbre de lo que había ocurrido con Xavier y lo agotado que sentía el corazón, una pequeña luz brillaba al final del camino: Petro aún estaba vivo.

Augur caminaba un poco por delante, con paso apresurado. Llevaba la máscara aferrada contra su estómago. Se podía advertir que, al igual que ella, repasaba lo vivido para sí.

Llegaron a la playa. La idea de regresar al *Ketterpilar* los había hecho caminar a pasos agigantados. Estaban conversando acerca de lo complicado que sería explicar lo sucedido a sus compañeros cuando se callaron de repente: sobre la arena blanca, tendido boca arriba, se encontraba Xavier.

—¡Xavier! —gritó la capitana y, con rapidez, corrió a su lado para tomarle el pulso—. Aún respira —se alegró

de confirmar, observando que su pecho se expandía levemente.

—No luce nada bien —admitió Augur—, debemos llevarlo al barco lo antes posible...

—Quién sabe cuánto tiempo hace que está aquí...

—Marion... —balbuceó Xavier cuando intentaron le-
vantarlo.

—¿Puedes oírme? —preguntó ella, y volvió a ponerlo
sobre la arena.

—Fue... fue horrible —dijo el muchacho haciendo un
gran esfuerzo para hablar.

—¿Qué es lo que ha pasado? —quiso saber Augur.

—No lo sé. De pronto todo estuvo oscuro, y... —Xavier
tosió—, y aparecí tendido aquí, sin ánimo y sin fuerzas...

—Al menos no estás muerto. Estarás bien, ya verás —
lo animó la capitana y, con la ayuda de Augur, intentaron
cargarlo sobre sus hombros.

Con Xavier a cuestas, se dirigieron al bote. Fue solo
entonces que cayeron en la cuenta de que algo había cambiado desde su partida.

—Augur... —susurró ella—. ¿Por qué hay dos botes en
vez de...?

Pero ya era tarde. Ocho hombres, con Taro a la cabeza,
aparecieron de entre la maleza y los rodearon por detrás.

—Bueno, bueno. Volvemos a encontrarnos —canturreó
Taro, con su voz de serpiente—. Y lo mejor es que, como
buenos muchachos, han hecho el trabajo duro por nosotros...

Marion no podía creer lo que veía.

—Si piensas que no te daremos pelea, estás equivocado
—soltó Augur amenazante.

La capitana se asombró de su actitud. Taro estalló en una carcajada.

—Toma el paquete, León, ¿quieres? —dijo el comandante.

Marion y Augur se pusieron en guardia. Estaban preparados para dar batalla, para pelear aunque en ello se les fuera la vida. Se detuvieron en los rostros de cada uno de los que escoltaban a Taro. Pero nadie se movió.

Una mano ágil e inesperada le quitó la máscara.

—Así se hace, León. Ahora dámelo, muchacho, rápido.

Mientras Marion veía cómo Xavier le entregaba la máscara a Taro, todo se hizo claro en su cabeza. Recordó su irrupción a medianoche en Rivamodo, la emboscada en la zapatería, la información sobre el cóndor que se había filtrado de manera sospechosa... Y a medida que los pensamientos desfilaban por su mente, los ojos se le achicaban de ira. No podía entender cómo había sido tan ciega para no darse cuenta... Seguramente la emboscada en Rivamodo había sido una gran farsa para ganarse su confianza... Claro. Todo estaba perfectamente planeado. Sabían que ni ella ni Augur habrían de confesar y que los cordis eran indescifrables. El muchacho se había encargado de quedar como un héroe y que así lo llevaran adonde estaban ahora: a Aletheia y a la preciada máscara que habían obtenido solo para perderla en manos enemigas.

—Átenlos —ordenó Taro.

Dos de los soldados se acercaron. La capitana decidió que no iba a hacerles todo tan sencillo. No bien tuvo a su agresor cerca le dio un certero golpe que se clavó de lleno en su estómago. El hombre no pudo más que doblarse de dolor. Lo remató con una patada en la quijada que lo tumbó de espaldas sobre la arena. Se volteó para ver a Augur. El hombre no salía de su asombro: había golpeado al que se disponía a apresarlo y lo había dejado fuera de combate.

—¡Así se hace! —lo felicitó.

Los restantes seis les cayeron encima. Marion intentó, como pudo, defenderse de los tres que fueron sobre ella. Golpeó a uno en la nuca y lo dejó inconsciente. Luego incitó a los otros dos a que la atacaran al mismo tiempo, para luego, en el preciso instante en el que los golpes iban a alcanzarla, agacharse, y que terminaran golpeándose entre ellos. La situación con Augur no era igual de favorable. Casi por milagro había logrado deshacerse de uno de los hombres, pero los otros dos le estaban dando una tremenda paliza. Marion se apresuró a socorrerlo, pero el primer hombre que había derribado, ya recuperado, la sorprendió por la espalda. Para cuando pudo reaccionar, estaba inmovilizada, y Augur era amenazado con un arma en la cabeza.

—Si se resiste, su amigo muere —le susurró al oído el que la sujetaba.

Marion dejó de luchar. Maniatados y sin esperanzas, terminaron de rodillas en la arena.

—Así está mucho mejor —apreció Taro mientras desenvolvía la máscara—. ¿Pero qué es esto? —se asombró—. ¿¡Una maldita máscara!? —sus secuaces se echaron a reír—. Se suponía que encontraríamos un arma... —miró a Augur con desconfianza—. Algo deberá tener... Por algo la han defendido con tanto recelo. Descuiden, ocupará un lugar de honor sobre mi chimenea —soltando una risa ma-

liciosa, continuó—: es hora de partir, muchachos. Deshá-
ganse de nuestros héroes.

Marion y Augur se miraron. Al parecer habían llegado
a un punto sin retorno. Habían luchado y enfrentado todo
tipo de obstáculos para culminar en ese injusto desenlace.

—León, encárgate de ellos —ordenó el comandante, y
se dirigió hacia el bote.

Xavier, o mejor dicho León, no pareció recibir la orden
con gusto.

—Traidor —masculló Marion cuando estuvo lo suficientemente cerca.

Él la miró resentido. No todo había sido una farsa. La
capitana en verdad le atraía. Los hombres de Taro aguar-
daban a los costados de los botes a que la fiesta terminara
para abandonar la isla mientras Xavier desenfundaba su
arma y juntaba coraje para terminar la misión que le habían encomendado. Nadie imaginó lo que sucedería a continuación: las fuerzas de la isla, como si hubieran aguardado
hasta ese instante para tomar partido en el asunto, irrumpieron en escena. El resplandor rosado que los había recibido el primer día brilló sobre ellos y la horda de pájaros
comenzó a volar en torno a los soldados. Giraron con tal
fuerza que su vuelo generó una potente energía que atrajo
a todos hacia el centro de la playa. Marion y Augur fueron
despedidos hacia afuera mientras que Taro y sus secuaces
quedaron suspendidos en el ojo del tornado. Podían escuchar los gritos de los prisioneros que suplicaban clemencia.
No sabían qué era exactamente lo que les estaba sucediendo, pero no sonaba nada agradable.

Tuvieron la certeza de que estaban totalmente a salvo
cuando, de entre los árboles, aparecieron las cinco Herma-

nas del Alba. Primero apareció Charcal, desde el extremo más lejano, imponente, soberbia y combativa. Luego Beala, lánguida y hermosa, iluminando el espacio con sus grandes ojos verdes. La sucedió Anouk, ataviada con una túnica celeste, las mejillas carnosas y encendidas. Por último, casi pisándole los talones, llegaron Fenim y Limas, con su actitud neutral y reservada. Todas lucían igual de poderosas. En sus manos llevaban los cayados con la miniatura del árbol que habitaban tallada en sus extremos.

El cielo rugió. Las aves comenzaron a volar disminuyendo la velocidad y los hombres que estaban suspendidos en el aire bajaron hasta quedar de pie sobre la arena. Taro, Xavier y los ocho hombres que los acompañaban estaban espantados.

—¡Tú! —Charcal señaló a Taro—. Tienes algo que no te pertenece. Devuélvelo.

El comandante, aterrado, se acercó a Augur y le dio la máscara con las manos temblorosas.

—Los que entran a la isla se enfrentan a la isla —anunció Beala.

—Y los que vienen sin nobleza encuentran en ella su estación definitiva —sentenció Anouk.

—Porque aquí uno vive... —comenzó Fenim.

—... la verdad que lleva atada al corazón —completó Limas.

Las cinco hicieron un gesto con la muñeca que atrajo hacia ellas a los hombres que estaban sobre la arena. Charcal arrastró tras de sí a Taro y a Xavier, mientras que las demás se hicieron de dos soldados cada una.

Con sus presas inmovilizadas, cada hermana se internó en la isla. Augur y Marion se miraron. Sabían que nada bueno les esperaba a los desavenidos visitantes.

KNUR

—¡Son ellos! ¡Son ellos! —gritó Vlaminck al divisar a través del catalejo la figura del bote que se acercaba al *Ketterpilar*.

—Un momento... ¿Dónde está Xavier? —preguntó Molinari mirando ahora él por el artefacto que le había quitado a Vlaminck un segundo antes.

Los hombres estaban desconcertados. Las respuestas llegarían una vez que los viajeros estuvieran a bordo.

La tormenta de preguntas que les cayó encima fue justamente lo que menos necesitaban. Explicaron a grandes rasgos lo que había sucedido con Xavier, ante la expresión atónita de los marineros, que no podían creer que el piloto hubiera resultado ser un espía de la Papisa. Molinari, por su parte, no se mostró muy sorprendido y se ocupó de hacer saber a los demás que había sospechado de él desde un principio. Cuando llegaron las preguntas acerca de la isla, a Marion y a Augur les bastó tan solo una mirada para saber lo que ambos sentían al respecto: no contarían nada de lo que habían vivido. Cualquiera que escuchara el relato desde afuera pondría en duda lo ocurrido y con dificultad llegaría a comprenderlo. Simplemente se excusaron y le dijeron a la tripulación que habían tenido éxito y que llevarían con orgullo el legado de Ménides a Knur.

No tenían tiempo que perder. La Papisa no tardaría en darse cuenta de que algo había ocurrido con Taro y sus secuaces, de modo que debían actuar con rapidez.

Marion permaneció en cubierta para asistir a los hombres en las maniobras de retirada. El *Ketterpilar* había recuperado la movilidad y en corto tiempo se halló navegando rumbo al continente.

—¿Cuántos días estuvimos en la isla, Clau? —preguntó con intriga al contramaestre, después de un rato de estar navegando.

—¿Cuántos días...?

—Simplemente responde a mi pregunta, por favor —pidió la capitana.

—Llegaron antes de que el sol se ponga el mismo día que partieron... —respondió confuso Molinari.

—¿Quieres decir que tan solo estuvimos ausentes por un par de horas?

—Sí...

Marion no dijo más. Según lo que el cuerpo le decía, había pasado al menos una semana recorriendo la isla y sorteando sus desafíos.

—Augur... —susurró Marion unos minutos más tarde asegurándose de que nadie los escuchara—. ¿Sabe cuánto tiempo estuvimos ausentes?

—Sí —confesó el hombre, con la misma expresión de desconcierto que la capitana—, me lo ha dicho Derain, asombrado de que hubiéramos regresado tan pronto.

Ambos se miraron a los ojos. Un extraño lazo los unía. El que une a las personas que han atravesado juntas una situación difícil. Compartían la cicatriz que les había dejado su paso por la isla y eso los haría cómplices por siempre.

A Marion le costó conciliar el sueño. Imágenes de árboles gigantes, cayados y extrañas hechiceras la asaltaban cada vez que estaba a punto de dormirse. Sentía que alguien había entrado en su cabeza y jugado con su mente. Se trataba de una sensación confusa, porque también le parecía que algo estaba más suelto, como si se hubiera quitado un gran peso de encima. A sus ojos volvieron los ojos de Petro y la ilusión de que aún estaba vivo. No sabía dónde ni en qué condiciones, pero al menos su corazón latía. "Mientras hay vida, hay esperanza", se dijo y, con una sonrisa dibujada en los labios, al fin se quedó dormida.

Llegaron a Yun al anochecer del cuarto día. En el transcurso del viaje, Augur mantuvo una asidua correspondencia con el continente a través de Rey. Al parecer, ultimaba detalles sobre un evento que se llevaría a cabo en Knur en los días por venir. Tomaron las rutas seguras, las que estaban vigiladas por agentes de la Cofradía. Molinari se encargó de explicarle a Marion que en todos esos años varios de sus miembros se habían infiltrado en el corazón del poder de la Papisa y habían ocupado cargos políticos y militares, lo que los favorecía para obtener información y en la circulación de las tareas. Era una pena que no hubieran podido llegar a descifrar los planes de Taro con anterioridad. El sigilo que guardaban respecto a sus movimientos era lo suficientemente estricto como para que tan solo la Papisa estuviera al tanto de ellos.

Al parecer la cuadrilla encargada de la vigilancia del puerto de Yun, a varios kilómetros de Lethos, estaba comandada por Andrae, un legendario miembro de la Cofradía, quien los ayudaría a entrar al continente. El *Ketterpilar* sería ocultado en un astillero que pertenecía a su familia.

—¿Y ahora qué? —preguntó Marion mientras los hombres de Andrae cerraban las compuertas de la nueva morada de su querido barco.

—Nos dirigiremos a la base de la Cofradía en Lethos, a caballo —explicó Augur.

—Pero somos demasiados... llamaremos la atención...

—Primero iremos nosotros dos, luego se nos unirá el resto, a diferentes horas y por diferentes caminos. Ya hemos pensado en eso.

—Perfecto.

Un par de hombres se ocupó de mostrarles el camino a los caballos. Luego se llevaron al resto de la tripulación a un escondite, a esperar que llegara su hora de partir.

Cabalgaron durante toda la noche. Su intención era llegar a Lethos antes del amanecer. Augur conocía bien el camino, no dudaba en tomar este u otro atajo, y ella lo seguía con confianza. El sol despuntaba en el horizonte cuando una inesperada visión hizo que Marion detuviera la marcha.

—¿Qué pasa, capitana? —preguntó Augur.

Las luces de la aurora se reflejaban en sus grandes ojos negros. Su mirada se había fijado en una elevación de tierra en la distancia donde se levantaba una mansión en penumbras.

—¿Se siente bien?

—Esa era mi casa —murmuró ella.

Ante sus ojos, el fantasma del pasado le devolvía la imagen de lo que había sido alguna vez su vida. Augur se extrañó de lo que decía Marion. No podía entender qué relación había entre aquella casa lujosa y su capitana.

—No importa —dijo al fin volviendo en sí—. Sigamos avanzando.

Le dio un golpecito a su caballo y reanudó la marcha. El sol terminaría de salir en tan solo unos minutos. La entrada principal a la ciudad de Lethos estaba cerca, pero Augur no se dirigió hacia allí, sino que tomó por un camino que se alejaba hacia el Oeste. Iban rumbo a los suburbios, donde vivía la comunidad más pobre, una zona llamada Lonterán.

Cuando llegaron, las calles estaban desoladas. El vecindario estaba compuesto por casas humildes que aún abrigaban a sus habitantes en su interior. Se detuvieron frente a una pequeña construcción de barro. Augur llamó tres veces como lo había hecho en la zapatería, y la puerta no tardó en abrirse.

—Qué alegría que al fin estén aquí.

Una mujer llamada Sara les dio la bienvenida. Los hizo pasar y de inmediato se fue a ocultar los caballos en el establo de enfrente. El interior de la precaria construcción tenía un solo ambiente, donde una chimenea calentaba el aire frío de la madrugada y lo perfumaba con aromas de humo y de ceniza.

—Hacía varias horas que los esperábamos —explicó la mujer en susurros mientras los conducía al fondo de la casa—. Rudi ha hecho mal los cálculos. El cordis que le ha enviado Molinari no ha sido lo que se dice preciso.

—Lo lamento —se disculpó Augur, y se detuvo frente a un aljibe ubicado en el patio trasero.

Marion advirtió que, en vez de un recipiente, dentro del aljibe había una plataforma lo suficientemente grande como para soportar a dos personas.

—Bajen ustedes primero —sugirió Sara—. Yo iré después.

Augur se introdujo en el pozo y Marion lo siguió. Al instante la tabla comenzó a descender y, durante algunos segundos, se vieron recluidos en el recinto circular de piedra.

—¿Le molesta el encierro? —preguntó Augur advirtiendo la mueca en la cara de Marion.

—Lo detesto.

Bajaron unos cuantos metros hasta llegar al fondo. Allí los esperaba un cuarto también circular solo iluminado por la tenue luz que llegaba desde arriba. Sus zapatos chapotearon en los charcos cuando descendieron de la plataforma que, al segundo de liberarse de su peso, comenzó a elevarse para buscar a Sara.

Aguardaron en el espacio congelado y húmedo escuchando el chirriar del mecanismo de poleas, hasta que Sara estuvo una vez más con ellos. Subieron la tabla para tapar el hoyo y quedaron completamente a oscuras. La mujer accionó una palanca sobre la pared, que reveló la entrada a un compartimiento. Ingresaron a una primera sala donde las paredes y el suelo estaban pintados de blanco. Varias lámparas alumbraban el lugar con una luz clara y potente. Tan solo se destacaban unas enormes puertas de roble que los conducirían a la sede principal de la Cofradía en Knur. En ellas brillaban, grabadas en bronce, las palabras que Marion recordaba a la perfección: *Fi go trasveras ut mal amoras, ot ge thoslío.*

Atravesaron el portal para ingresar a un curioso laberinto de pasadizos y puertas.

—¡Al fin están aquí! —resonó alegre la reconfortante voz de Rudi.

Marion lo abrazó con ganas y luego ella y Augur lo siguieron a través de la intrincada arquitectura.

—Los estamos esperando en la sala azul.

Se detuvieron frente a una de las tantas puertas que encontraron en el camino. En el lugar donde debería haber estado la mirilla había engarzado un pájaro de piedra azul. Al entrar recibieron una calurosa bienvenida de varios hombres y mujeres. En el cuarto había una mesa oval, a la que se sentaron todos. El sillón de la cabecera, el más importante, estaba vacío. Allí, para sorpresa de la capitana, habría de sentarse Augur. Ella se sentó a su izquierda, entre él y Rudi.

—Gracias por la agradable bienvenida —el hombre saludó al grupo—. Sabrán que el tiempo apremia y que debemos planear nuestras acciones de inmediato.

—Por supuesto —concordó un señor adusto y corpulento—. Ya ves que nos encuentras listos para recibir tus órdenes.

—Perfecto. Antes que nada, me parece importante presentarles el trofeo de nuestra travesía.

Augur extrajo con cuidado, ante la mirada expectante de los presentes, la máscara que aún tenía envuelta. Cuando brilló a la luz de la sala, el grupo soltó un clamor ahogado.

—No puede ser... —susurró la anciana que estaba sentada frente a Marion.

—Esto es simplemente increíble... —comentó uno de los jóvenes desde el extremo opuesto.

—¡Pero si es la Máscara de Elea! —exclamó Sara sin disimular su asombro.

—Calma, por favor —solicitó Augur—. Efectivamente, estamos en presencia de la Máscara de Elea.

—¿Pero cómo es posible que...?

Augur se apresuró a atajar la lluvia de preguntas que estaba pronta a caer sobre él.

—Al parecer, Ménides, durante su exilio en la isla, logró crear una réplica de la original...

—No entiendo nada... —se quejó Marion, de tal forma que tan solo Rudi pudo oírla.

Augur continuó con sus teorías sobre la fabricación de la máscara.

—La Máscara de Elea fue uno de los últimos inventos de Pentare, fruto de su locura —le explicó Rudi—. Quería descubrir si sus hijas le mentían respecto a la muerte de su esposa.

—¿Pero qué es lo que hace exactamente?

—Aquel que la utilice debe decir solo la verdad. En caso de que mienta será víctima de una muerte horripilante.

—Pero Pentare era un desalmado...

—No estaba en sus cabales. Afortunadamente, se dio cuenta a tiempo y nunca llegó a utilizarla. Al poco tiempo de haberla modelado la destruyó, con el resto de cordura que le quedaba. Poco después se dio muerte.

—Ahora veamos qué rol tendremos cada uno en la festividad del sábado... —propuso Augur, con voz firme y decidida, acaparando la atención de Rudi y obligando a Marion a escucharlo también—. Dejaremos que transcurra todo como lo planeamos hasta el mediodía...

—¿Qué pasa el sábado? —susurró una vez más Marion impacientando a su amigo.

—Es la Festividad de Golfan —le respondió mientras se esforzaba en seguir el relato de Augur.

—El pueblo irá en procesión detrás de una carroza con la imagen del Golfan. Será durante la mañana —continuó Augur—. Habrá bailes y festejos hasta el mediodía cuando la Papisa haga su saludo tradicional desde el balcón de la casa de gobierno. Solo entonces entraremos en acción.

Marion escuchó los planes. Estaba sorprendida por la actitud que repentinamente había adoptado Augur. No había advertido nunca su cualidad de líder y, ahora que lo hacía, le parecía excelente. En verdad era un hombre capaz de dirigir cualquier empresa.

—¿Qué día es hoy? —preguntó Marion una vez que se dio por terminada la reunión.

—Martes —respondió Rudi.

—¿Martes? ¿Y qué se supone que debo hacer de aquí hasta el sábado?

Rudi la miró con una mueca curiosa que Marion no supo traducir hasta que unos momentos más tarde Augur se acercó a hablar con ella.

—Marion... —comenzó el hombre—, no tengo palabras para agradecerle suficiente...

Le costó entender por qué aquellas palabras sonaban a despedida si todavía quedaba enfrentar a la Papisa. "Aguarda un minuto —se dijo y cayó en la cuenta de lo que estaba sucediendo—. ¡Claro! Mi trabajo aquí está hecho... Ya no tengo que conducir el *Ketterpilar* ni acompañar a Augur en ningún viaje peligroso... Ya ha regresado a su gente y ellos se encargarán de brindarle la protección que necesita...". Augur continuaba con sus agradecimientos mientras la capitana pensaba. Una profunda tristeza invadió su corazón. Aunque le pareciera imposible, la travesía había llegado a su fin. Ya no tenía lugar en lo que les esperaba a los miembros de la Cofradía. Se dio cuenta de que, sin esperarlo, tal cual lo había pronosticado Rudi, había llegado a sentirse parte de ellos.

—Está bien, Augur, no diga nada más —lo interrumpió.

Sonó descortés, pero tan solo intentaba evitar la situación. Augur se sorprendió. La capitana parecía enojada.

—Es tarde y convendrá que se quede a pasar la noche con nosotros —sugirió el hombre—. Mañana tendremos tiempo para hablar de su paga y saldar cuentas —Marion asintió con la cabeza sin decir palabra—. Bueno —titubeó Augur—, que descanse.

El hombre dejó la habitación al mismo tiempo que ingresaba Sara.

—Acompáñeme, señorita Marion —le dijo.

—Capitana —corrigió de mal humor.

Sara decidió ignorar el maltrato.

—Muy bien, *capitana*. Por aquí, por favor.

La escoltó hasta un cuarto en donde la esperaba una cama confortable y una comida caliente. Estaba tan cansada que se quedó dormida sin probar bocado, apretando las mandíbulas y frunciendo el entrecejo.

Al día siguiente todo le pareció muy claro. Amaneció con la extraña sensación de que durante la noche su corazón había hablado, y estaba contenta. Se vistió con rapidez y decidió no postergar lo que sabía que tenía que hacer.

—¿Augur? —llamó al ingresar a la habitación en donde le habían indicado que se encontraba el hombre; un cuarto enorme dentro del gran laberinto subterráneo, repleto de plantas y complejos aparatos y pájaros que revoloteaban libremente.

—¡Capitana! —se alegró de verla él—. Justo estaba contando los últimos knuros de su paga...

—Augur, me gustaría hablar antes con usted...

—Sí, claro.

—Me preguntaba si... —Marion comenzó a sonrojarse.

Hacía muchos años que no le pedía nada a nadie y se sentía extraño depender de la respuesta de otro para hacer lo que quería. Por un instante dudó, pero luego se dijo que no podía dar marcha atrás.

—Si cabe la posibilidad de que participe de alguna manera en el evento del sábado…

Augur se puso serio. Su semblante estaba imperturbable. Por un momento la capitana pensó que le diría que ya no era necesaria, que debía seguir su camino, que no era digna. Aunque sabía que bien podría empezar de nuevo, el solo hecho de pensar en esa posibilidad le generaba una gran amargura. Más allá del fin noble que tendrían sus acciones, al ofrecer resistencia al gobierno injusto y corrupto de la Papisa, le atraía la idea de conservar la sensación de pertenencia que en poco tiempo había logrado al lado de Augur y de su gente. Al fin había encontrado algo parecido a lo que había experimentado allá por los días en los que había habitado el *Ketterpilar* junto con Petro.

Al cabo de unos instantes, lo que a Marion le había parecido una negativa se transformó en una expresión de júbilo.

—¡Tenía la esperanza de que quisiera quedarse, Marion! Pero no quería presionarla para que hiciera más de lo que ya ha hecho por nosotros... Es más... —confesó pícaro—, hasta tengo planeado su lugar en la estrategia. Usted cuidará mis espaldas por si algo sale mal...

Augur la tomó por el hombro y juntos fueron a contarle las buenas nuevas al querido Rudi.

Amaneció el sábado y todo estaba listo bajo tierra. Durante el transcurso del miércoles habían llegado Molinari, Derain y Henri, y entre el jueves y el viernes, el resto de la tripulación. Habían repasado las maniobras y los roles que desempeñarían durante la festividad y ya todos sabían su papel a la perfección.

Era un plan osado y ambicioso. Su éxito o fracaso recaía en meras suposiciones. Si la Papisa actuaba de acuerdo con lo que Augur suponía, entonces todo estaría bien. Si, en cambio, debido a una mala jugada del destino, la mujer obraba en contra de todos los pronósticos, estarían a merced de los que les deparara la suerte. Resultó ser que la sede tenía varias salidas al exterior en distintos puntos de la ciudad. Fueron hasta la del extremo noreste, por donde se suponía tenía que pasar la peregrinación.

A media mañana, un grupo de diez emergió por intervalos a la superficie, a través de una alcantarilla situada en un estrecho y oscuro callejón. Marion fue la última en ver la luz. Cada uno tomó la posición que le había sido asignada en derredor a la calle principal, y allí esperaron. Augur estaba en la vereda de enfrente. Llevaba oculta entre sus vestiduras la Máscara de Elea. Sobre uno de los postes de la calle, Rey observaba todo con minuciosidad. Ya se podían oír las voces de la gente que traía la carroza, que pronto doblaría la esquina. El gentío a los costados de la calle era importante y permitía que el grupo pasara inadvertido.

La gigantesca cabeza apareció en cuestión de minutos. A su alrededor, cientos de personas vitoreaban y blandían banderines. Marion debió admitir que la imagen de Golfan era un tanto extraña. Tenía el cuerpo en posición de loto y una enorme cabeza que doblaba en tamaño al torso. No pudo dejar de pensar en lo asombroso que resultaba que la Papisa hubiera logrado en tan corto tiempo imponer el nuevo orden religioso a la comunidad. A través de increíbles estrategias, palabras convincentes y prometedoras, había divinizado al antiguo soberano hasta convertirlo en un ser adorado por el pueblo. Una vez logrado su objetivo, se había nombrado a sí misma Papisa, para poder manejar de igual manera el poder y la religión de Knur.

La Cofradía estaba preparada. Un poco por delante de la carroza, un hombre que a Marion le pareció familiar, de tez oscura y pelo negro, vestido con una túnica de color caqui, le hizo señas a Augur para que se acercara. En una maniobra veloz, camuflado por la multitud, Augur se echó de bruces en el piso y dejó que la carroza le pasara por encima. De un momento a otro, desapareció.

El resto de los miembros de la Cofradía tomó su posición en torno a la imagen. Así también lo hizo Marion.

Caminaron durante una hora hasta la plaza mayor. Allí, frente a la casa de gobierno, se apostaban cientos de puestos ambulantes que vendían todo tipo de comidas, artesanías y objetos religiosos. La mezcla de olores, sonidos y texturas llamaba la atención y distraía los sentidos. El pueblo se mostraba feliz aunado por la fiesta, compartiendo un poco de opulencia en medio de una vida llena de privaciones.

La carroza se detuvo y la gente con ella. Cual hormigas, miles de personas colmaron la plaza, las calles aledañas y los alrededores, a la espera del saludo anual de la Papisa. Parecía que todo Knur estaba allí. A Marion no le asombraba. Sospechaba que aquel que no asistiera sería fácilmente identificado, marcado y perseguido. Un súbito silencio se instaló en la muchedumbre. Al balcón comenzaban a salir los personajes de la corte, ataviados con delicados trajes y vestidos de acuerdo con la ocasión. Por último apareció, al fin, la papisa Ultz.

Así como había contado Augur, ya nada quedaba de la inocente Clara que había formado parte de la Corte de las Igualdades, cincuenta años atrás. Por el contrario, esta mujer adusta, de cara angulosa y expresión severa, lucía en el rostro y en el cuerpo las marcas de la edad y la avaricia. Tenía los ojos de un gris perlado parecido al de los cuajos, y la mirada estrecha y penetrante. Llevaba puesto su traje de fiesta, un turbante en pico sobre la gorra negra que tapaba su calvicie. La primera túnica, oscura, pegada al cuerpo, bajo la segunda, un poco más holgada, de mangas anchas y larga pollera en cola, del mismo color que sus ojos siniestros.

Todo en ella era desagradable. Cuando estuvo frente a su numerosa audiencia, el silencio fue tal que solo se oyeron los sonidos de la comida que se freía en los puestos.

—Queridos súbditos —comenzó.

En la plaza, distribuidos estratégicamente, había alrededor de cincuenta seguidores de Ménides a la espera de los acontecimientos. Sabían a la perfección las palabras que diría la Papisa, las habían aprendido de memoria. ¿Cómo? A la izquierda de ella, la misma persona que había estado al frente de la carroza, de tez oscura y túnica caqui, ocupaba un lugar de privilegio en el balcón. Aquel hombre que Marion había creído reconocer por la mañana no era otro que el que los había aguardado en Bahía de los Cuajos con el bote, el día que se reencontró con su amado *Ketterpilar*.

Frandín, como se llamaba, era uno de los miembros más importantes de la Cofradía y hacía años que se desempeñaba como asesor de la Papisa. De esta manera habían podido obtener el discurso que daría en aquella ocasión y preparar el plan que estaban a punto de poner en práctica.

—Estamos aquí reunidos para honrar a Golfan... —continuó la mujer.

—Que Golfan nos proteja —respondió la multitud, autómata.

—En esta magnífica festividad que ofrecemos en su nombre —añadió la Papisa.

—¡Viva Golfan! —gritó uno de los guardias.

—¡Viva! —aulló el gentío sin mucha convicción.

Marion intentaba, con dudoso éxito, sumarse a las expresiones de lealtad para no despertar sospechas entre los que la rodeaban.

—Festejamos hoy que cincuenta años atrás Golfan asumió la gran responsabilidad de dirigir el destino de nuestro país, luego de que Ménides...

Ante la mención de Ménides, incitados por los uniformados, la gente comenzó a abuchear y silbar con notorio descontento. La expresión de satisfacción en el rostro de la Papisa pudo percibirse desde lejos.

—Por favor, por favor —intentó calmar los ánimos, con fingida desaprobación.

El silencio regresó entre abucheos ahogados.

—Decía —continuó la Papisa—... después de que Ménides abandonara a su pueblo, llevándose consigo el tesoro nacional...

—¡Mentira!

Un inesperado clamor surgió desde las entrañas de la imagen de Golfan.

La Papisa se mostró perpleja, no estaba segura de lo que había oído ni de dónde provenía. Después de unos segundos, repitió:

—... llevándose consigo el tesoro nacional.

—¡Mentira! —volvió a oírse, ahora más claro, desde el centro de la plaza.

Sobre la monumental cabeza de Golfan había un hombre. Un hombre extremadamente alto, que blandía en su mano un objeto que parecía de oro.

—¡¿Pero qué es esto?! —preguntó desconcertada la Papisa.

—No lo sé, majestad —respondió Frandín haciéndose el desentendido—, pero veamos qué se trae.

Clara Ultz se mordió el labio y se dirigió con cautela a Keo, su oficial de guerra.

—Téngalo en la mira.

El oficial extendió la orden a sus subordinados y quedó a la espera.

La muchedumbre se mostraba asombrada y no le quitaba los ojos de encima al extraño trepado a la carroza. Los miembros de la Cofradía se apostaron a los costados de la imagen para proteger a Augur en caso de que intentaran detenerlo.

—¡Ménides no abandonó a su pueblo y tengo la prueba aquí mismo en mis manos! —aulló Augur.

La Papisa se había inclinado hacia Keo para ordenar la pronta eliminación del sujeto cuando Frandín la detuvo.

—Aguarde, su majestad —le susurró—. Si mata a este hombre, no hará otra cosa que darle la razón.

La Papisa se tomó unos segundos para meditarlo. Frandín estaba en lo cierto. Demostraría que temía lo que tuviera para decir.

—Por qué no lo piensa... —agregó el consejero, que había estudiado su papel a la perfección—. Si se burla de él y lo deja en ridículo, logrará afirmar su superioridad.

—Es verdad... —se deleitó la mujer—. Aguarda, Keo. Todavía no hagas nada.

La mujer se irguió con soberbia y se dirigió a Augur.

—¿Qué es lo que traes que dices probará que ese ladrón no es responsable de las bajezas que ya todos conocemos?

—¡La Máscara de Elea! —mostró este orgulloso.

Un murmullo de asombro recorrió la multitud.

—Eso es imposible —susurró Frandín al oído de la Papisa antes de que la mujer pudiera decir nada—, y usted lo sabe. ¡Búrlese de él! ¡Humíllelo!

—¿La Máscara de Elea? —rio ella—. ¡Pero qué antigüedad!

La gente comenzó a reír también.

—Veo que no lo cree —comentó Augur—. Si está tan segura de que esto no es más que un trasto viejo, me imagino que no tendrá problemas en someterse a su poder.

A la Papisa se le borró la sonrisa de la cara. Conocía muy bien los supuestos poderes de la máscara y el fin trágico que le esperaba si se trataba de la verdadera. Pero aquel miserable la había retado en frente de sus súbditos y no podía dejarlo pasar.

Clara Ultz miró a Frandín en busca de consejo. Aquel hombre le había sido fiel durante muchos años y confiaba plenamente en su criterio.

—La ha puesto en una situación difícil, su majestad —comentó—. Ese hombre merece lo peor. La lógica le sabrá decir que es imposible que se trate, en efecto, de la Máscara de Elea. Todos sabemos que es tan solo una leyenda. Lo único que este hombre está buscando es inmolarse y así sembrar la duda entre su gente. Si quiere mi consejo, juegue el juego que propone y demuéstreles a todos que no le teme a nada.

Mientras Frandín hablaba, los ojos perlados de la soberana se encendían.

—Por supuesto que no le temo a su baratija —dijo al fin.

La multitud estalló en un grito de júbilo.

—Guardias, traigan al sujeto.

Un grupo de soldados armados se acercó a la carroza y Augur descendió para dejarse escoltar hasta el balcón. La concurrencia permanecía expectante. Entre murmullos compartía lo que sabía de la máscara y lo que, supuestamente, le haría a quien la usara. La mayoría tildaba de loco al extraño paladín. Muchos comentaban lo que se divertirían cuando la máscara no diera resultado y el hombre terminara preso en los calabozos del Palacio de Justicia.

Augur se halló finalmente en el balcón. Libre de los guardias, extendió la máscara al cielo para que todos pudieran verla y exclamó:

—Quien diga la verdad vivirá. Quien mienta encontrará la destrucción.

Pero la multitud se mostró escéptica, lo que incentivó a la Papisa, encantada por la situación que, hasta el momento, no hacía otra cosa que beneficiarla.

—Deme eso de una buena vez —reclamó tomando con brusquedad la máscara.

Vigorosa, se colocó la reliquia sobre el rostro.

—Pueblo de Knur... —dijo con un gesto histriónico que divirtió a la gente—. ¡Ménides no abandonó a su pueblo ni robó el tesoro nacional!

Hubo un segundo de silencio, en el que todos esperaron. Al ver que nada sucedía, la multitud estalló en un festejo ensordecedor.

La Papisa se quitó triunfalmente la máscara y ordenó a sus guardias que se llevaran al extraño.

—¡Aguarden! —gritó Augur—. ¡No ha ocurrido nada porque ha dicho la verdad! ¡Esa es la verdad!

El pueblo fue callándose de a poco. La mujer, embriagada de coraje, estaba ahora profundamente convencida de que todo aquello no era más que un disparate. Deseosa de terminar con el espectáculo y de continuar la fiesta en paz, repitió la audacia y se colocó la máscara.

—¿La verdad? ¿Quieren escuchar la verdad? —arengó.

—¡Sí! —respondió la multitud.

—La verdad es que Ménides saqueó y huyó sin remordimiento, dejando a su pueblo pobre y a merced de su suerte.

Algunas personas comenzaron a abuchear y silbar como lo habían hecho antes, hasta que de pronto todos enmudecieron frente a lo que sucedía delante de sus ojos.

La Máscara de Elea comenzó a brillar y se adhirió al rostro de la gobernanta, que, con movimientos desesperados, intentó quitársela sin éxito. El oro se extendió hasta cubrirle el cráneo por completo. En pocos segundos, una cabeza dorada se balanceaba sobre el cuerpo de la mujer. Durante la espantosa mutación, la boca de la máscara se abrió en un grito sordo. Entonces pasó lo inesperado: lo que había sido un gesto neutro se transformó en el vivo retrato del rey Ménides.

Augur, que no había previsto aquel suceso, se hincó de rodillas.

—Pueblo de Knur —habló la máscara—, he de dirigirme a ustedes hoy, por última vez.

Marion, desde un rincón apartado de la plaza, no podía creerlo.

—Knur es y será siempre mi patria y mi corazón —continuó—. Lamento los años que han vivido en la mentira y confío en que reescribirán la historia de acuerdo con la verdad, que sabrán buscar y defender de ahora en adelante. Es mi deseo restaurar hoy la Corte de las Igualdades y dejar en mi trono al más fiel de mis discípulos: el noble y valeroso Augur. Si obran como digo, llegarán tiempos de paz y prosperidad a estas tierras. No permitan que nunca los abrace el olvido.

Dichas estas palabras, la máscara se liberó de la Papisa y, recobrando su forma original, cayó y quedó oscilando sobre el suelo unos segundos. A su lado, el cuerpo de Clara Ultz se desplomó sin vida.

Augur tomó la máscara y la guardó entre sus vestiduras. El viento jugaba con su pelo. Un sinfín de pensamientos parecía haberse atascado a mitad de camino y en los oídos le zumbaba un silbido agudo, fruto del pánico. Sintió que de un momento a otro iba a caerse. Tuvo que aferrarse a la barandilla para no ceder. La mano de Frandín lo ayudó a erguirse. Levantando su brazo, este gritó:

—¡He aquí a nuestro rey!

Hubo un silencio, al que le siguieron, poco a poco, confusas manifestaciones de alegría. Los sonidos en la cabeza de Augur comenzaban a volver a la normalidad y tomó conciencia de lo que estaba sucediendo: había sido nombrado el nuevo rey de Knur.

A pocos metros de allí, Marion miraba con orgullo a su querido amigo. Los planes de la Cofradía habían funcionado a la perfección. Nunca se había sentido tan orgullosa. Había sido parte de un gran cambio. Había ayudado a reescribir la historia y a cambiar para siempre el futuro de su pueblo.

El barco que zarpó de Lethos

Pocos meses habían transcurrido desde la restauración del reinado de Ménides y en Knur ya podían advertirse cambios sorprendentes. Los templos en honor a Golfan habían sido transformados en edificios públicos; los esclavos habían sido liberados y la gente había recuperado la libertad que tanto merecía. Habían necesitado del cambio para al fin comprender la opresión en la que había vivido todos esos años. A la luz salieron los negocios sucios del mandato anterior y se hicieron públicos los asesinatos y las persecuciones que mancharon con sangre la falsa estabilidad del gobierno de la Papisa. El padre de Marion había sido apresado y cumplía por aquellos días su reclusión en las cárceles de Lethos. La capitana todavía no había querido visitarlo. En cuanto a Petro Landas, solo se sabía que no había sido capturado por las tropas de la Papisa y que no se encontraba en cárcel alguna de Knur ni de ningún país vecino. Su desaparición era un interrogante que nadie había podido resolver.

En poco tiempo Augur ganó la confianza y el apoyo de su pueblo. Día a día demostraba ser un líder carismático que atendía las necesidades de la gente y se preocupaba por restablecer los valores y el bienestar que Ménides había querido sembrar durante su reinado. La Corte de las Igualdades fue convocada nuevamente y, para sorpresa de la capitana, Augur le había ofrecido un lugar en ella. Endulzada por la euforia de los acontecimientos, había aceptado. Desde entonces ocupaba la silla de la mujer en el consejo, al lado del viejo Noah, quien, rescatado de su exilio y a pesar de su edad avanzada, retomó con entusiasmo y energía la labor que había realizado en sus años junto a Ménides.

Marion vivía, desde su nombramiento, en la Casa de la Corte, una mansión ubicada sobre la costa, no muy lejos de la Plaza Mayor. Allí se encontraba ahora, en el inmenso balcón que circundaba el salón de eventos, lugar en el que pasaba la mayor parte de su tiempo libre admirando la imponente vista del sublime océano. Parecía tener la mente en blanco. Mientras sus ojos iban y venían sin posarse en nada, el sol se zambullía en el horizonte rumbo al otro hemisferio, oscuro y a la espera. La luz se reflejaba en las aguas haciéndolas parecer de plata. El cielo comenzaba a encenderse de naranjas y las gaviotas, bañadas por la luz onírica, planeaban entregadas a los caprichos del viento. En la distancia, un barco se alejaba de Lethos, pintando con sus velas un punto blanco entre mar y cielo. Sin que Marion lo notara, Augur había salido al balcón y la observaba con tristeza. Hacía tiempo que quería hablar con ella, y parecía que el momento no podía ser más indicado.

—¿Puedo acompañarla? —le preguntó y, como de costumbre, la asustó al tomarla por el brazo.

Marion hizo un gesto con la cabeza. Nunca llegaría a acostumbrarse a las sigilosas irrupciones de su amigo.

—Por supuesto —dijo sonriente cuando recobró el aliento.

Se quedaron unos momentos en silencio, hasta que solo pudo verse la mitad del sol sobre las aguas.

—Hace tiempo que deseo hablarle —confesó Augur.

—Soy toda oídos —afirmó la capitana, que percibía que algo extraño se traía entre manos.

—¿Qué ha hecho con el Cristal de Vera?

—Lo llevo siempre al cuello —Marion extrajo el colgante, escondido debajo de su camisa—. Junto a mi medalla de la Cofradía.

—¿Quiere que le hable de él? —se ofreció Augur.

—Ya lo he averiguado todo. Esta casa posee una biblioteca muy interesante.

Augur rio. Había sacado el tema para romper un poco el hielo, sabía que lo que estaba a punto de decirle a Marion iba a dolerle. Sabía también que no podía dejar pasar más tiempo, por el bien de ambos, así que tomó coraje y se dispuso a comenzar con su planteo.

—Marion, necesito hablarle.

—Ya me lo ha dicho, y de hecho es lo que estamos haciendo.

—Sí, es cierto... —Augur se dio cuenta de que estaba nervioso—. Mire... He estado hablando con Sara y ella está dispuesta a tomar su lugar en el consejo...

Marion recibió aquella noticia como una bofetada. Tardó unos minutos en entender lo que Augur, que no había sabido escoger bien las palabras, trataba de decirle.

—Pero... —balbuceó Marion, sus mejillas comenzaron a encenderse—. ¿No cree que tendría que haber hablado primero conmigo? Es decir... Nunca he estado en política antes... Si no está conforme con mi desempeño, me parece que...

—¡No, no es eso! —se apresuró a aclararle.

—¿Entonces?

—Al contrario, me parece que su presencia en la corte ha resultado esencial. Estoy más que complacido con sus opiniones y su consejo ha sido siempre bueno y acertado.

—No entiendo.

—Marion... ¿O prefiere que la llame Stella?

—Dígame como quiera —ladró sintiendo que aquella pregunta, en aquel momento, era un golpe bajo.

—Stella, todos deseamos que se quede con nosotros.

—Cada vez entiendo menos...

—Todos menos uno.

Por su mente desfilaron los rostros de sus colegas y las posibles razones que cada uno tendría para desear que los abandonara.

—¿Quién? —preguntó al fin indignada, sin poder identificar al responsable.

Augur respiró hondo y dijo:

—Usted.

Solo entonces entendió. El rey tenía la capacidad de ver más allá y había percibido antes que nadie lo que había estado dando vueltas en su cabeza desde hacía un tiempo.

—Augur... es que...

—No necesita darme explicaciones. El equivocado he sido yo al proponerle esto en un principio. Prometo que haré lo posible para enmendar mi error.

—No ha sido su error, Augur, al fin y al cabo yo acepté...

—No le dejé otra opción. Sabía que no iba a negarse a ayudarme, como no lo ha hecho antes.

Se quedaron en silencio mirando la última línea de luz desaparecer detrás del horizonte.

—Entiendo que extrañe el mar —agregó él, y sus palabras tocaron inexorablemente el corazón de Marion.

—Yo no, no lo entiendo —confesó la capitana mientras las lágrimas le nublaban la mirada—. Pensé que el mar era mi huida, mi escondite. Todos estos años navegaba convencida de que lo hacía porque no quería enfrentar mi tierra. Y ahora, que nada me impide el regreso, he vuelto y mi deseo aún reside en el mar. Me estoy volviendo loca, la brisa salobre me enciende la sangre y escucho las voces del océano que reclaman mi presencia. Creo que sin darme cuenta, al perderme, me encontré. Ya nada queda del barco que zarpó de Lethos doce años atrás.

—Quiero que sepa que es libre de hacer lo que guste, y que siempre tendrá las puertas abiertas si desea regresar —aseguró él conmovido.

Marion lo abrazó. Se dio cuenta de que le había sacado un gran peso de encima. Nunca le había resultado tan claro lo que debía hacer.

—Quería decirle algo más —agregó Augur antes de partir.

—¿Sí?

—Hace un tiempo le prometí que tendría una recompensa extra por haber hecho más de lo que debía durante nuestra travesía...

—Augur, creo que ya he ganado más de lo que...

—Aún así quiero darle una última cosa, en muestra de mi gratitud y afecto —el corazón de Marion comenzó a latir con fuerza—, quiero que se quede con el *Ketterpilar*.

La alegría fue entonces completa. Marion estalló en un grito de felicidad y volvió a abrazarlo. Fue un gran momento y una gran despedida para aquellas dos personas que habían sabido ganarse un lugar de respeto y de cariño en la vida del otro.

Dos días más tarde, al igual que doce años atrás, el *Ketterpilar* era cargado por varios hombres en el puerto mientras su capitana daba las órdenes necesarias para la partida.

Marion estaba una vez más a sus anchas. Había vuelto a usar su cómoda y rústica ropa de mar, y se desenvolvía segura, con las olas bajo sus pies.

—Ya está lista la carga, capitana —anunció Molinari, que no había dudado un segundo en aceptar formar parte de la tripulación.

—Perfecto. ¡Icen velas! ¡Leven anclas! —ordenó, y se emocionó al escucharse decir nuevamente esas palabras.

—¿Adónde nos dirigimos? —preguntó el contramaestre unos minutos más tarde mientras el puerto de Lethos se hacía cada vez más pequeño en la distancia.

—A Balbos —respondió, segura.

Aferraba el timón con fuerza, y el aire embravecido sacudía sus cabellos de manera caprichosa. Marion sentía que había despertado de un sopor largo y angustioso. Estaba feliz: habían vuelto a ser tan solo el mar y ella.

Una vez que Molinari estuvo lejos, y en confidencia con el viento, murmuró:

—Debo ir en busca de Petro.

ÍNDICE